豪門守灶女 2

文創風 103

玉井香 著

目錄

人物簡介

(註：此人物簡介主要以文中較為重要的 **焦家、權家、楊家** 為主，幾個頗常出現的重要人物則歸為**其他**；焦、權兩個家族主要以主子所居住的院落來作為劃分；主子的名字或頭銜有加上外框，餘則為較有臉面的奴僕、丫鬟等。)

焦家

★焦閣老權傾天下，但焦家崛起不過三代，是連五十年都沒過的門戶。焦閣老母親八十大壽當日，黃河改道，焦家全族數百人全死於惡水中，人丁變得極為單薄。

焦　穎：即焦閣老、焦老太爺，為內閣首輔，相當於宰相之位。
有一妻二妾，頭四個兒子都是嫡出。除四子外，其餘子女皆死於惡水中。

焦　鶴：焦府大管家。焦閣老最為看重、信任之人。

焦　梅：焦府二管家。後跟著焦清蕙陪嫁到權家當她的管家。

焦　勳：焦鶴的養子。眉清目秀、氣質溫和，是個溫潤如玉的謙謙君子，焦家一手栽培起來，頗有才幹之人。和焦清蕙一起長大，原本內定要和她成親，在她出嫁前被外放出焦府。

▼【謝羅居】

焦　奇：焦閣老四子，人稱焦四爺。惡水後身體即不好，拖了多年亦病逝。

焦四太太：焦奇元配，育有一雙子女，皆死於惡水中，腹中胎兒亦因過於悲痛而流產。心慈、不愛管事，對任何事皆不上心。

綠　柱：焦四太太的首席大丫鬟。

▼【南岩軒】

三姨娘：溫和心善，惡水時四太太找人救了她，此後就一心侍奉四太太。

符　山：三姨娘的首席大丫鬟，一心向著焦清蕙。

四姨娘：四太太的丫鬟出身。亦是溫良之人。

▼【太和塢】

五姨娘：麻海棠，出身普通，因生下焦子喬，在焦家地位突升，頗有一人得道，雞犬升天之勢。為人短視近利，手段粗淺。

透　輝：五姨娘的貼身丫鬟。焦老太爺安插在太和塢中給他遞送府中消息之人。

焦子喬：小名喬哥，焦奇的遺腹子，焦家獨苗。

胡嬤嬤：焦子喬的養娘、焦梅的弟媳。和五姨娘關係極佳。

堇　青：府裡最大的一個使喚人家族姜家的一分子。

▼【自雨堂】

焦清蕙：小名蕙娘，三姨娘親生之女，焦家女子中排行十三。
從小作為守灶女將養起來的，才智心機皆非一般，頗有手段。
婚前莫名其妙被毒死，幸運重生後作風一變，一心要找出凶手。

綠　松：蕙娘的首席大丫鬟，貌美。蕙娘親自從民間簡拔上來、從小一起長大的，唯一敢勸諫主子之人。

石　英：焦梅之女。頗有能耐，算是綠松之下的第二人。

瑪　瑙：布莊掌櫃之女。專為蕙娘裁製衣物。

孔　雀：蕙娘的養娘廖嬤嬤之女。清甜嬌美，性子孤僻，一說話總是夾槍帶棒的。專管蕙娘的首飾。

雄　黃：帳房之女。焦老太爺安插在自雨堂中給他遞送府中消息之丫鬟。陪嫁後為蕙娘管帳。

石　墨：姜家的一分子。專管蕙娘的飲食。

方　解：貌美，專管蕙娘的名琴保養。

香　花：貌美，專管蕙娘的妝容。

白　雲：知書達禮，琴棋書畫上都有造詣，但生得不大好看。

螢　石：專管著陪蕙娘練武餵招的，因怕蕙娘傷了筋骨，還特地學了一手好鬆骨功夫的。

廖嬤嬤：蕙娘的養娘。

▼【花月山房】

焦令文：小名文娘，四姨娘之女，非親生，焦家女子中排行十四。對蕙娘又妒又愛。嫁給祖父的接班人王光進的長子王辰為繼室。

雲　母：文娘的首席大丫鬟。性子太軟、太溫和，無法拉得住主子。

黃　玉：姜家的一分子。還算機靈，會看人臉色，可有眼無珠，看不到深層去。性子輕狂，老挑唆文娘和姊姊攀比。

藍　銅：焦老太爺安插在花月山房中給他遞送府中消息之丫鬟。

權家

★良國公是開國至今唯一的一品國公封爵，世襲罔替的鐵帽子，
在二品國公、伯爵、侯爵等勳戚中，一向是隱然有領袖架勢的。
權家極重子嗣，且承襲爵位的不一定是嫡長子，因而引發世子爭奪戰。

▼【擁晴院】

太夫人：喬氏，良國公之母，府中輩分最高者。三不五時就吃齋唸佛，不愛熱鬧。較偏心長孫權伯紅，希望由他當世子承襲國公位。

▼【歇芳院】

權世安：良國公，看似不問世事，實際上深藏不露。

權夫人：繼室，與丈夫兩人較看好權仲白當世子，偏偏二子愛自由、不受控，故千方百計娶進焦清蕙，希望能治一治他。

雲管家：良國公府的總管，與良國公之間有不可告人之秘密。

▼【臥雲院】

權伯紅：元配生，與妻子成婚多年，頗為恩愛，卻一直生不出孩子。為人熱情，面上不顯年紀。喜愛作畫。

林中頤：永寧伯林家的小姐、皇帝好友林家三少爺林中冕的親姊姊。
林氏看似熱心，其實一心希望丈夫成為世子，但苦於生不出孩子，
眼見二房娶媳，只得趕緊抬舉身邊的丫頭當丈夫的通房，以求子嗣。
巫　山：本為林氏的丫鬟，後成了權伯紅的通房，懷孕後抬為姨娘。
福壽嫂：大房林氏的陪嫁丫頭出身，是林氏身邊最當紅的管事媳婦。

▼【立雪院】
權仲白：元配生，字子殷，聞名於世的神醫，帝后妃臣皆離不開他。
為人優雅，性喜自由，淡泊名利，講話直接、不愛打官腔，
但實際亦是很有城府之人，只是不愛爾虞我詐的算計。
前兩任妻子皆歿，本不願再娶，婚前親口向焦清蕙拒婚，
未果。與蕙娘道不同不相為謀，不喜她的個性，
兩人一路走來，磨擦不少。
達貞珠：達家三姑娘，小名珠娘，權仲白的元配。是權仲白真心喜愛
並力爭到底娶進權家的，可惜過門三日便因病而逝，權神醫來不及救。
焦清蕙：京城中有名的守灶女，一舉一動皆蔚為風潮。
張管事：是二少爺權仲白生母的陪嫁，也是他的奶公。
張養娘：二少爺權仲白的奶娘。
桂　皮：權仲白跟前最得力的小廝，母親是少爺張養娘的堂妹。
精得很，頗會拿捏二少爺。娶石英為妻。
當　歸：權仲白的小廝，人品人才都好，隻身賣進府裡服侍的。娶綠松為妻。
甘　草：權仲白的小廝，張奶公之子，為人木訥老實、不善言辭，但心地好。娶孔雀為妻。
陳　皮：權仲白的小廝，人品人才都好，一家子在府中各院服侍的都有。
註①：蕙娘在焦家時的一群丫鬟亦陪嫁過來權家了，此不再複述。
註②：二房在香山另有一個先帝御賜給仲白的園子【沖粹園】，兩邊都會居住。

▼【安廬】
權叔墨：權夫人所生，為人嚴肅，是個武癡，對兵事上心，對世子位沒興趣。
何蓮生：小名蓮娘，雲貴何總督之女。極機靈，是個見人說人話、見鬼說鬼話，
看碟下菜的好手，亦希望丈夫成為世子而努力想掌府中事務。

▼
權季青：權夫人所生，膚色白皙、面容秀逸，甚至還要比權仲白更英俊一些。
為人沈著，為達目的不擇手段，是個深藏心事之人。
對生意、經濟有興趣，亦學了些看賬、買賣進出之道。
覬覦二嫂焦清蕙，一心希望她與之攜手，共謀世子位。

▼
權幼金：年紀極幼，通房丫頭喝的避子湯失效，意外生下的。

▼
權瑞雲：權夫人所生，權家長女、楊家四少奶奶，丈夫楊善久為楊家獨子。

▼【綠雲院】
權瑞雨：權夫人所生，權家幼女，熱情活潑。後嫁至東北崔家。

楊家

★楊閣老是焦閣老在政壇上的死對頭，兩派人馬纏鬥多年。
皇帝一手提拔起來的人，預備等焦閣老辭官退隱後，接任他的首輔之位。

楊海東：即楊閣老，字樂都。有七女一子。

楊太太：楊海東元配。

楊善久：楊家獨子，與七姊楊善衡為雙胞姊弟，妻子為權瑞雲。

孫夫人：嫡二女，定國侯孫立泉(皇后的哥哥)之妻。

寧　妃：庶六女，皇帝寵妃之一。

楊善衡：庶七女，又名楊棋，人稱楊七娘，是楊善久的雙胞胎姊姊，
嫁給平國公許家世子許鳳佳為繼室(元配是楊家嫡女五姑奶奶，產後歿)。

楊善桐：嫡三女，與楊善衡是一族的堂姊妹，兩人關係頗好，小桂統領桂含沁之妻。

楊善榆：是西北楊家小五房的三少爺，與權仲白有深厚的情誼。
不喜四書五經，卻對工巧奇技愛不釋手，也喜歡擺弄火藥，奉皇命在研製火藥。

其他

封　錦：字子繡，朝廷特務組織燕雲衛的統領，極為俊美，是皇帝的情人。

桂含春：嫡子，亦是桂家宗子，字明美，為少將軍，妻子鄭氏乃通奉大夫嫡女。
為人溫文爾雅，頗能令人放心。

桂含沁：偏房大少爺，字明潤，小桂統領、小桂將軍皆指他，
世人亦愛戲稱他「怕老婆少將軍」。心機深沈、天才橫溢。
把太后賞的宮女子賣到窯子裡而大大地得罪了太后，結下宿怨，牛李兩家遂成仇人。
是和皇帝一同長大的好友。

許鳳佳：許家世子，字升鸞，是一名參將。
先後娶了楊家的嫡女五小姐及庶女七小姐。
是和皇帝一同長大的好友。

吳興嘉：戶部吳尚書之女，嫁牛德寶將軍的嫡長子為妻。
焦清蕙及焦令文的死對頭，老愛和焦家姊妹相比，
卻每每敗下陣來，唯有在「元配」的頭銜上
勝過「續弦」的兩姊妹。

牛德寶：太后娘娘的二哥，也掛了將軍銜，雖然不過四品，
但卻是牛家唯一在朝廷任職的武官，前途可期。

張夫人：阜陽侯夫人，伯紅、仲白的親姨母。

太后 娘家：牛家。

太妃 娘家：許家。

皇后 娘家：孫家。

寧妃 娘家：楊家。

焦家人物關係表

閣老首輔 焦穎

- 四子 焦奇
  - 元配 四太太（子息皆歿）
  - 三姨娘 —— 十三姑娘 焦清蕙（權家二少奶奶）
  - 四姨娘 —— 十四姑娘 焦令文（王家大少奶奶）
  - 五姨娘 —— 十少爺 焦子喬

權家人物關係表

太夫人

- 三子良國公 權世安
  - 元配 陳夫人（歿）
    - 長子 權伯紅
      - 元配 林中頤 —— 長子 栓哥
      - 姨娘 巫山 —— 長女 柱姊
    - 次子 權仲白
      - 元配 達貞珠（歿）
      - 繼室（歿）
      - 繼室 焦清蕙 —— 長子 歪哥；次子 乖哥
  - 繼室 權夫人
    - 三子 權叔墨
      - 三媳 何蓮生
    - 四子 權季青
    - 長女 權瑞雲（楊家四少奶奶）
    - 次女 權瑞雨（崔家大少奶奶）
  - 姨娘 —— 幼子 權幼金

第二十四章

四太太心裡有事，自然一整晚都沒睡好，她躺在床上，想一想就是後怕，一則恐怕蕙娘不在，將來失去一大臂助；二則恐懼萬一蕙娘中毒，這對老爺子會是多大的打擊！

喬哥年紀太小，指望不上；文娘是個不懂事的性子，家裡要靠她也難……要是蕙娘和老爺子都沒挺過去，這潑天的家業，要敗起來也就是一、兩年的事——不管誰動的手，這都是在挖焦家的命根子！

可又有誰會動手呢？五姨娘？她倒也許不是沒這個心，可有這個能耐嗎？也所以，她一開始壓根兒就沒往家裡人身上猜疑，直接就猜到了朝廷那傳說中能耐通天的組織燕雲衛身上去，可看老爺子的意思，似乎不置可否，並不這樣認為……

老爺子就是這樣，年紀越大，出事就越藏著。家下鬧出了這麼大的事，他倒還是那八風不動的老樣子，倒顯得自己一驚一乍的，失了沈穩……可四太太心裡已經很久沒有裝著這麼大的事了，她一個晚上都在納悶：就為了一點錢，至於嗎？可要不是為了錢，又為了什麼呢？

第二天一大早，她就令人上後園遞了話——這幾天老太爺心緒不好，在玉虛觀清修，沒有謝羅居的話，哪個院子無事都不要出門走動，有誰敢犯了老人家的脾性，立刻就攆出去打死！

到底是正太太，儘管已經有幾年沒有發威了，這番話傳下去，也依然是唬得人人戰戰兢兢的。幾個心腹丫頭去園子裡巡視過，回來了都說：「幾個院子都關門落鎖的，咱們就只用中午安排人送個飯就成了。」

四太太這才鬆了口氣，她卻不便再去前院了：老太爺今兒照常入閣辦事，國事第一，還不知道要忙到什麼時候才能回來呢。藥渣被他留在小書房，看來老人家是要把這事攬到自己頭上……

為免其餘各院得到風聲，她連自雨堂都是一視同仁。自雨堂也安靜得不得了，蕙娘就像是個死人，竟沒有一點情緒，綠松昨晚回去，想必是把老太爺的態度給詳細描摹了一番的。四太太心亂如麻之餘，也不禁佩服蕙娘的城府：自己在她這個年紀，簡直比文娘也許還有不如呢！要知道有人想害自己，怕不是早哭成了淚人兒，她卻能沈著冷靜若此。權子殷正月裡和她傳的消息，整整半年了，她是一點都沒有露出端倪。想必外鬆內緊的，私底下，還不知做了多少功夫……

有了這樣的認知，四太太再去回想蕙娘這幾個月的行動，就覺得處處都有了解釋：把自雨堂管得風雨不透的，恐怕連自己都插不進手去；上個月四處遊蕩，卻很少回自家院子裡用飯……甚至和太和塢都忽然友好起來，原來是應在了這裡！她還納悶呢，以蕙娘的性子，就算要出嫁了，將來也是娘家靠她更多，她犯得著和五姨娘眉來眼去、禮尚往來嗎？卻原來，還是為自己的性命著想，想要與人為善，或者就能把禍患消弭於無形了。

四太太是厚道人，前思後想，越想越覺得為蕙娘委屈，也就越想越是生氣。彷彿有一種久違的激動，從她身體裡慢慢地醞釀了出來，倒令她的精神頭要比往日好了許多。老太爺沒從皇城回來，她就自己坐在窗前冥思苦想，把這幾個月府裡的行動、局勢掰開來揉碎了在心頭慢慢地咀嚼，想了半日，又叫過綠柱來，同她細細地說了許多話，綠柱均都一一答了。

等老太爺回了閣老府，從前院傳話過來請她去相見時，四太太的臉色真的很沈，她的心情，也真的很壞。

「試過藥了——」老太爺開門見山，四太太一進屋，他就衝著下首扶膝而坐的老者點了點頭。「小鶴子，你來說吧。」

閣老府大管家焦鶴，跟隨老太爺也已經有四十多年了，他一家人一樣毀於水患，同三姨娘一樣，因是經過當年慘事的家人，在主子跟前都特別有體面。聽老太爺這麼一說，他顫顫巍巍地站起身來，作勢要給四太太見禮。

四太太忙側身避開了，笑道：「鶴老不要客氣，您快坐吧！老胳膊老腿的，還跟我折騰。」

焦鶴雖然比老太爺小了十來歲，看著卻比老太爺更老邁得多，鬚髮皆銀，滿面皺紋，看著就像是個鄉間安居的老壽星。四太太才這麼一客氣，他也就順勢坐下，沒有絲毫客氣寒暄，便交代起了試藥經過。

「因是配好的藥方，藥材全是搗過切過的，光從藥渣，看不出什麼來，大夫說恐怕是斷腸草，只不知道用量。因貓狗畢竟和人不同，我便使了些銀子，在順天府尋了個死囚犯，拿藥渣重又熬了一碗藥灌他喝了……」他沈默了一下，才道：「一整夜都沒有事，還當是姑娘多想了，就是午時前後，忽然吐了血，話也說不清了。在地上就只是抽抽，摁都摁不住……抽了兩個時辰，人暈過去了。這還是熬過一水，藥力還這麼足，要是第一道，怕是沒救了。」

四太太費力地吞嚥了幾下，心頭到底還是一鬆，她看了公爹一眼。「斷腸草、發作得這麼急……我看，不像是天家的手筆。」

「是。」老太爺頭也點得很爽快。「他們慣用的毒藥，可要比這個隱密得多了。」

焦鶴撚了撚鬍鬚，說得更直接。「除了家賊，誰有那麼大本事，能往主子頭上下藥？我們家可不是隨隨便便的道台、巡撫，連江湖殺手都能說來就來，說走就走。」

這擺明了是在譏刺楊閣老。當年他還是江南總督時，就曾鬧過刺客潛進後宅的事。雖說背後有一定文章，但楊家因為此事，在高門中落了不少話柄，就連選秀時，都不是沒人拿來說嘴的：隨隨便便，就能讓人潛進後宅，主人還茫然不知，誰知道家裡的姑娘，平時是不是也能隨意出入深閨？更有人思維很發散——家裡人口這麼少，還顧不過來呢，他楊海東有心思去為整個天下盤算嗎？

楊家人口少，焦家人口就更少了。就這麼幾個主子，吃的用的，肯定都是經過層層審核，不知來歷的東西，不要說被主子吃進去了，就連要進後院都難以辦到。雖說僕役如雲，但管理嚴格，馭下嚴厲，這些年來，在後院從沒有出過一點么蛾子（注）。除非是燕雲衛這樣有官方背景的特務組織，外人想要把手插進焦家後宅，簡直是癡人說夢。

四太太長長地嘆了口氣，也不禁生出了幾分惋惜，她望了公爹一眼，輕聲說：「爹，我看這事，太和塢難逃嫌疑。」

「喔？」老太爺神色不動，只聲調抬高少許。「巧了，就剛才小鶴子還和我說，這家裡要有誰會動佩蘭，也就只有五姨娘了。」

「這幾個月，梅管事和太和塢走得滿近的。」焦鶴咳嗽了一聲。「本來嘛，未雨綢繆，也是人之常情。前陣子他來找我談他女兒石英的去向……」

他看了老太爺一眼，老太爺動也不動的，可焦鶴竟不知是從哪兒得到了暗示，他跳過了焦梅要陪房的消息。「我聽其意思，是不大想令石英陪嫁過去的。要在府中找，那肯定是想和太和塢攀親了……就是喬哥兒的養娘，不還有個小子是沒成親的？」

這沒板沒眼的事，從焦鶴口中說出，就透著那樣入情入理。四太太聽住了。「鶴老意思，是焦梅從蛛絲馬跡中，推測出了我們給蕙娘定的嫁妝，扭頭就給太和塢遞了話？」

注：么蛾子，老北京方言，有耍花招、出鬼點子或餿主意、邪門歪道等意，有時亦指意外情況的出現，一般來說是貶義。

「無憑無據的事，不好胡說。」焦鶴猶豫了一下。「但那麼一筆大得驚人的財富，要動，肯定是有動靜的……他說知道也行，說不知道也行，就是嚴刑拷打，恐怕也都很難逼出準話，只能說有這個可能吧。」

蕙娘的陪嫁，即使以焦家豪富來說，也算是傷筋動骨了。四太太自己可能還不大在乎，但五姨娘是有兒子的人，想的肯定就不一樣……她雙眉緊蹙。「可這才是近半個月的事，她的動作，有那麼快嗎？」

正說著，又想起來向老太爺解釋。「這件事，按理來說是該問問您的，但當時過年，您實在是太忙了，我也就自作主張……麻氏找我說了情，想收她一個親戚進府，我想她一家自然是身家清白，便答應了下來，也沒有多作過問。今兒問了綠柱，才知道……」她的聲音低了下去。「他人就在二門上當差。不過，始終也還是太快了一點吧？嫁妝定下來到現在，說真的也就是十天多一點兒……」

焦家門禁森嚴，就拿自雨堂裡的丫頭來說，小丫頭不必說了，哪有她們回家探親的分？除非病了、笨了，主子打發出去了就再不能進來，否則沒有回家的道理。有臉面的大丫頭，一年有兩、三次能回家看看，身邊也都跟了服侍人，一來，也是彰顯身分，二來最主要，多少起到一點監視的作用。凡是在內院服侍的大丫頭，就沒有例外的。五姨娘就是想往裡頭弄點藥，也沒有那麼簡單。她守孝三年沒有出門，到現在連娘家都沒回過，就假設真是她所為，斷腸草那也不是那麼好弄到的，從傳話到設法神不知鬼不覺地弄到毒藥，再往裡送，她還要找機會放進蕙娘的藥湯裡……這事哪有這麼簡單？

焦鶴點了點頭。「太太說得是，麻家的家世還算清白，一家子也沒有什麼地痞無賴，要弄到毒藥，雖也不是不能，但他們沒那麼大的能耐……」他輕輕地咳嗽了一聲，面無表情地說：「不過，這也不是五姨娘第一次有機會和外頭聯繫。太和塢的丫頭婆子，雖然都經過特別甄選，絕不會做出不該做的事，但……去年臘月裡，幾位姨太太去承德莊子小住的時候，五姨娘倒是出去過一次，和她娘家兄弟見了一面，說了幾句話。她有個兄弟就在承德開了間米店。」

四太太越聽越是生氣，她銀牙緊咬。「小門小戶的女兒，因為生了個兒子，這幾年來家裡是雞犬升天，她還有什麼不足夠的？平時挑唆著喬哥和兩個姊姊疏遠，我體諒她也就喬哥這個獨苗苗，再怎麼小心都不過分的——」

老太爺神色一動，打斷了四太太，聲音一沈。「挑唆喬哥？這是什麼時候的事，我怎麼連一點都不知道？」

四太太吃驚地看了焦鶴一眼，見焦鶴神色篤定並不說話，她心頭一突。「還以為您知道……當時讓她帶著喬哥，就是因為她畢竟是喬哥生母，對孩子是最上心的，平時連一個點心，都要自己吃過了再給喬哥吃。可也就是她的這個小心過分……因蕙娘身分，難免她以小人之心度君子之腹，因此平素不喜歡喬哥和姊姊親近，我也就沒開口。這親事一定，她倒也知趣，就經常抱著子喬去自雨堂作客了。」

家裡除了謝羅居，幾處院子都有老太爺的眼線。老人家也無甚特別用意，不過意在掌握府中大小事務而已，四太太對這點，心頭也是有數的。她甚至還知道往常負責聽取消息、過濾彙報的正是焦鶴……可這幾年來，鶴老年紀大了，精力漸漸不濟，看他表現，似乎這差事已經換了人做。就不知是誰那樣著急討好未來的主子，竟瞞報了消息——五姨娘的用心，幾番都有體現，要說漏報，那是不可能的，這麼敏感的事，肯定要同上頭一提，也就是在消息過濾這一層上，被人給卡住了沒往上說而已。這是拿準了以蕙娘的傲氣，絕不會私底下和老太爺告太和塢的刁狀，第一她不屑，第二，這也不是她能做的事……

老太爺倒真是第一次聽說這麼一回事，他尋思了片刻，不禁微微冷笑，卻並不再提，反而冷靜逾恆地為五姨娘說了幾句話。「就是她拿到了藥，要怎麼下毒？小庫房她可伸不進手去，那不是她可以經常過去串門的地方……要下毒，也就是到自雨堂裡去了。但自雨堂是什麼情況，妳也是知道的。從小養成的習慣，要緊的地方幾乎不離人。麻氏就有通天本領，又怎能把毒給下進去？」

這一點，焦鶴肯定是答不上來的。四太太也有點抓瞎，她越想越覺得迷惑：此事疑點重重，可議之處頗多。最可怕的是，焦家人就這麼幾個，如不是五姨娘，又不是燕雲衛，難道是誰家還有這樣的能耐，悄無聲息地把手伸進了焦家來……可要如此，他們又何必用這樣的毒藥呢？光是四太太所知，可以無聲無息置人於死地的鴆毒之物，就已經有十幾種了，這還是她根本無心此道，只是從前聽丈夫閒談間提起而已……

「那，唯一的可能，也就是她最近去自雨堂的時候，相機把藥材給混進去了吧……」四太太自己囁嚅了幾句，也有點暈乎了。

老太爺卻還是那樣泰然，他「嗯」了一聲，轉向焦鶴道：「去把自雨堂的雄黃，太和塢的透輝叫來吧。」

雄黃是老太爺的眼線心腹，這四太太是不吃驚的，她父親也是焦家產業裡有數的大帳房了，當時會進來服侍，其實多少是為蕙娘日後接管家業打個伏筆，她的身分，在自雨堂裡都算是比較特出的，即使是蕙娘對她也很尊重。倒是太和塢最有臉面的透輝竟是老太爺的人，這多少令她有幾分吃驚，再一想，卻又心悅誠服：處處埋著伏筆，永遠防患於未然，老太爺就是老太爺，即使這樣的細節上，也都透了名家風範。

雄黃和透輝很快就被帶進了小書房，焦鶴會辦事，他把兩個人分頭帶進來。第一個進門的是雄黃，這位眉清目秀、身材姣好的大丫鬟默不作聲地給兩位主子行了禮——即使是在相爺跟前，她也顯得從容不迫，面上雖有些嚴肅，但四太太和老太爺都明白：和她父親一個樣，他們一家子，都是這麼不苟言笑。

「五姨娘最近是常來太和塢。」即使兩個主子忽然要查問這麼敏感的一回事，雄黃面上也看不出絲毫猶豫，她回答得平靜而機械，就像是一雙不含偏見的眼——老爺子用人，一向是很到位的。「十三姑娘也很給她面子，大家笑來笑去的，看著倒很和睦，我們底下人自然也都有些議論……每次五姨娘過來，石墨都躲出去，孔雀也一樣，從不給五姨娘好臉色，除此之外，倒沒什麼特別的事。幾次過來，奴婢都在屋內、院中當差，並未見到、聽說什麼可說之事。」

老太爺一手撫著下唇，他看了焦鶴一眼。

焦鶴便問：「五姨娘過來的時候，可有沒有單獨在裡屋逗留？」

「這……」雄黃面現遲疑，想了想才道：「倒是有一次，六月裡，她過來的時候，正好撞見姑娘又犯了噴嚏，進淨房去了，令我進來服侍五姨娘。當時裡頭人也不多，孔雀本來是一直在小間裡的，可自從她因五姨娘來要首飾沒給後，次次五姨娘過來，姑娘總就給她找些差事，令她出去，當時就是令她去浣洗處催姑娘的手帕，因此屋內就我招呼姨娘同喬哥。過了一會兒，綠松令我進去找帕子，也就這麼一會兒工夫，整個東翼都沒有人。後來我們出來的時候，喬哥在玩姑娘平日裡收藏的古董盒子，五姨娘彎在喬哥身邊，瞇著眼想從縫隙裡看進去……彼此還都有些尷尬——」

「這一會兒工夫，究竟多久？」老太爺打斷了雄黃的敘述。

雄黃回想片刻後，肯定地回答。「總有個一炷香時分吧。」

一炷香時分，孔雀人又短暫離開……估計是沒有鎖上小間門，五姨娘要是手腳快一點，也可以進去動點手腳了。

老太爺點了點頭。「妳們姑娘的太平方子，幾天吃上一次？」

「一向是十天上下吃一次。」雄黃面露驚容，回答得卻還是很謹慎、很快速。說完了這句話，她猶豫了一下，又補充。「姑娘這幾次喝的藥也多，前陣子還喝了專治噴嚏的湯藥，幾次喝藥的日子，分別是六月十八、六月二十九……」便說了幾個日期出來。

這一次不等老爺子，四太太都知道問：「那五姨娘上個月是什麼時候去的自雨堂？」

雄黃屈指算了算，她的聲音有點抖了。「大、大約是六月二十八。」

四太太猛地一拍桌子，她才要說話，老太爺已一擺手——

「妳可以出去了。」

遣走了微微發顫的雄黃後，他疲憊無限地搓了搓臉，倒是搶在媳婦跟前開口了。「我知道妳要說什麼……小庫房每個月給自雨堂送東西，就是在月中。」

也就是說，當時還有兩包藥在小間裡放著，恐怕臨近熬藥的日子，孔雀也就沒有收納得很密實，只是隨意擱在屋裡……

四太太牙關緊咬，幾乎說不出話來。

老太爺卻還未失卻鎮定，他若有所思地將手中兩個核桃捏得啰啰作響，等透輝進了屋子，便開門見山地問透輝。「五姨娘最近，可有什麼異動？」

透輝就沒有雄黃那麼上得了臺盤了，她顯得格外侷促，在兩重主子灼灼的逼視之下，聲若蚊蚋。「還是和從前一樣，和胡養娘走得很近。除了悉心教養喬哥之外，得了閒也就是往自雨堂走動走動，再、再同南岩軒、花月山房爭些閒氣……」

「喔？」老太爺微微抬高了調子。「比如說呢？」

比起雄黃那樣鎮定自若的表現，透輝如此驚惶，反而使得她的說辭更加可信——明眼人一望即知，她完全是被這場面給嚇怕了，別說玩心機，怕是連氣氛都讀不出來，老太爺這一問，她倒是竹筒倒豆子一樣，從臘月裡「聽說了橘子的事，當時沒說什麼，第二天就哄著喬哥多睡一會兒，後來，聽說在謝羅居……」、「花月山房得了自雨堂的東西，她也去要，回過頭和胡養娘說起來『再不殺一殺自雨堂的威風，這府裡還有我落腳的地兒嗎？』」、「幾次和南岩軒見面，都不大客氣……」一路說到了最近「還是不許喬哥同花月山房親近，十四姑娘幾次送東西來，都沒讓喬哥見到，私底下說『誰知道她安了什麼心！』」。

雖面目可憎，但畢竟都是無關緊要的小事，老太爺聽得幾乎打起了呵欠，透輝越看臉色就越是恐慌，最終她住了口，咬住了嘴唇。「也就是去年年前，姨娘不知從哪兒得了風聲，像是知道了奴婢的身分，從那時候起，很多話都不當著奴婢說……常令奴婢在外跑腿兒，連同娘家兄弟見面，都沒令奴婢在一邊服侍。奴婢知道的，也就是這些了，倒是胡養娘，也許知道得更多些……」

四太太至此，反而不再吃驚憤怒了，她甚至嘆了口氣。要是心中沒鬼，又何必如此防備？雄黃擺明車馬就是老太爺的眼線，這些年來也沒見蕙娘對她如何。還有花月山房，文娘不喜歡藍銅的作派，可還時常令她在身邊服侍……家裡這麼大，一個小姑娘住一個院子，長輩不放心，指派個人過來看著，那是人之常情，有什麼需要避諱的？南岩軒兩個姨娘，也從來沒有做出過這樣的事。五姨娘這個人，處事也實在是太淺薄了，稍微一經查問，就已經破綻百出。

打發走了透輝後，她和老太爺商量。「爹，您看這事該怎麼處理？」

「妳的意思呢？」老太爺不置可否，他摸著下巴反問了一句。

「這賤婢竟如此狠毒，人是留不得了。」再怎麼樣，蕙娘也是在四太太眼皮底下長大的，四太太難得地下了狠心，她一咬牙。「娘家人心術不正，留在京城，對喬哥將來，恐怕也是弊大於利……索性一併清理了。把喬哥……」她再三猶豫，最終下了決心。「把喬哥抱到謝羅居來吧！」

老太爺眼底神光一閃，他過了好半晌，才慢慢地吁了一口長氣。

多少複雜的情緒、多少長年積累下來的擔憂，竟都在這一口氣裡體現了出來，老太爺的欣慰，誰都能看得出來。「妳早該這麼辦啦……」

第二十五章

焦家人辦事快，後院裡持續了一天一夜的戒嚴狀態，在當天晚飯後，也就伴著四太太送來的點心無聲無息地宣告解除。花月山房少不得來人到自雨堂問好，文娘被這一打岔，可能也都不記得生氣了，又問姊姊的好，又問她家裡到底出了什麼事。

說起來，她也就比蕙娘小了一歲多一點兒，一個年頭一個年尾……今年也是十六歲的人了，還是這樣，一時好兩時壞的。雖說當著外人，門面功夫一直都做得很好，但性子也還是太浮躁了一點。

蕙娘一句話就把黃玉給堵回去了。「本來沒她的事，這麼東問西問的，還指不定有沒有她的事呢！不論是做人做事，還是小心點為上，關她的事，她多開口沒錯；不關她的事，就要管，那也不該問我。」

這繞口令一樣的回話，估計也把文娘給鬧迷糊了。她又打發了雲母過來：花月山房的大丫頭，在蕙娘跟前，能比黃玉多些臉面。

蕙娘沒說府裡的事，倒是令雲母坐下來和她說話。「妳是肯定要跟文娘陪嫁出去的，主子的體面，就是妳的體面。主子在夫家吃了虧，妳這個做大丫鬟的難道就很有臉嗎？有些事，妳們姑娘想不到的，妳要多為她想想。」

文娘說府裡的人才都奔著自雨堂去了，此言不虛，花月山房的使喚人比起自雨堂來，都明顯要弱了一層。雲母雖然處事周到、性子和氣，辦起事來是很牢靠的，可性子綿軟，從來都不能節制文娘。身邊無人勸，慈母管得鬆，嫡母又是那個性子……老太爺沒空教，文娘真是清水出芙蓉、天然去雕飾。學了一肚皮的表面功夫，但論到做人上，始終都還沒有入門。

雲母也很為難。「不瞞您說，光是這何家的親事，我們都覺得姑娘是該應下來的。可您也知道姑娘的性子……她是一心一意想要向桂家那位少奶奶看齊的。可何家的作風，您心底也清楚……」

桂家少奶奶來京城不久，論出身，她親爹品級雖然在，但距離蕙娘這個圈子還有一步之遙；論夫家，小桂統領這幾年雖然受寵，可年紀輕、起點低，身分又不大顯赫。按理來說，也鬧騰不出多少動靜的。可就因為她實在是得到太多人的寵愛了，從楊家閣老太太算起，定國侯孫夫人、永寧伯家三少奶奶、宮中皇后、寧妃，哪個不是對她另眼相看？就連夫君也都寵得厲害。成親頭幾年，膝下才一個女兒，那又怎麼樣？人家小桂統領擺明了這輩子是不納小了。成婚了的少奶奶們提起她，都有點含酸帶醋的，嘴上說是看不慣她的跋扈作派，心底怎麼想的，那可就不知道了；老爺、少爺們，對她倒沒二話，可說起小桂統領，都有幾分天然的同情：懼內這名聲，可不是好擔的；唯獨沒出嫁的姑娘家，夫家沒定，還有得一爭，對這位少奶奶楊氏就很憧憬了。連文娘，因在家守孝，從未和她照過面的，竟都聽說了桂少奶奶的名頭……

真要這麼說，何家的確是差了一點，何總督是個風流人，太太和兩位嫡少爺在京城，任上的姨太太可就多了，還有那些個上了十位數的小庶少爺……以文娘的氣性，看不上何芝生，也是人之常情。

「親事就不說了。」蕙娘嘆了口氣。「就是家事，她也還差著火候呢！我說她，她是聽不進去的——」

「哪裡聽不進去。」雲母細聲道。「其實姑娘心裡最聽您的話了。您前兒那麼一說，她回來雖發了好久的脾氣，可也還令我去托綠柱的人情……」

她小心地看了蕙娘一眼，蕙娘也明白過來了：文娘哪裡是關心家裡的變故呢，都要出嫁的人了，家裡只要別反了天去，又有什麼事和她有關係？她這是氣消了，回來探自己的口風了呢！

「那妳們就等風聲過去了，再多問問綠柱怎麼說的吧。」她慢慢地說。「這種事，沒有我插口的道理。」

雲母的眉頭不禁蹙得更緊了：十三姑娘對花月山房，那是沒得說了。能開口提點到十分，絕不會只把話說到九分。聽她意思，這件事即使以她的身分，也只能說到這個地步……偏偏妹不似姊，十四姑娘只學會了姊姊的倔勁兒，一點都沒有學會姊姊的縝密。她對權神醫……

雲母嘆了口氣：總而言之，以自己姑娘的性子，和姊姊和好，那是遲早的事，可在親事上，她再不會親自出口探問了。就連派黃玉過來，都是自己藉府中事變的機會，巧言令色，才哄得她勉勉強強似乎默可。黃玉無功而返，自己要過來，那還得偷偷地來，此番回去，少不得要挨上幾句硬話了……

她還要再設法套套口風時，謝羅居已經來人了，是令十三姑娘過去說話的——雲母自然也只能退出了自雨堂，往花月山房回去。

可才走了一段路，剛過了自雨堂外的小石橋，雲母的腳步不禁一頓，她吃驚地望著十餘個健僕神色匆匆地往園內深處過去——帶隊的那婆子，竟連她都沒認出來，似乎根本就不是後院裡有臉面的僕役……

她一下就又把自雨堂拋到了腦後，忙忙地碎步上了假山，尋了個高處，在一塊山石後眺望了許久，這才一路小跑，回了花月山房。

時過七夕，花月山房的花兒倒是謝得差不多了，只有院子天棚底下有幾盆應時花卉點綴。雖說院子上空紮了個大天棚，開門一進去便覺蔭涼，且又無蚊蟲叮咬，還有屋內隱約透出的薄荷香，也算是一派人間富貴的景象了。但同自雨堂那飛流四注、凜若高秋，裡裡外外那一片清涼世界的格調相比，卻又還是多了一絲煙火氣。雲母不禁又從心底嘆出了一口氣：要不是十三姑娘提著，四太太哪裡還想得到十四姑娘？那樣一處仙境天宮也似的好去處，又哪有十四姑娘的分？可十四姑娘就只看得到姊姊壓過她的地方，看不到姊姊對她的好……

隔著窗子望過去，十四姑娘也是身形窈窕、眉目如畫，她正坐在窗邊，手裡拿著針線在做，一頭還有一搭沒一搭地和身邊的丫鬟說閒話……雲母雙眸一凝，她加快腳步，輕輕地進了屋子，貼著板壁邊躡過去，果然正好聽到了一句話尾巴——

「……也是故弄玄虛，什麼話不能直接同您說呢，非得鬧成這樣……」

這個黃玉！雲母眉頭緊蹙，她放重腳步，掀簾子進了裡屋。趁主子背對著自己，便狠狠白了黃玉一眼，黃玉便不敢再說了，她將委屈露在面上，嘟著嘴垂下了頭去。

「死到哪裡去了？」她不說了，文娘也不問她，就像是看不到黃玉臉上的委屈一樣，她轉過頭來嗔雲母。「性子是越來越野了，大半天都不見人！」

雲母這下可不愁沒有話頭了，她壓低了聲音。「剛才出外走走，正巧就看見一群人過去太和塢、南岩軒那個方向……」

文娘立刻坐直了身子，她要細問，看了黃玉一眼，又改了口。「這兒沒妳的事了，妳下去吧。」

黃玉在文娘跟前，永遠都是這樣，也有她的差事，可始終都不能被真正重用。這丫頭就是因為如此，才更怨憤十三姑娘，更樂於下她的壞話。等黃玉出了屋門，雲母終究忍不住埋怨。「姑娘，她那挑撥是非的性子——」

「得了得了！」文娘不耐煩地擺了擺手。「家裡這麼無聊，我聽個笑話還不行嗎？妳說這一群人是去北面……可看見了是去哪兒嗎？」

「要去南岩軒，過了玉虛觀就該拐彎了。」雲母沈吟了片刻。「可她們彷彿還一直向前走呢……應是去太和塢沒有錯了。」

文娘眼中頓時放出光來，她坐直身子，口中喃喃道：「就要管，也不該問她……」她站起身來，在屋內來回踱了幾步，忽然又問雲母。「妳剛才去自雨堂，姊都說什麼了？」

說她不聰明吧，心裡其實什麼都明白，就是性子過不去。雲母一來有點被鬧糊塗，二來也是被文娘折騰慣了，早就沒了脾氣，她低聲說：「十三姑娘說了好些話，說姑娘『就是家事，她也還差著火候呢』，我又問了您的親事，她說『這種事，沒有我插口的道理』。」

第二句話，已經被興奮的文娘給隨意揮了揮手，就被放到了一邊。她在屋內來來回回地踱了許久，口中呢呢喃喃，也不知在說些什麼。又過了一會兒，這才一跺腳。「走！妳跟我出去一趟。」

「這——去哪兒呀？」雲母已是一心一意地盤算起了十四姑娘的婚事，聽文娘這麼一說，她嚇了老大一跳。「這風風雨雨的，咱們可不得安分點兒？別和您姊姊說的一樣，本來沒咱們的事了，東問西問，還惹事上身——」

「妳啊！」文娘跺了跺腳。「比我還笨！妳要不去，我自己去！」

「這是要上哪兒去啊……」雲母不敢再說了，她隨在文娘身後出了屋子，終究還是忍不住多問了一句。

文娘掃了她一眼，唇角一扭，便露出了一個極是稱心得意、極是興奮快活的笑來，她竟是難得地把自己這跳脫的一面，在院子裡頭都給露了出來。「傻子，當然是去南岩軒啦！」

比起寧靜安閒的自雨堂、雞飛狗跳的花月山房，謝羅居的氣氛就要合適得多了。同所有大事將臨時的屋宇一樣，它的平靜中透著極度的克制，從底下人的眉眼，甚至是貓兒狗兒的姿態中，都能品出上位者的心情——即使還沒有發作，也已經是風雨欲來，雷霆只怕就在屋簷上空徘徊不定了。

「家裡出了這樣的事，我和妳祖父都沒有睡好。」四太太嘆了口氣，在女兒跟前，她毫不避諱自己的失望和憤怒。「就這麼幾口人了，還要從自己家裡鬧起來，這樣的事，真是一想起來就生氣……妳不用擔心，以後，再也不會有這樣的事兒了！」

蕙娘倒要比母親平靜得多了，她拍了拍母親的手背。「您也不要太往心裡去了，這世上什麼人都有，尤其是咱們家，錢多人少，最招人惦記了……」到底還是有三分迷惑。「就不知道是誰這麼大膽？這幾個月，我也時常留心，家裡一切如常，可不是沒有一點不對勁的地方。思來想去——」她徵詢地望了母親一眼，見四太太衝她微微點頭，才續道：「也就是太和塢有些動靜了，可那也都是小事。按五姨娘的為人，還不至於此吧？我也沒有什麼得罪她的地方呀……」

「妳還不知道，」四太太端起茶來。「她本事可不小，眼看喬哥越來越大，心思可不就越發活絡了？早在去年，在承德的時候，怕是就不安分了。誰知道和娘家兄弟都說了什麼，這幾個月，又是在府裡安插人手，又是和焦梅眉來眼去的……」

蕙娘有點吃驚：怎麼母親還不知道焦梅即將陪房的消息？難道祖父竟沒說破這層？

她不動聲色，還為五姨娘辯解。「五姨娘這個人，是挺有意思的，有了個喬哥，就很把自己當個角色了。但怎麼也是清白人家的姑娘，要做這種事，我是不大信的，您可別冤枉了她。我看，多半還是別人……怎麼著，也得要多查證幾次，這事可不能光憑想當然就辦下來了，得講憑據。」

到底年紀還輕，家裡人口又簡單，說到看帳理家，對內收服下人，對外和三教九流打交道，蕙娘是個行家，可在這種妻妻妾妾的事上，她就沒有太多經驗了。四太太嘆了口氣，道：「傻孩子，這種事，有誰會隨便亂說，又有誰會認？認了萬無生理，不認還有一線生機……不然，妳當那些大戶人家，年年家裡出的那些人命都是怎麼來的？就是妳平時也熟悉的許家，他們家五少夫人，說沒了就沒了，急病……那也就是唬些願意信的人罷了。可她娘家要鬧又能怎麼鬧？有些事，留不了鐵證的。」

蕙娘輕輕地咬住了下唇，秀眉漸漸地蹙了起來。「可那畢竟是子喬的生母……」

「是啊，家裡已經夠冷清的了……」四太太也有些心灰意冷，她勉強提振起精神。「就看她們在太和塢裡能搜出什麼來吧。妳祖父那邊，也令人把她在二門上做事的那個親戚提過去審了。」她看了蕙娘一眼，又道：「還有妳生母那裡，我也是要令人去詢問的。三姨娘可和妳提起過沒有？在承德的時候，五姨娘可有什麼異狀？」

「沒有。」蕙娘毫不考慮地回答，她幾乎有點失笑。「我們在一處說話，哪會提她？」

只這一句話，太和塢和三姨娘的冷淡關係，幾乎就完全被帶了出來。四太太很歉疚。「這兩年來，妳們真是受委屈了！原以為她也就是眼皮子淺，乍然得意有點收不住了，可沒想到其用心居然陰毒若此！」

雖說還沒搜出什麼憑據，可聽四太太的說話，竟是儼然已經認定了五姨娘就是元凶。蕙娘沒接她的話，只是又細問：「究竟那毒，是什麼毒呢？聽綠松說，藥力發作起來，怪可怕的……」

四太太自然也不免仔細詢問她權仲白的說法。「妳也太能藏得住事了，怎麼一點端倪都沒露出來！究竟是否已經中毒？還是沒什麼大妨害——」

「是沒什麼妨害。」蕙娘說。「這個太平方子，吃了這些年了，我早就不耐煩喝啦。平時熬來，也就是喝上一、兩口，就令撤下去了。權——他給我把脈以後，便同我說，要留神飲食藥湯。因這話也不好直說，又怕激怒凶手，所以才要同我私室獨處……」

四太太疑心盡去，至此才明白來龍去脈，她不禁連連嘆氣。「難怪子殷臉色如此嚴肅，果然是不善作偽，我說呢！想來，她從前多半已是下過一次手了。」

她想到蕙娘幾乎就這樣去了，也是氣得銀牙緊咬，倒是要比從前更精神多了。「要不是子殷給妳把過脈，妳早就有了提防，幾乎就要為她得逞了去，恐怕我們還被蒙在鼓裡呢！到時候妳祖父要是沒熬過去，家裡豈不是一下就塌了天了？等過一段日子，她再把我給除去了……就是老太爺熬過去了，她聯合家裡兄弟，溫水煮青蛙的，這十幾年後，這家業哪裡還有子喬的分？怕不是要鵲巢鳩占，全姓了麻！這麼多年風風雨雨都熬過來了，難不成還要倒在麻海棠身上？真是笑話！」

蕙娘被母親說得也有些後怕，她的神色漸漸更深沈了，看來，是有幾分動怒。

四太太看在眼裡，心底也是感慨。「妳也不要太傲氣了！我們母女兩個，全都是一個毛病——太懶！我知道妳平時連正眼都懶得看她，可妳看看，妳被她算了這麼久，現在什麼都攤開在妳跟前了，妳一開始還不信呢！她固然歹毒，可妳也實在是太疏忽了一點！」

四太太平時是很少用這麼重的語氣數落子女的，蕙娘忙站起來，低垂著頭聽訓。

四太太看她那低眉順眼的樣子，又有點心疼，把她拉到懷裡揉搓了幾下。「也是妳心好，我們家裡很少有這麼齷齪的事。以後出嫁了，可不能同在家一樣，遇到什麼事，都要多想、多看……明白了？」

兩母女又說了幾句話，蕙娘始終語帶保留，不多加評論五姨娘。四太太看在眼裡，心裡也明白：她這是還沒信真，根本就不相信五姨娘能做出這種事來，恐怕還是覺得五姨娘沒這個本事……

好在，各處派出去的人，也都很快有了回報：二門上輪值的幾個管事，裡面比較熟悉五姨娘那位親戚的，就是和他一道當班的姜管事了。據姜管事的說法，太和塢那裡時常是有人來和麻管事說話的，五姨娘有時候也親自過來看兄弟，因她身分尊貴，自己都遠遠迴避了，並不清楚他們都交談什麼。

南岩軒那裡也回了消息來，三姨娘一口咬定，五姨娘在承德時並沒什麼異樣行動，就有，她也毫不知情。倒是四姨娘，據回話的人說，她吞吞吐吐地，說了些曖昧不清的話：收到了風聲，五姨娘在承德時出去了好幾次，和娘家兄弟見面。

這每一句話，都像是往五姨娘的罪行上釘的一個釘腳，蕙娘的話也越來越少，她面上像是罩了一層寒霜，連四太太都很難看出她的思緒。不過，她自己也正心潮起伏呢——就算已經肯定，除了五姨娘不會再有別人了，到了這時候，也還是難免要動點情緒的。

最終，派向太和塢的婆子回來了——東西沒搜到什麼，倒是把胡養娘給帶回來了。

胡養娘一進屋，就砰砰地給四太太磕頭。「奴婢知罪！奴婢只是畏懼於姨娘的身分，請太太明察……」

四太太使勁吐出了一口長氣，她坐直了身子，氣勢儼然，淡淡地道：「妳說妳知罪。」這尊貴、淡定的調子，竟和蕙娘有幾分相似。「那妳倒說說看，妳犯了什麼罪？」

蕙娘瞟了母親一眼，若有所思地咬住了下唇，卻沒把心思放在胡養娘的敘述上。只要她說出「知罪」兩字，五姨娘的命運，就已經完全注定。恐怕連為自己辯護的機會都不會有，這朵盛放的海棠花，就注定要在盛年早早凋零了……

這世界就是這樣，如果總有一朵花要謝，別人枯，總好過自己死。

不過……

第二十六章

胡養娘能混到子喬養娘的地步，自然也不是個笨人，不用嚴刑拷打，她自己就竹筒倒豆子，把五姨娘平時話裡帶出的隻言片語，明明白白地向四太太做了交代。

「姨娘這個人心很大，自己榮華富貴了還不夠，總是想著要提拔娘家。」她越說頭越低。「這幾年，老太爺人還健壯，沒退下來，她自然不會有什麼舉動，可平時和奴婢說起來的時候，話裡話外，好幾次都帶出來，等老太爺過世，喬哥長大之後，她想更提拔娘家一些。令我無事的時候，也教曉喬哥和麻家親近……」

四太太不禁從鼻子裡哼了一聲，自言自語。「倒也懂得千里扶脈，眼下就開始打伏筆了。」

「再有，她背地裡也時常誹謗兩位姑娘。」胡養娘怯生生地打量了蕙娘一眼。「尤其是對、對十三姑娘，更沒好話……總覺得十三姑娘不想出嫁，還是想在家承嗣，有、有害喬哥的心思……奴婢也勸過她幾句，可她說，十三姑娘性子太強，將來出嫁了，肯定還會把手插進娘家。她想……老太爺千古後，她想把三姨娘、四姨娘都打發走了，這樣十三姑娘就是想多回娘家，怕也……」

五姨娘這連番盤算，倒也稱得上縝密，只是盤算中竟毫不把四太太放在眼裡，四太太面子上難免有些過不去，她又再哼了一聲，雖未勃然作色，但不悅之意，卻是誰都聽得出來。

胡養娘使勁給主子磕頭。「太太，雖說這樣說是強詞奪理，可五姨娘究竟也沒做什麼，就憑這些說話，要扳倒她也難，可我告密的消息傳出去，喬哥這個養娘，那就再別想當了……日常我聽見她這樣說話的時候，是從不曾回應的，她覺得無趣，漸漸也就不同我說，奴婢知道的也就是這些了。奴婢未能及時回稟太太，奴婢有罪……」

即使五姨娘還說了別的什麼——就是和胡養娘共謀要害蕙娘呢，胡養娘肯定也不會傻到自己承認。不過，話又說回來，老太爺點名要保焦梅，為他打了包票，而胡養娘是他的弟媳婦……

四太太不動聲色，她點了點頭。「也算妳還識趣吧……暫且先帶下去。」

應付過了這一波又一波的回稟，她也有幾分乏了，歪在椅子上沈吟了半晌，才擠出笑臉來安慰蕙娘。「別怕，她以後再也不能害妳了。所幸她自己按捺不住，知道了那消息，竟提前想要發動，要不然，這顆毒瘤，還不知要潛伏到何時去！」

蕙娘再冷靜的人，隨著胡養娘的回話，此時也不禁是露出怒色。她本來自己正在沈吟呢，聽見母親這麼一說，倒是神色一動。「什麼消息？我怎麼還一點都不知道呢……」

「定下來也沒有多久。」四太太猶豫了一下。「按理，應當是妳祖父告訴妳的，我也不好多嘴……不過，既然都傳到她那裡去了，可見消息已經走漏，也就不瞞著妳了……妳祖父預備把宜春票號的份子，給妳陪嫁過權家去。」

即使以蕙娘的城府，亦不禁為四太太這句話而面露駭然，她險些要站起身來。

「這——」

焦家雖然原本家境殷實，但也不過是河南當地的尋常富戶而已，真正說起發家，還始於三、四十年前，焦閣老入仕未久時，曾在山西為官。當時不要說宜春票號，就連票號這兩個字，都尚且未為天下人知道。帳莊還方興未艾，正在全國推廣。卻是焦閣老獨具慧眼，看出了票號這行當的潛力，是以將家資入股了大半，使宜春票號本錢更厚。嗣後隨著宜春票號越做越大，雖然也有豪門巨鱷參股，但那不過是權錢交易、利益往來分一杯羹的事，人走茶涼……同焦家這樣正正經經的股東比，又全然不是那麼一回事了。

現在宜春票號做得有多大？天下有老西兒的地方，幾乎就有宜春票號的分號。一年光是各商戶存在櫃上的銀子要付的占箱費，那都是天文數字，更別說有了這麼一大筆現銀在手，什麼生意做不得？要不是有宜春票號每年那多得嚇死人的分紅，焦家絕無可能在五十年之內，便突飛猛進，一路高歌地踏入大秦的最上層交際圈：在這交際圈裡的人家，誰不是百年的家業，世代都有人入仕，這才慢慢經營下了這偌大的家產？焦家可就只出了一個焦閣老……

有了錢，要再賺錢就很容易了，就不說焦家現在的現銀，多得是一家人幾輩都吃用不完，就是除卻票號之外，以四太太名義經營的一些生意，賺頭也都豐厚。焦家現在倒也不就指著宜春票號過活，可不論如何，在過去的幾十年內，票號分紅，一直都是焦家最大的財源。按現在宜春票號的勢頭來看，這個聚寶盆，日後只會越分越多，絕不至於越來越少。就不說別的吃用穿著之物，這份嫁妝，一點都不誇張地講，普天下，誰人能比？怕就是公主出嫁，嫁妝亦比不得一個零頭了！

四太太看著蕙娘，她嘆息著點了點頭。「明白了吧？若是麻氏沒有別的想頭還好，咱們家的銀子，也夠她胡吃海塞十輩子了。她既然想著扶植娘家，把票號的份子給妳陪出去，那不等於是在挖她的心頭肉嗎？為了三文錢都能鬧出人命案子呢！妳也不用再把她往好處想了，她想害妳，多得是緣由。」

蕙娘足足怔了有半天，才慢慢地透出一口涼氣來，她喃喃地道：「焦梅……」

「妳祖父說了，這事不是焦梅走漏的消息。」四太太搖了搖頭。「雖不知緣由，但老人家如此說，必有原因。」她猶豫了一下，又提點女兒。「妳自己心裡要有想法，日後多小心他也就是了……不過，現在太和塢這個樣子了，他也犯不著再胡作非為。妳祖父少人使喚，忍他幾年罷了，妳也不要太往心裡去。」

看來，母親是真的一點都不知道焦梅立場轉換的事。對她來說，既然胡養娘擺明車馬是站在五姨娘這邊的，那這消息，肯定就是由焦梅往胡養娘那裡透露過去的了。五姨娘也就因此有了強烈動機……難怪她二話不說，上來就認定了是五姨娘所為。

蕙娘睞了睞眼睫，又長長地透了一口涼氣。「真是太亂了……」她疲倦地說。「一時竟沒了個頭緒，我是什麼都說不出來了。」

畢竟年紀小，雖然經過些風雨，又哪裡比得上老一輩，大風大浪都過來了。四太太有心要為她梳理梳理，可有些話又不好說得太細——畢竟她上頭還有個公爹呢！「妳先回去歇著吧……太和塢的事，我和妳祖父自然會辦。」

她竟罕見地摟了摟蕙娘的肩頭，將自己的真實感情洩漏出了一分、兩分來。「妳就只管安心吧，以後，這個家裡再沒人能害妳了。」

換作從前，四太太可不會這麼親切……看來這件事，的確對誰來說，也都是震動。

又過了幾天，焦子喬被送到謝羅居裡養活，因他忽然間不見了母親和養娘，一直哭鬧個不停，後來竟有些微微發燒。四太太也沒有辦法，只好令胡養娘重新帶罪上崗，胡養娘從此也特別小心，雖然是小少爺的養娘，但全無傲氣，見了誰都低眉順眼的，一看到喬哥兩個姊姊，就令喬哥給她們行禮說「要和姊姊們多親近」。

到底年紀還小，雖然不見蹤影的是親娘，可焦子喬哭了小半個月，也就漸漸地忘了五姨娘的存在。他現在更依賴胡養娘了，因為見天地和四太太待在一處，和嫡母也比往日裡更親近得多，經常撒嬌放賴，要四太太帶他識字，陪他玩積木……鬧得四太太不勝其煩，可又沒有辦法，倒是比從前都要更忙得多了。

除卻這一點變化之外，焦家的日子還是那樣的平靜——就好像焦子喬是從半空中掉下來的一樣，這家裡，好像由頭至尾，就根本沒有過第五個姨娘。太和塢裡的陳設被搬空了、衣衫被丟棄了、門窗被封上了……

「聽四姨娘說，祖父有意思把太和塢改造成玉虛觀的後院。」文娘來和姊姊吃茶。「等明年妳出嫁之後，園子裡少不得要打牆動土，熱鬧一番了。」

最近，大抵是知道自雨堂這裡不會給她什麼內幕消息，文娘經常往南岩軒走動，南岩軒畢竟距離太和塢也近，對於這件事，多少還是能得到一點消息的。不過，這件事處理得這麼低調，當事人全都諱莫如深，四姨娘就算探聽了一點，只怕也是迷霧重重，這裡頭真正的玄機，她還是得指望姊姊給她一個答案。

「動一動也是好事。」蕙娘懶洋洋地說，她伸了個懶腰，從桌上的黑檀木小盒子裡抽出了一格。「蘇州剛送來，新製的橄欖脯，今年船走得快，那股澀香還沒退呢。嚐一點兒？」

又是避而不談，拿美食來混淆話題。可文娘卻並不如從前幾個月一樣易怒，她嘴巴一翹──沒抱怨，只是撒嬌。「才不要吃這個，人家要吃大煮干絲、鎮江肴肉！我院子裡的廚子，做這個可不正宗。姊，妳讓祖父那頭的江師傅做給我吃唄！配一盅魁龍珠茶，那真是要多美有多美，給個金鐲子我都不換！」

文娘也是有日子沒有這樣嬌憨可愛，搶著說俏皮話、撒嬌賣味兒了，真是五姨娘一倒，連她都輕鬆起來……蕙娘笑了。「出息，這都什麼時辰了，妳還喝早茶？」

見妹妹有點急了，她才不緊不慢地說：「祖父這半個月多忙呀？朝中又有事情了，他一忙起來，江師傅隨時要做點心送進宮去的。就為了妳嘴饞，萬一把祖父給耽擱了，妳受得起？」

文娘頓時垂頭喪氣，嘀嘀咕咕。「又忙？真是什麼都趕在一塊兒了……」

蕙娘就好像沒聽見。「等明兒一早，江師傅反正也要起來給祖父做早點心的，不多妳這幾道菜。妳再陪幾句好話，沒準兒他一高興，還做雙魚白湯麵給妳吃。」

斑魚肝鮰魚片雙澆白湯麵，是這位揚州名廚的看家手藝，其味鮮美馥郁，猶貴在京中材料難得，即使文娘也不能時常享用。她輕輕地歡呼了一聲，衝著蕙娘齜著牙笑。「姊，我真喜歡妳！」

「一時又喜歡，一時又討厭，真不懂妳。」蕙娘也笑了。「最近，別老這麼興頭，家裡才出事呢，妳這麼高興，不知道的人，還以為妳生性涼薄、幸災樂禍……」

文娘哪管這麼多，她又衝蕙娘一亮牙齒，笑得都有傻氣了。「我就是喜歡妳嘛，妳怎麼這麼厲──」

蕙娘眉一立，她不敢再往下說了──再往下說，那就著相了。不過，小姑娘自有辦法，她一下子又滾到姊姊懷裡，和大白貓爭寵，一人一貓一起呼嚕呼嚕的。「姊，妳就和我說說是怎麼一回事吧！」

「拿妳沒辦法……」蕙娘擼了擼文娘的頭髮。「別賴著我，熱死啦！妳倒是先和我說說，妳聽到的是怎麼個說法？」

「四姨娘說，」文娘就扳著手指，賴在姊姊身邊一長一短地說起來。「五姨娘以前就不安分，像是給妳下過毒呢，估計藥性不猛，妳又吃得不多，根本就沒奏效，反而還被我姊夫給摸出來了，私底下提醒了妳幾句。在承德的時候，她怕妳陪嫁得太多了，傷了家裡的元氣，就和娘家兄弟說了。後來，二門上她那個親戚進來做事的時候，就把厲害的藥給她帶進來了，她又尋了個機會想毒妳，只是這一次妳有了提防，就沒那麼容易了。往妳這裡跑了好幾次，這才成功下手，可到底是沒比過妳的縝密，就這麼順藤摸瓜，一查不就查出來了？」

倒也算是把故事圓得挺不錯的，方方面面都解釋得很清楚，竟有幾分天衣無縫的意思了……四姨娘畢竟是陪嫁丫頭出身，還是很得主母信任的。

蕙娘笑了。「差不多就是這樣吧。妳都快把事情給掰開揉碎說清楚了，我還有什麼可說的？」

文娘一陣不依。「哪有這麼簡單！按這個說法，妳不是乾乾淨淨、清清白白的……全把自己給摘出來了？」

「我一個被人下毒的可憐人，」蕙娘白了妹妹一眼。「我哪裡不乾淨、不清白了？淨瞎說！」

「可……可那妳給我送話呢——」文娘有點不服氣，嘀嘀咕咕的。「妳要什麼都不知道，一張白紙似的，妳給我送什麼話呢？」

「我給妳送什麼話了？」蕙娘似笑非笑。「我說的哪一句不是該說的話？」

文娘思來想去，還真是抓不到蕙娘一個痛腳，她有點沮喪。「我還特地等到現在才過來呢，那幾天，都沒敢往妳的自雨堂裡打發人問好……」

會知道避嫌，也還算是懂得辦事，清蕙點了點頭。「現在這樣不是挺好的？瞎問什麼？還是那句話，該妳知道的，自然會告訴妳，不關妳的事，妳就別胡亂打聽，免得妳不找事，事情找妳。」

「我就想知道她怎麼倒的唄！」文娘冷笑了一聲。「還真以為自己是號人物了，眼空心大、頭重腳輕……不知道收著！現在怎麼樣？自己壞事了，一大家子人都跟著倒楣——」她正說著，外頭綠松進來了。

「她們送了這些來——」說著，便打開一個盒子給蕙娘看：都是這大半年來，陸陸續續被送到太和塢去的首飾。

這些首飾，也就是在太和塢裡暫住上一段時間而已，到了末了，還是回到了正主兒手裡。這租金，也不可謂是不高昂，買賣，也不可謂是不合算了。

蕙娘卻只是瞅了一眼，便嫌惡地一皺鼻子。

「扔了！」她斬釘截鐵地說，語氣毫無商量餘地。「別人戴過的，現在又還給我，難道我還會要？」

綠松像是早料著了這回答，她輕輕地彎了彎身子，便把盒子一蓋，轉身退出了屋子。倒是把文娘急得夠嗆，她看看綠松，再看看蕙娘，忽然間心灰意冷，又長長地嘆了口氣。

都說她焦令文脾氣不好，其實焦家最傲的人，她哪裡能排得上號？焦清蕙看著和氣，可這內蘊的傲氣，卻是被養得貨真價實，一點都不打折扣……五姨娘竟敢和她沖犯，也難怪要被姊姊拿下了。用她一生來得意三年，也就只有她這樣的人，才會做這樣的買賣吧？

文娘並沒有再追問太和塢的事，四太太自然更不會提。焦家上下一派寧靜，氣氛甚至還要比從前更輕鬆了幾分：畢竟，除了多了一個焦子喬，少了一個四老爺之外，從前的十五、六年，焦家都是按照這個結構過日子的，現在重走老路，自然一切都覺得順手。除了老太爺、四太太要比從前更忙之外，焦家餘下幾個主子，日子都過得很省心。

不過，自雨堂還是反常的低調，蕙娘這一陣子，甚至很少去南岩軒說話，每天早晚去謝羅居請過安，她就悶在屋內給權仲白繡手帕、做荷包……

這一蟄伏，就蟄伏到了八月末。

到了八月末，朝中終於清閒少許。秋汛結束，今年各地也沒有出現大的災情，老太爺也就終於有空閒在家裡休息兩天了。這天一大早，他就接清蕙去小書房說話。

這一場談話，遲早都要來的，蕙娘並不忐忑，不過，一進小書房，她的眼神還是凝住了。

老太爺一手支頤，正興致盎然地望著案頭出神——這張雞翅木長案上雖然有許多擺設，但吸引他眼神的，無疑是那方小巧玲瓏、正端端正正地擺在老人家跟前的紫檀木盒！

第二十七章

祖孫相對，一時竟無人說話，老太爺笑咪咪地出神，蕙娘便在案邊品茶，她顯得意態悠閒，白玉一樣的面龐上，竟看不出一絲情緒湧動。就像是同老太爺一道打坐一樣，對這個曾經屬於自雨堂，後又被她送給太和塢，現在竟輾轉到了小書房的紫檀木盒，她是木無反應。

畢竟是自己兩父子從小親自調教出來的，養氣功夫，那是沒什麼可以挑剔的了。老爺子微微一笑，拿起小盒子擺弄了幾下，一頭和孫女兒聊天。「家裡最近，不太平啊！」

「動靜也算是小了。」蕙娘眼兒一睞。「您這茶，我喝了好，是今年新下的黃山雲霧？」

「玉泉山水潑的，怎麼說也比惠泉水新鮮點兒。」老太爺隨口說。「人家千里迢迢送過來，潑了吧覺得可惜，其實煮茶吧，雖然比一般泉水能強些，可舟車勞頓了，還有多少風味，也難說得很。要傳話說別送了，又怕底下人多想。」

底下人要往上爬，自然挖空心思，這些年來，焦家哪怕表現出絲毫傾向，就隨口誇過一個好字，此後年年孝敬，那都是懸為定例。即使是上位者，對有些事也只有無奈的分。蕙娘今日裡說了喜歡，明年、後年，最上等的黃山雲霧肯定少不得她一份，可她哪喝得過來啊？這潑天的富貴，有時候就是小姑娘自己都覺得有點罪過了。

「要喝不過來，就送人也好的。」蕙娘隨口說，又嘆了口氣。「唉，不過這分送給人，就又覺得是炫耀了……」

「妳倒是挺寬心的！」老爺子白了蕙娘一眼。「我這明擺著跟妳興師問罪來的，妳還和我扯這個。」

雖說是興師問罪，可他看著笑咪咪的，竟是沒一點火氣。老人家又扯了幾個格子出來，似乎就找不到頭緒了，他鑽研了片刻，便負氣一樣地把盒子往蕙娘身前一推。「自個兒打開。」

這種宮廷中精心製造，用料名貴、結構奇巧的小木盒，因為產量不多，在外頭名聲並不太大，拿來收藏一些私物，是再好也不過的了。蕙娘因愛好此物心思，手頭有十多個這樣的珍藏，平日裡把玩得很是嫻熟，比起老人家自己摸索起來那笨手笨腳、不得其法的憨態，開起來就嫻熟得多了。她青蔥一樣的十指在木盒上下飛舞著，這兒開了一扇門，那兒又推出了一個暗格——不過，這些格子裡幾乎都空空如也，想來，是早就經過一道搜索了。

小小一個木盒，竟開出了有十多個格子，蕙娘最後還把底部一托、一摳——整個看似實木的底座，居然還是一個大抽屜，輕輕巧巧就被她給取下來了。

這個機關，辦事人估計是沒有摸出來，大抽屜裡裝著些散碎的金銀，還有兩條泛著微光的大黃魚（注）。老爺子一看就笑了。「麻氏這個人，挺好玩的。」

這盒子是巧不錯，藏東西的確也好使。可那是自雨堂送來的東西，人家肯定是把玩得熟透了。一頭要害人，一頭又用人家的盒子來盛東西，五姨娘這個人，的確是挺好玩的。

蕙娘稍微一歇手，還沒說話呢，老人家又輕輕叩了叩桌面。「怎麼不動了呢？」

她只好將托底的漳絨給扯了出來——原來在這大抽屜的底壁上，竟還有一個小小的鎖眼！這物件能做得這樣巧，也實在是挖空心思了。蕙娘一扭盒蓋上雕出的饕餮尾巴，從它臀後扯出了一把小鑰匙，插進了鎖眼一擰，便又啟開了一個暗格。

這暗格不大，裡頭能裝的東西並不多，五姨娘也就是放了一個白紙包而已，老爺子若有所思地掂了掂它的分量，嘿然道：「一包子藥粉。」

他敲了敲金磬，等一個小廝低眉順眼地進來了，便將紙包擲到他手上。「找你們鶴大爺，讓他尋個大夫，聞聞這是什麼玩意兒。」

蕙娘木著一張臉，垂眸不語，等小廝出去了，她款款起身，拎起葛布裙子，猶豫了一下——卻不就跪，而是進裡間搬了個蒲團出來，這才跪到了老太爺跟前，垂著頭，露出了天鵝一樣修長潔白的頸子，一副任人數落的樣子。若非脊背依然挺得筆直，渾身傲氣，似收還露，不知道的人，還真當她是心服口服，只等著老太爺教她了。

老太爺幾乎打從心底笑出來。「妳平時還說文娘！怎麼，要跪還跪得這麼不情願？那倒還不如不跪呢！」

注：大黃魚，一九四九年之前，中華民國中央銀行用作儲備金的金條，即俗稱的「大、小黃魚」。5市兩金條，即「大黃魚」，約重一五八克左右；1市兩金條，即「小黃魚」，約重31克左右。

「天氣入秋，地上涼了。」蕙娘抬起頭來，從長長的睫毛底下瞟了祖父一眼。「膝蓋跪壞了，您難道就不心疼呀……」

她從小受名師教導，性子早熟，幾乎從不犯錯，即使有錯，那也是該認就認，絕無二話。別說如此撒嬌了，日常時候，語氣能軟上一分，老太爺聽著就不知有多受用了，這麼一嗲，老人家心都要化了，又哪裡還氣得起來？他一迭連聲道：「我心疼、我心疼，我自己親孫女，我怎麼就不心疼了？」

蕙娘這才又垂下頭去，她不說話了，把場面交給了老祖父掌控。

老太爺也的確感到很有趣。

「妳佈置得挺好。」他表揚孫女兒。「幾乎沒有留下多少破綻，真真假假、虛虛實實，眾人說的，都是該說的話，也都是實話。要不是在焦梅這裡，終究還是露出了一點破綻，連我都沒法拿準妳的脈門，就更別說妳母親了。」

蕙娘稍微一動，輕輕地說：「祖父……我可沒有自編自唱，這藥，不是自己下的。」

「我知道不是妳。」老太爺幾乎有些不耐煩了。「妳的立意，有這麼低俗嗎？不過，我也的確有些不明白，難道妳從前真的服過毒藥，這毒藥又真的在妳的氣血裡留下了痕跡，平時給妳請脈的大夫真的摸不出來，就只有權子殷能摸出來？他雖然醫術超神，但也沒有這麼神吧？可要不是如此，妳又怎麼會忽然防備起來？」

這世上人有多種，有些人只懂得人云亦云，人家說什麼，他就信什麼；有些人要聰明一點兒，至少能先過過腦子，但凡事還不會往深裡去想；似老太爺這樣，凡事不但看得準，而且想得遠，能撥雲見日、直指核心的，可謂是萬中無一。蕙娘布的這個局，因勢利導，幾乎沒費多少力氣，動作又小……縱有疑點，也都是些無關緊要的小事，可老人家就硬是能一眼看出最大的疑點：要是這毒不是她自編自唱，自己下給自己，那蕙娘又如何能夠提前預防？

權仲白私下提醒這個藉口，也就只能透過綠松，令四太太釋疑而已，要解老太爺的疑惑，還欠了點兒。

「我要防的其實不是五姨娘。」蕙娘坦然地道。「他當時要和我私室獨處，實際上是想……」想到這裡，即使以蕙娘的城府，亦不禁有幾分咬牙切齒。「想要說動我退親，被我幾句話給堵回去了。我不知道他為什麼要退親，也不明白此人的秉性，但他是神醫……權家又是黑白通吃，誰知道他要是不想娶，還能鬧出什麼事來？這不是聽說他到了蘇州還不夠，這幾個月居然下廣州去了嗎？看起來，他是真的很不想要我這個媳婦。」

雖然面上不過問，但要討大姑娘好的人，府內府外不知多少，權仲白人在江南，動向可瞞不過京城的老太爺。瞞不過老太爺……不就等於瞞不過蕙娘？

老太爺也沒想到權仲白居然光棍到說得出這一番話來，他沈吟半晌，也是嘿然。「把主意都打到妳頭上來了……確實是他幹得出的事！」

不過，親事進行到這個地步，除非雙方有一人死亡，不然根本已經沒了反悔的餘地，老人家也就不糾纏這個話題了。他也是為自己梳理思路，也是和蕙娘閒話。「五姨娘這兩年來，明裡暗裡，少不得給了妳幾分不快，卻又都只是小事，按妳性子，不至於和她計較。她小門小戶，乍然得意，難免有些輕浮，妳也知道，為了喬哥，這幾年來，我和妳母親是不會給她太多臉色看的。妳要出嫁的人了，出嫁之後天高海闊，只有她巴結妳的分，要妳靠娘家，那是沒有的事。沒出孝的時候，妳應當是沒想著對付她的吧？」

他頓了一頓，又續道：「妳雖然說是顧忌權仲白要妳的性命，但我看妳這個局，是從臘月裡，妳把妳身邊那個丫鬟打發回家開始，就已經開始布線了。妳還是沒和我說實話，真正想要除掉她，肯定是臘月裡有什麼事兒，令妳動了真怒。有什麼事兒呢？家裡這平平靜靜、安安寧寧的，還能出什麼事兒？」老太爺也不等蕙娘答話，便自己悠然道：「啊……臘月裡，姨娘們從承德回來了。聽南岩軒裡的丫頭說，在承德的時候，有幾天，妳生母的眼圈兒都是紅的……」

焦清蕙再算無遺策、縝密狠辣，她的手段，還不都是老爺子教出來的？即使她也有了幾分火候，在自己爺爺這頭老狐狸跟前，還真是始終差得遠了。至此，蕙娘終於再不敢和祖父繞圈圈了，她就和文娘一樣，又不服氣，又不能不服氣——可她到底又要比文娘識時務得多了，老底都被揭了，再死撐下去，也沒什麼意思。

「三姨娘什麼都沒有說。」她低聲道。「我問了好幾次，她都不肯告訴我。還是她身邊的符山和我說的，說是在承德的時候，和五姨娘說了幾句話，她回來一個人哭了一宿……又過了好幾個月，三姨娘打量我忘記這事了，才和我透出意思，說等我出了門子，她想要到承德去住。」

老太爺「唔」了一聲，不動聲色，好似這個還沒有上位，就已經開始為家裡作主的跋扈姨娘，並不是焦家的一員。他就像是聽戲一樣興味盎然，語氣也帶了戲謔。「敢給我們佩蘭添堵？她好大的膽子！」

蕙娘大膽地白了祖父一眼。「您就知道笑話我——我這回可沒什麼安排得不妥當的地方。您覺得我哪裡做得不好，您就只管說嘛！」

「妳是做得挺好的。」老太爺說。「打從立心要除去她開始，先把孔雀打發回去，和她面上修好，顯得妳自己通情達理、不爭一時閒氣。妳母親面上不說，心裡對妳肯定也是讚賞有加的。緊跟著再要了焦梅做妳的陪嫁，簡直就是順理成章……我估計麻氏二門上那個親戚，和他一道當班的姜管事，妳將來也要他和妳陪房過去的吧？」

「他女兒石墨管著我的飲食，」蕙娘輕輕地說。「也算是有頭有臉了，一家子陪過去，我也安心一點。」

老太爺不禁嘻地一笑。「那胡養娘呢？坍得這麼快，是焦梅在背後使勁？妳又是怎麼收服焦梅的？」

「對有本事的人，倒不必多費心機。」蕙娘說。「麻海棠喜歡海棠首飾，只是從前自雨堂首飾從來都不給人的，我給了文娘一副頭面，她來要，孔雀沒給，我把孔雀送回家後，是令石英管著平時的首飾匣。幾個月了石英都沒把首飾匣裡一支很漂亮的海棠簪子捧出來給我選，可見這丫頭，不論是忠心也好，聰明也罷，至少腦子還是清楚的，再稍微一點透，提一提我院子裡所有丫頭都跟我過權家的事，她一回家，焦梅一問，自然就知道該怎麼辦事了……我對他的要求也不多，沒要他吃裡扒外，就想讓他弄清楚，究竟麻海棠打了什麼算盤？令三姨娘去承德，是她隨口一說，三姨娘心裡太敏感，當真了呢，還是她真有這個打算？這一打聽，就打聽出來了，胡養娘說的那些話，並沒有摻假。」

「嗯……」老太爺點了點頭。「這就明白得很了。就沒有這下毒的事，妳怕是也要鬧騰出一點動靜來。最後查出來，有沒有真憑實據，妳母親心裡那個下毒的人究竟是不是她這都不要緊，只要胡養娘把話一說，姜管事、四姨娘再下點壞話，按我的作風，她不死也得去半條命，以後更是別想沾喬哥的邊了。這個局簡單明瞭，勝在一箭穿心，分寸拿捏得不錯。」

「我也是沒想到，」蕙娘秀眉微蹙。「您和母親竟定了宜春票號的份子給我做陪嫁！」她又瞅了那檀木盒一眼。「她又還真的託了娘家兄弟給她物色了毒藥……竟還蠢得用這盒子來裝，卻又藏得好，沒被人搜出來。兩巧成一巧，倒是坐實到她頭上了。」

不過，蕙娘也是早就打定了主意，不管這下毒的人是不是五姨娘，她總是要先栽給她的。和老爺子說的一樣，能栽死了就栽死了，最後查出來，是她最好，不是她，自己再另外慢慢地查——這要是前世她中毒之前，已經知道了自己的嫁妝將會有多龐大，她對五姨娘的懷疑，也是只會多，不會少的。

「這燙手的山芋，不給妳陪到配襯的人家裡去，難道還要留在焦家招禍？」老爺子頑皮地笑了。「握在手裡多少年了，現在好不容易有機會出脫，當然要出脫了去。再說，妳到了夫家，沒點陪嫁……又不得夫君喜愛，妳也存不住身的。」

說到這裡，老爺子終於有了一絲歉意，他往上抬了抬手。「起來說話吧。這個局，布得還算不錯，不算太沒風範。只走錯了一步，不然，就是我，怕也是只能存疑，並拿不準。」

「您是說？」蕙娘神色一動。

「以妳的作風，說得出做得到，要玩釜底抽薪，也不必先通過我，大可以向焦梅露出意思，暗示妳會要他做妳的陪房。」老人家從容地指點孫女。「甚至是等到妳的陪嫁公布出來之後，再給一點口風……焦梅很善於審時度勢，他也明白妳的為人，又何必還要特地向我要他呢？妳這還是小看了我。」

清蕙站起身來，在老太爺跟前重又坐下了，她忽然噗哧一聲，露出了頑皮的微笑。

「爺爺！」她說。「我要不問您要人，您看不透了，真要出事，真要被我全栽到五姨娘頭上，那還有誰幫著我查真凶呀？」

老太爺猛地一怔，他指著蕙娘，罕見地竟說不出話來，過了半晌，才發自內心地暢笑了起來。「好、好！真是雛鳳清於老鳳聲！令妳嫁到權家，我也沒什麼好不放心的了！」

不過，他隨即又收斂了笑意，換上了肅容。「妳自己心裡清楚明白，那是再好也不過的了。就五姨娘那點本事，能往妳屋裡下藥？簡直是天方夜譚！到底是誰要毒妳，妳究竟有沒有頭緒？」

第二十八章

「沒有一點頭緒。」蕙娘搖了搖頭，她是要比祖父沈著一些的——畢竟，是比老人家多做了大半年的準備。「家裡是不會有什麼漏洞的，可外人如何能把手伸進來，就更是不解之謎了。這件事，我在後院是查不了的，還得您在前院做點功夫。」

「我這不是正給妳查著嗎！」老太爺像個孩子一樣嚷嚷了起來，看得出來，他的思緒也很興奮、活躍。「查來查去，也查得是一頭霧水。找了兩個好大夫看過了，都是多年給燕雲衛做事的——說是就從藥渣子來看，沒一處是和方子上對不上的。究竟是哪一味藥有毒，他們也分辨不出來了。這毒藥，應該是精心薰製出來的，甚至都還排除了底下人辦事粗心，無意間混進了別種藥材的可能。」

蕙娘眉頭緊蹙。「這方子裡也沒有什麼太名貴的藥材，家裡都是常備著的，要說是在小庫房裡時，為人偷換了——」

「妳王先生雖然告老還鄉了，但我們家裡也不是從此就沒了高人坐鎮。」老太爺擺了擺手。「家裡人肯定沒這個能耐暗中偷換，外人要進我們焦家後院，又哪裡是那麼簡單。」他敲了敲桌子。「妳雖然伶俐，但始終經過的事情還少。妳就沒有想過，既然在家絕無可能出錯，就不能是藥鋪裡有人動了手腳？」

蕙娘神色一動。「可——這說不通呀！藥方裡的藥，都是家裡幾乎常備著的。無非就是北沙參、玉竹、天冬、冬蟲夏草這幾種換著做主藥，就我知道的，三姨娘、文娘的太平方子裡，不都有這樣的用藥嗎？外頭人要動手腳，他能保證就害著我了？還是他就害死一個算一個？」

「是，都有這樣的藥。」老人家支著下巴，富有深意地望了蕙娘一眼。「可妳自己心裡也清楚，這個家裡，飲食起居、衣服首飾，上尖中最上尖的那一份，始終還是要送到妳這裡的。」

這的確是實話。若果真有這麼一個凶手，深知蕙娘平時常吃的太平方子，又有途徑換了藥鋪裡送來的藥材，那麼只要一切順順當當的，蕙娘是有機會喝下這碗藥湯從而暴斃，又因為凶手根本就不在焦家，她就是要查，一時也沒處查去……蕙娘難得地有點懵了，她幾乎是本能地分析。「可那也是從前的事了，自從家裡有了喬哥，太和塢少說也要占了一半好東西去。這些滋陰的藥，平時麻海棠也有用的吧？那凶手錯毒了她不要緊，他就不怕打草驚蛇，再也沒有下手的機會了？」

「麻氏的藥方，我拿來看過了。」老太爺淡淡地說。「其實妳心裡多半也有數了吧？她的藥方裡，幾味主藥和妳的確都有重疊，唯獨冬蟲夏草，她的方子裡沒有。」

蕙娘眼皮一跳。「昌盛隆那邊，您派人查問過了沒有？」

昌盛隆是京中藥鋪，價格偏高，藥材品質也要更好一些。京裡的王公貴族，幾乎都在他們家開藥。

「還用得著查問嗎？」焦閣老說。「昌盛隆背後有宜春的本錢，我們才一直用它。他們肯定也是揀最好的給我們家用，誰還不知道呢？別的藥材也就罷了，可這冬蟲夏草，全天下最好的就出在青海……要不然，前些年幹麼那麼著急打北戎？」

北戎方平，權仲白就帶了幾十個侍衛進西域尋藥，這是京裡有名的故事。自從他妙手回春，硬生生把先帝的病給延了幾年之後，西域藥材，也就順理成章地為權家壟斷……

蕙娘一下就咬住了嘴唇，她瞟了老人家一眼。「他說他獨身慣了，真的一點都不想續弦……」

「妳對權子殷也太沒有信心了。」老太爺不以為然。「我可以給妳打包票，權家想要妳命的人，恐怕的確是多得兩隻手數不過來，但他絕不是其中一個。他要真有這狠勁，當時也就不和妳說那一番話了。」他又叮嚀蕙娘。「他閒雲野鶴的性子，和妳不大調和，我也是早預料到的。對這一點，妳心裡也要有所準備，到了權家，旁事不論，先把他給籠絡住了，生了兩個兒子，妳再來談別的事。」

蕙娘再殺伐決斷，那也是個女兒家，她還偏巧是個很傲氣的女兒家。小姑娘嘴巴一翹，明知道祖父說的是正理，卻還有點不樂意。「那也要他能生才行啊，我看他那個哥哥，就——」

老太爺被孫女兒的小脾氣鬧得啼笑皆非，他加重了語氣。「他能生得出來，自然和他生，他要不願和妳生，妳就是去借了種，那也得把孩子生了！」

見蕙娘垂下頭去，不說話了，他這才把語速給慢了下來。「權家情況，和別家不同，他們家從開國時第一代傳承起，就不是嫡長子承爵。我看過他們的宗譜，這些年來，有嫡長子承爵的，也有嫡次子、嫡三子承爵的。反正只要是嫡子，又有能耐，爵位並非無望。子殷對爵位未必有想法，但我看，妳還是要爭一爭。」

蕙娘倒未曾聽說過此點：這一代良國公承爵，已經是三十年前的事了，這種事，權家肯定也會處理得很隱密。不是老太爺這樣的有心人，恐怕是很難發現其中的玄機。

就算心裡再有別的想法，她也不禁一挑眉，本能地思索了起來：要是祖父所言不假……如果沒有票號陪嫁，她倒還不一定看得上良國公的爵位。別的不說，只要一想到權仲白那雲淡風輕的魏晉風度，蕙娘就打從心底犯膩味。他是肯定不會去爭的，不然，怕是早都續上弦了。牛不喝水強按頭，她難道還能強著權仲白？可有了宜春票號這個陪嫁，那就不一樣了。懷璧其罪，比起還沒有生育、平時德行也並不顯的長子夫婦，權仲白醫術通神，上層關係極好，她焦清蕙是閣老孫女，老閣老軍政兩面的關係，權仲白怎麼都能繼承了三分，又有這熏天陪嫁，就是他們不爭，對府裡其餘有意爵位、有分來爭的兄弟來說，也已經無形間是個壓迫了。四太太說得好，為了三文錢都有人殺人呢，更何況是宜春票號這麼大的利……還沒過門，權家就有人迫不及待地要出手了，自己要還傻乎乎地只想著過門後自保，那豈不是等著人來踩死？

該怎麼爭呢？老太爺已經指出明路了。爭一時閒氣，簡直和五姨娘一樣蠢。再沒有人比焦家更懂得子嗣不旺盛的痛苦了，她的千般心機、萬端手腕，全比不過一張好肚皮。能把嫡子生在前頭，就已經是堂堂正正地在爭。別的事情，大可以等生完了孩子再說。

理是這個理，祖父一言萬金，路都給鋪好了。就是心裡再不願意，蕙娘也沒有再鬧脾氣，她輕聲說：「可他老往外跑，這些年來，在京城的時間並不多……」

「往後幾年，他出不去了，」老太爺笑了。「權家只怕比妳還要更著急。我還有一件事，沒和妳說呢。訂親的時候，就已經和他們打過招呼了，將來要是子喬出了什麼事，沒能平安養大，妳和子殷的第二個兒子，必須改做焦姓，承繼焦家的香火。」

蕙娘肩膀一彈，她吃驚地看了祖父一眼。「這——這合適嗎？權家人行事這麼狠辣，萬一要是將來他們對子喬下手……」

「合適，怎麼不合適？」老太爺淡淡地說。「他們要下手，怎麼都得等我合了眼。要是我撒手的時候，妳還沒能在權家做出一番名堂來，子喬生死如何，那也都是他的命。天下的富貴就那麼多，我們家獨攬了幾分去，命不夠硬，哪裡撐得起來？」

從小老太爺就是這麼教她：秦失其鹿，天下共逐；有錢有勢，自然就有人覬覦。潑天的富貴看著是好，可要沒有撐天的實力，那也只有被淹死的分。焦子喬自己要是能耐不夠，蕙娘這個做姊姊的又護不住他，他的命運也就只能操諸他人之手，到時候是生是死，可不就憑個天意了？

「就是妳自己在權家也是一樣。」老太爺並沒有再往深處去點了：蕙娘為人，他難道還不清楚？就是因為她親手把子喬的生母給搞下去了，這輩子反而還會更護著喬哥。再點透，倒落了下乘。「這天下，越是最富貴的地方，爭鬥也就越凶險，人情也就越淡薄。妳在焦家也好，權家也罷，甚至是把妳許到何家也是一樣，妳有的少了，別人未必不來害妳，可妳有的多了，別人是一定要來害妳的……佩蘭，人生在世，步步為營。以後過門到了夫家，三從四德的面子要做好，私底下該怎麼辦，妳自己心裡也要有個數。」

清蕙起身恭恭敬敬地給老太爺行禮。「孫女一定謹記在心，不令您、令母親失望。」

有這一句話，將來就是自己撒手，也無須為子喬擔心了。出嫁前該有的幾句說話，也都說得差不多了，老太爺唇邊不禁浮起一縷微笑，他目注蕙娘徐徐落坐，眼神一時不禁有幾分悠遠了。「可惜，妳爹沒能多熬兩年，不然，妳又何必如此操心。他一雙眼多利，麻氏什麼貨色，才輕浮一點，恐怕就瞧出了她的材料，也就容不得她多活這幾年了。」

這是老太爺在變相地賠不是了：以蕙娘的敏感身分，縱然祖孫親密無間，可只憑五姨娘幾句說話，即使她看出此人本色，亦不能直接數落她的不是。歸根到底，還是因為老人家這幾年來忙於國事，四太太又根本無心理事，這才使得五姨娘可以從容編織她的春秋大夢，也要勞動得蕙娘出手布局，來暴露她的真容。

「我沒有爹的眼力。」蕙娘把壺裡殘茶潑了，出屋又接了一小壺水。「茶冷了，我給您換一壺新的。不過，也就是些雞毛蒜皮的手段，費不了多少心思，玩似的就辦下來了。您要是不怪我自作主張，非得把她往死路上逼，我這就安心了。」

她是做慣了這一套的，吹火烹茶，一連串複雜的動作，讓她做得賞心悅目，焦閣老看著心裡都舒坦。聽了蕙娘的話，他又有幾分不屑。「就憑她？妳不出手，她也活不了幾年，她好也罷，既是如此人品，子喬長大之前，總要把她拔掉的……唉，也是家裡人口太少，能多一個人，就多一個人。」他又表揚蕙娘。「妳這一次做得很好，把子喬放到謝羅居，是妳母親主動開的口。」

自從四爺去世，這幾年來四太太彷彿槁木死灰，一副哀莫大於心死的樣子。焦家祖孫心裡其實都著急，但心病還需心藥醫，子喬搬進謝羅居，總算是個好的開始。蕙娘微微一笑，算是領過了祖父的誇獎，她不免還有幾分好奇。「麻家那麼一大家子，您怎麼安排的？畢竟也有幾十號人，連親帶戚的，好似都不在京城了。」

焦閣老只是笑。「是啊，我怎麼安排了呢？」他端起蕙娘斟出的茶水，自那褐色小盅中淺淺啜了一口，笑得雲淡風輕，一絲煙火氣息俱無。

蕙娘看在眼裡，心頭卻不由得一抽。麻家幾十口人，又是良民，要全滅口，即使是閣老府，怕也沒有這個能耐吧？一個不慎，也容易給對頭留下把柄……再說，麻海棠一個人不識進退，隨手摁滅了也就摁滅了，麻家人能有多少知道她的圖謀？這就辣手除了全族，恐怕有干天和吧？可祖父多年相位坐下來，心狠手辣慣了，恐怕又不會把麻家這些人命放在眼裡……

「文娘的婚事，」正想著，老爺子又開口了。「妳別再插手了。」

他把茶盅擱回案上，不知何時，又收斂了笑意，語氣也有幾分高深莫測。「我知道妳多少是猜出來一點了，不過，終究也有變數，還要看那人究竟想不想進步……嫁到接班人那裡去，日子差不了的。再說，這親事能不能成，還得看他這件事，辦得漂亮不漂亮？」

這一回，蕙娘是真的有些不寒而慄了。她努力遮掩著這絕不該在自己身上出現的不自在，竭力在心中告訴自己：妳不先做到絕，他日就會有人對妳做到絕。在這種高度，每一步都沒有多少犯錯的餘地，心慈手軟，不過是最大的笑話。

「她同您來鬧了？」她的聲調還很輕快。「不是我說文娘的不是，可她那個性子……做將來閣老家的兒媳婦，怕是不大合適吧？」

「人都是練出來的。」焦閣老調子很淡。「該教的沒有少教，在家嬌養養不出來，出嫁後多跌幾個倒，她就跌出來了。」

一聽這語氣，蕙娘就知道此事已沒有多少回旋的餘地。她沈下眸子，輕輕地應了一聲。「是。」

「權家已經派人去廣州捕捉子殷了，」老太爺看她一眼，唇邊又浮出了那孩童一樣頑皮的笑容。「想必也不至於誤了婚期。從下個月起，從前的幾個先生，會再回來教妳。妳也該為以後的日子多做打算，該挑的陪房、該做的人脈功夫，不要耽誤了。」

見蕙娘面上頓時浮現兩朵紅雲，他不禁大樂，玩心十足地頓了一頓，頓得孫女兒有點不自在了，才道：「至於這毒藥，我會為妳查著，有了線索，自然隨時告訴妳知道……這幾個月，妳也多陪陪妳母親、妳生母，多陪陪喬哥——」

正說著，外頭有人通報，老太爺叫進——卻還是那位小廝，他半跪著給老太爺回話。

「那是鶴頂紅，不過並不太純，味道還發苦呢。大夫說，也就是坊間可以輕易弄到的貨色。」

老太爺和蕙娘對視一眼，都露出了不屑的神色：小門小戶，就是小門小戶。五姨娘這是還沒有冒頭，就被蕙娘給察覺了出來，如不然，她稍微露出本色的那一天，怕就是送命的日子了！

第二十九章

即使已經快進臘月了，廣州天氣也還是那樣和暖。十一月底，到了中午連夾衣都還穿不住。權仲白寬袍大袖還不覺得，他身後的管家是流了一臉的汗，他小心地將衣袖往上摺了一摺，緊跟在二少爺身後，兩人踱到一株大槐樹下站著說話。

「您瞧著這批廣陳皮，能全吃進不能？若能，今晚交割了，明日倒是能一道載上京去，也算是為京裡補上點貨了。去年京城附近開春前後那場小疫，用了不少陳皮呢，二少要瞧著明年還許再流行起瘟疫來，咱們就吃了這一批去？」

隨著數年前定國侯南下西洋，朝廷開埠的消息傳揚了出去，僅僅是幾年時間，廣州幾乎已經換了個模樣。民間的錢，永遠要比天家的錢更活也更快。要不是許多走私船舶壓根兒就沒有能入港的憑證，眼下碼頭恐怕是已經泊滿了船，可就算是這樣，廣州附近的大小島嶼也早就停滿了從西洋、東洋、南洋蜂擁而來的大小船舶。有些老住戶，僅僅是因為手持百年前官府頒給的「船票」，可以進出海港來回運貨，這幾年間就已經成了大廈連雲的富戶了。

這地方每天都有新的富戶，也每天都有人家傾家蕩產。可從海港邊上一溜排出去長達數里正在建造的碼頭、廣州城外為福船停泊營建的新港與造船廠、城內隨處可見堆積如山的砂石工地來看，廣州畢竟是要比權仲白行走過的所有城市都興旺得多了。這是個很吵鬧的地方，人口流動得也大，天天都有船隻出海往北方走，也都有馬車向內陸行去。廣州知府這幾年正預備修路呢：要再不修路，恐怕廣州城內的馬車能把全城街道都給塞得滿滿當當的了！

就是藥材集散的這一條街，也要比權家兩主僕所見的所有市場都要熱鬧。廣陳皮、廣藿香，已經不再是這一間間藥鋪所營業的主要藥材了，從柔佛來的人參、從西洋輾轉來的咖啡、從「極新一處地方」來的新西洋人參……就是一向最講究老招牌、老字號大小的藥材鋪，也都賣起了洋貨。張管事在廣州捕捉到二公子已有半個多月了，這半個月來，二公子還和從前一樣，幾乎就沒有閒著，每日裡給窮苦人看過診，得了閒便鑽研這些新式藥材的藥理、藥性，又更大肆購買，到廣州五、六個月，他自己隨身帶的銀子花光了不算，還問許家借支了有一萬銀子，也全花得一乾二淨了。若非張管事身上也帶了幾張花票，良國公府的顏面何存？許家是有錢不錯，可權家也不差錢呀！二公子就衝著宜春票號寫一張單子，上十萬銀子也是隨時到手的事，可他一來怕是懶得費那個神，二來也是不願讓家人太快得知他的行蹤……

「那不是廣陳皮，香味色澤都不像。」權仲白淡淡地說。「價格倒還能壓得再便宜點兒，反正窮苦人命賤，平時吃的藥不多，那樣的成色，賑災發藥是盡夠用了……」他嘆了口氣。「奶公你也不用這麼拐彎抹角地催我，我明天一定上船，成嗎？」

這批陳皮不是廣貨，張管事還不是一眼就看出來了？會這麼說話，其實還是拐彎抹角地提醒二少爺：年年各地有什麼大病小災的，二少爺忙著義診不說，連藥材都不收錢。這麼多年下來，家裡可是從沒有二話的，對二少爺，不可謂是不體諒了。京城藥鋪為什麼缺貨？還不是因為去年春天，他幾乎把權家在整個北方的陳皮全都給開出去了？這不是什麼金貴藥材不錯，可那也是成千上萬兩銀子的進出啊……家裡對二少爺沒得說，二少爺要還胡天胡地的，眼看著四月就要行婚禮了，卻還不回京城去，這可就有些說不過去了。

「我哪敢催您。」張管事忙道。「實在是家裡也催得緊——不要說家裡，就是宮中也頻頻問起，您也知道……」他小心地左右一望，即使在這鬧市之中，他也還是說得很含糊。「打從主母起，老爺、大少爺，就沒一個是身康體健的，離不得人呢！您這都走了快一年了，這會兒再不回去，到時候衙門裡把您硬給請回去，您又要鬧脾氣了……」

權仲白嘿然一笑。「都是作出來的病！」見自己奶公嚇得面如土色，他也就不再多說了：人多口雜，有些話畢竟是不好出口。「行啦，您就回去把那批陳皮吃了吧，反正這東西用量大，明年沒瘟疫，後年總有，就沒有用不著的時候。」

聽他口氣，這批價值少說也有三、四千兩的大宗陳皮，肯定是要用作義診之用了。可張管事一點都沒有不捨，他倒還鬆了口氣：能把祖宗平平安安地哄上海船，別說三、四千兩，就是一、兩萬，那都是值得的！就為了他負氣下廣州的事，宮裡是見天地來人，老爺、夫人面上不說，心裡壓了多少事情，那真是誰都說不清楚啊……

「您索性就再逛逛。」他便安頓權仲白。「我也不白來一趟，能在周圍藥鋪裡都踩踩點，看一眼藥材是一眼，這可比管事們層層上報要強得多了。您要看中了什麼，就令小廝兒給我帶個話。」

權仲白哼了一聲，不大樂意回話，他奶公也不介意，扭著身子便疾步回了鋪內，自有夥計上前熱情招待。權家藥材生意做得大，雖然也就是去年、今年才開始向廣州伸手，但名號是早就打出來了。按張管事的身分，要不是為了哄他權仲白開心，這麼小的生意，根本就用不著他出面。

他煩心事雖然多，可此番下廣州來，所見風物與慣常不同，幾個月待下來，心胸都要為之一快。就是想到那個又刁鑽、又傲慢、又刻薄的焦家大小姐，也都只有淡淡的不舒服：張管事是他生母陪嫁，也是二少爺的奶公，才到廣州當晚，五十多歲的人了，哭得和孩子一樣——

「您大哥也是三十歲往上的人了，兩兄弟都沒有個後人，我和您養娘想起來心裡就像是有刀子在刮，大小姐在地下怕是也沒法合眼啊！您好說歹說，也得給大小姐留個後呀……」

這是奶公親口所說，和繼母所言就又不一樣了。縱心中還有千般意緒難平，可想到焦清蕙似乎是含了萬般不屑、萬般憐憫的那句話「二公子，難道您真以為，這富貴是沒有價錢的嗎？」，他又有幾分頹然。家人對他殷殷期望，終究也是為了他好，即使這好裡帶了一廂情願，可畢竟，古怪的是他，可不是父母。這多年的寵縱，也不是沒有價錢的。

道理都是說得通的，但情緒卻很難順過來。二公子不知不覺，便撥馬徐徐踱到了碼頭，也不顧自己青衫白馬，在人群中是何等打眼，只是略帶豔羨地注視著陸續靠岸停泊的客船，與那些個或者行色匆匆、或者步履從容的行人，久久都沒有作聲。

他隨身帶著的小廝兒桂皮倒是很明白二公子的心思——自從到了廣州，二公子已經有三、四次想上私船去近海走走了。打從廣州知府起，廣州管事的幾個大人物——參將許氏、千總桂氏，甚至連那對一般人來說秘不可言的燕雲衛，沒有誰不被他嚇得屁滾尿流的，就連兩廣總督，本來在廣西坐鎮指揮剿匪的，還特地令人定期把二公子的行蹤報給他知道，唯恐在自己手上丟失了權神醫，京中要怪罪下來，雷霆之怒自己根本就當不起……二公子幾次要上船，幾次都是腳還沒沾上甲板，就已經被攔下了。就是現在，也不知有幾個人暗中綴著他們，唯恐二少爺興之所至，又做出些令人為難的事情來。

這大夫本不是什麼體面行當，可做到極致，也就成了香餑餑了。尤其二少爺身分又尊貴，就是一品總督見了面，也要笑咪咪地拉著手問好。久而久之，他的脾氣也就被寵得越來越怪……桂皮在心底嘆了口氣，加倍小意兒地放軟了聲音。「少爺，您也別老鑽牛角尖了，這番回京也好，要再不動身，怕趕不上先頭少夫人的忌日啦！」

他能跟隨權仲白行走大江南北，從未被這個古怪孤僻的青年神醫甩掉，自然有過人之處。張管事鼓著唇皮費力嘮叨了一晚上，也沒有這一句話來得管用。權仲白的神色頓時有幾分柔和，他嘆了口氣。「說得也是，去年著急出來，就沒去墳上拜祭。今年再不回去，誰還想得到她呢？」

桂皮暗嘆口氣，他不敢再回應了。見主子正要撥馬回去，他也忙撥轉了馬頭——也是依依不捨地瞥了這人來人往、熱鬧得有些離奇的客運碼頭一眼，就是這一眼，令他住了馬。

「少爺，我瞧著那兒有個老客要不好了。」

權仲白回頭望去時，果然見得一位青年客人，正在搭板走著，只他步履踉蹌，越走越慢，身形也越來越歪，周圍人已呼叫了起來，還有人要上前扶他，可還未來得及出手，此人已是雙眼一翻，從板側竟是直墜了下去，「撲通」一聲，已經落入水中！

遇著這種事，為醫者自然不能袖手，權仲白衝桂皮一點頭，桂皮便跳下馬去，分開迅速聚攏而來的人群，往前擠到了岸邊。好在這裡是碼頭，會水性的人也多，此人穿著且又富貴，早有些貪圖賞錢的挑夫下了水。未有多時，他已經濕淋淋地伏在權仲白跟前，由桂皮頂著他的肚子，讓他吐水。一頭還有一個小廝，又要安頓挑夫卸行李，又著急自家少爺，來回團團亂轉，急得抓耳撓腮、束手無策。

旅途發病，本屬常事，不用權仲白開口，桂皮已一邊動作一邊就問：「你們家少爺一路上可是犯了瘧疾，又或是水土不服，不能飲食？他身體很虛呀！一般這個年紀，身上沒這麼輕的！」

「自從過了蘇州換海船，眼看著就面黃肌瘦了！」這小廝一開口，卻是正兒八經的京城土話，他急得都要哭了。「什麼都吃不進去，頭重腳輕，一點力氣都沒有……說來也怪，公子從前是不暈船的！」

正說著，那人「哇」地一聲，嗆了一口水出來。圍著瞧熱鬧的一群人見狀，都笑道：

「好了、好了，這下活轉了！」說著便漸漸散去，只餘下在碼頭候客的客棧夥計，還在一邊打轉。

權仲白一直未曾看清此人面目，待他翻過身來時，心中也不禁喝了一聲彩：儘管渾身濕透、衣衫狼藉，可此人面如冠玉、氣質溫文，一看就知道，即使不是大家子弟，也是書香人家養出來的兒郎。如非面帶病容，終是減了幾分風姿，也算得上是個翩翩俗世佳公子了。

第一眼如此，再第二眼，他的眉頭便擰起來了。

面黃肌瘦、眼珠渾濁……這個年紀、這個風度，沒有道理卻有一雙如此渾濁的眼睛。就是在長年浸淫酒色的人身上，都很難看到如此渾黃的瞳仁了。

他本已經下了馬，此時更不懼髒污，彎下身子一把就拿住了此人的脈門，也不顧那小廝同桂皮如何喋喋不休地解釋情況，自顧自地閉著眼睛，在一片鬧市中，專注地聆聽起了那微弱鼓動的脈聲心跳。

似斷似續、脈象輕淺……

「公子貴姓大名？在下權仲白，在杏林中也有些小小的名聲。」他毫不遲疑地報上了家門。「你雖是途中染病，但保養不慎，病勢已成，怕是要慎重些對待了。此地不便開藥，如你在城內沒有親朋，可往我下處暫時落腳，不知公子意下如何？」

桂皮驚訝地看了他一眼，甚至就連那小廝兒都露出驚容：京中就是個乞丐，怕是都聽說過權家二少爺的名聲。在廣州偶遇神醫，的確是富有戲劇化的經歷。

那青年公子的嗆咳本來已經漸弱，此時更又強了起來，過了好一會兒，他才喘勻了氣息，低聲道：「小生李紉秋，久聞權神醫大名……只是萍水相逢，得您施救，已屬大恩，又怎好再給您添麻煩——」

「和性命有關，如何能說是添麻煩呢？」權仲白語帶深意。「你這病，恐怕除了我，全廣州也沒人能治。」

李紉秋眼神一閃，在這一瞬間，這個氣質溫文的青年竟展現出了一種氣度——他的眼珠雖渾濁，但眼神卻依然很利，刀子一樣地在權仲白臉上刮了一遍。權仲白只覺得臉上寒毛都要倒了，他心下不禁有幾分納罕：萍水相逢，自己又才剛對他施以援手，可看此人態度，對自己卻似乎殊無好感，反而有些極為複雜的敵意……正在此時，李紉秋一口氣吸岔了，卻又重嗆咳起來，這剛成形的氣勢，竟全被嗆得散了。權仲白二話不說，衝桂皮一點頭。

桂皮連勸帶嚇。「聽話聽音，我們家少爺從來都不打誑語，公子您是上等人，怕還是惜命些……」一邊說，一邊在碼頭邊上叫了一頂轎子，作好作歹地將李紉秋扶進去了，一行人回了權仲白在廣州的下處。

因權二公子這次南下，一路也兼為平國公世子夫人扶脈，到廣州順理成章，就在許家客院落了腳，以許家作派，其在珠江畔的大宅自然是盡善盡美。

李紉秋喝了權仲白開出的一帖藥，很快就沈沈睡了過去，再醒來時已經入夜，他只覺得精神要比從前半個月都好得多了，雖不說精力充沛，但起碼不至於一陣陣發虛——即使以李紉秋的身分，他對權仲白的醫術，亦不能不深深嘆服。

蘇州城內幾大名醫都沒有摸出來一點不對，到了他手上，兩根頎長的手指一按上脈門，權仲白的神色立刻就有了變化……此病竟同性命有關，看來也就不是病了。可他一個無名小卒，無關輕重的人物，世上還有誰要害他呢？

老太爺？不，不會是他。老太爺如要收拾他，想必才出京就會動手了，又何必以鉅款相贈？他不過是老太爺手心裡的一隻螞蚱而已，想要捏死他，並不須如此費力。

但除了老太爺之外，又有誰要動他呢……

李紉秋才思索片刻，便已覺得精力不濟，他費力地閉上眼小憩片刻，這才汲取了足夠的力量，想要下床為自己倒一杯水喝。可才一動，門口便傳來人聲——

「你要有一段日子不能下床了。」

聞聲望去時，卻正是權仲白站在門邊。

廣州的月兒同北方比，不但又圓又大，而且還要更黃，透過一扇半開的窗戶，這黃澄澄的月光直射到權仲白腳下，倒越發顯得他神彩清矍。此人非但風流秀逸，周身像是盈了一泓遠自魏晉而來的水墨，並且氣質高潔，縱使布衣粗服，也有凜然於眾人之上的貴公子姿態。在月中如此一站，立刻就使李紉秋心裡興起了一股說不出的滋味，酸苦中也帶了一絲欣慰：畢竟，這位朝野間有名的魏晉公子，即使用再苛刻的眼光去評判，也總還是配得上那株相府名花的……

「晚生謝過公子。」他很快又收斂了思緒，面露微笑，端出了一副得體的態度。「如不是公子一語點醒，幾乎不知道還有人欲不利於我的性命。」

一直聽說權仲白秉性直爽，最不喜歡彎彎繞繞——傳言不假，他的作派的確取悅了這面色莫測的貴公子，他唇一彎，笑了。

「明人不說暗話，李公子，你身分很貴重啊，仇家不少？」

身分貴重、仇家不少……李紉秋搖了搖頭，他如實說：「並未與誰結仇，亦不是什麼公子身分，不過一介流民，想要去海外謀些生路，也不知自己礙了誰的眼。聽神醫的意思，這害我的藥，很難得？」

久在富貴人家裡打滾，有些事，李紉秋也不至於不清楚：就是伸手害人，那也分了三六九等。似下鶴頂紅、馬錢子這樣的草藥，不過是民間富戶之間的勾心鬥角。真正高門大戶之間，有些獨門毒藥，來源珍貴難得，幾乎算是一副招牌。有懂事的大夫，即使瞧出不對，一般也決計不敢聲張……不過，那都是門閥世族的事了，以他的身分，卻真的還接觸不到這種層次的對弈。

權仲白的眼神在他周身仔仔細細地打了個轉，他微微一笑，竟迴避了李紉秋的真正意思。「也許不難得，但也不是那麼好得的。李公子可以在此地多住一段時日，我給你熬了藥，連服三個月便可康復。此後用飯用藥，總之，可以入口的飲食，多小心些，沒有壞處的。」

沒等李紉秋答話，他便轉身飄然而去，竟未再逼問他的家世淵源。李紉秋呆倚枕上，尋思了半日，這才搖了搖頭，始終還是了無頭緒。

又想到權仲白舉手投足間的特別氣度，還有他那過人的家世、逼人的聖寵、傲人的本事……

他慢慢地倒在枕上，一張臉看著寧靜，整個人的氣質卻似一張弓，像被一隻無形的手，漸漸地給拉得緊了。

雖說明日就是回京城的日子，但權二少素來行蹤不定，這一次要走，他甚至連主人家都未曾通知。直到從李紉秋屋裡出來，他才命人通報許世子，想要同主人當面話別，並再見世子夫人一面。

按說這個要求，不但無禮而且非分，可當神醫就是有這個好處，許參將欣然應諾，非但自己親身陪在媳婦身邊，還附贈桂千總、桂千總太太。這兩對年輕夫妻面上都有些酡紅——圓桌上還有酒席未完，一望即知，桂千總是又帶著太太上門作客，男女各坐一桌，一在內間一在外間，正吃得熱鬧呢！

「子殷兄來得正好！」許參將今日興致高，鳳眼閃閃發亮，就連慣常低沈緩慢的音調，都往上抬了一格。「明日要走，怎麼都該給你餞行！知道你不是挑剔人，我們坐下添酒，你今日必須一醉了！要不然，三柔長大了豈不要罵我？從她出生到現在，幾次要謝恩人，都未能令他喝一杯酒。」

三柔是許參將女兒的小名兒，因在家排行第三，閨名和柔，家裡多叫三柔或者柔三姊。為了生她，世子夫人是吃了苦頭的，要不是恰好有權仲白在側針灸，這孩子幾乎就沒能生得下來。不過，現在母女倒是很康健，尤其柔三姊，生得玉雪可愛，連桂千總太太都愛得很，現在正抱在懷裡看她吹口水泡泡呢！

權仲白也不推辭，他淺淺進了半杯酒，便道：「這已經到量了，再喝恐有妨礙。」

許參將還沒說話，桂千總已笑了。「升鸞，你面子好大，連子殷兄都破戒喝了半杯酒，回京夠你吹上半天的了！」

一邊說，一邊就推自己媳婦。「三妞，快讓子殷兄給妳扶個脈，最好連妳三年內的太平方子都開出來，免得這一走，找不到免錢的大夫了！」

「哎，明潤。」許升鸞手一抬。「善桐世妹我是知道的，身體壯健如牛，怎麼那也是我們家楊棋先來吧？她這不是還有些病懨懨的嗎？連子殷進來，那不都是指名道姓要見她？」

「你們兩個怎麼什麼事都要鬥嘴？」桂少奶奶性子爽朗，噗哧一聲就笑了。「權世兄又不是活人參，要搶個頭道湯喝！」

她摸著肚子，大度地擺了擺手。「我反正和牛一樣，就不同七妹爭了。七妹快先給神醫扶扶脈，不然，我看七妹夫哪還能安心吃飯。剛才權世兄一傳話要見七妹，七妹夫筷子都嚇掉了呢！」

桂少奶奶和世子夫人是一族的堂姊妹，兩人關係處得很好，聽見少奶奶這麼一說，她也笑了。「就不興權世兄有事要交代我呀？怎麼說，瑞雲可還是我的弟媳婦呢！」

幾家關係錯綜複雜，說起來都是親戚，年紀又都還算相近，相處起來也就沒那麼拘束了。

權仲白見他們夫妻和樂、一室融洽，也覺得高興，他並不先提起來意，而是給兩位少奶奶都把過脈了，一一道：「身子都還算安康，太平方如常吃，廣州這裡空氣清新，漸漸就越來越好了。」又多交代了桂少奶奶一句。「雖說是第三胎了，但也還是要小心，尤其不能吃得太多，免得胎兒太大不好生產。不論當地大夫怎麼開藥，酒都千萬別沾。」

再捏了捏柔三姊的小手腕，覺得脈象平穩無甚不妥，再問了世子夫人幾句話，他才道：「這孩子先天足，沒什麼不妥的地方。她乳母可以不吃補湯了，免得過分進補，反而陽火過旺。」

世子夫人肩頭微不可見地鬆弛了下來，她衝權仲白感激地笑了。「從小就承蒙您的照顧……」

「從妳小時候就給妳開方子。」權仲白一掃楊棋、楊善桐，甚至是許升鸞、桂明潤，心底也不是沒有感慨。「十多年真是一眨眼的事，妳的身體越來越好，心緒也越來越好啦！」

只感慨一句，不多蕩開，他又續道：「這次進來，是有事想請妳多費心的。我明日上京，可院裡還有一位病人，怕要三個多月才能痊癒。這期間，請妳多關心照料。」

這等小事，又何必特地委託主母？難道許家還會把這病人趕出去不成？幾人都有些吃驚，楊棋才要說話，權仲白看了她一眼，語含深意——

「畢竟，也算是同病相憐吧。只是他的症狀要沈一些，在他出海之前，只怕病勢會有所反覆，也是難說的事。」

世子夫人眸中異彩連閃，她別有深意地看了權仲白一眼，便毫不猶豫地答應了下來。「憑您幾次深恩，這樣的小事，要還辦不好，我楊棋還是個人嗎？您放心吧，一定把他妥妥當當地送上海船，絕不會出一點差錯的。」

世子夫人辦事，也一向是很讓人放心的。權仲白笑了。「那就先多謝過。」他忽然又想起來一事。「啊，我還欠你們一萬多銀子——」

眾人哄堂大笑，許升鸞逗他。「可不是？所幸你回去要成親，我們本該送份厚禮的，這就不送了，兩廂扯平倒好！」

桂少奶奶也笑咪咪地說：「是嘛，沒想到權世兄也到了成親的時候了。我和七妹時常說起來，還都覺得可惜呢，焦姑娘在京裡名氣那麼大，可偏偏我們倆都緣慳一面，沒能見識到她的風采。想必能配得上你，那也一定是極好的人品了。」

她不說還好，一說焦清蕙，權仲白頓時感到一陣頭疼，他摸著頭呻吟了起來。「醉了醉了！我回去了！」

眾人自然又是一番打趣笑鬧，連許升鸞都說：「她小時候，我們已經都出門打仗了，真只是聽說，卻沒見過。」

權仲白雙手捂著臉，只作聽不見。

偶然一轉眼，卻見桂少奶奶和夫君相視一笑，他忽然就想到了近十年前，還在西北朔漠之中，大雪連天、冬風徹骨的那段日子。那時候桂少奶奶不過是金釵之年（注），雖已出脫得眉目如畫，可究竟稚氣未脫。一轉眼，她膝下已有了一兒一女，連第三胎都已經在肚子裡了。那時候，元配新喪，他還為她守著熱孝呢。

一轉眼，竟也這麼多年了……

注：金釵之年，古代稱女孩十二歲為金釵之年。

第三十章

一眨眼就又過了年，春三月草長鶯飛時候，各家姊妹也就紛紛隨著長輩上門，給蕙娘添箱來了。

焦家雖然一族都已經葬身水底，但總還有些三親六戚是沒死絕的。蕙娘三位伯母都有娘家人在京城，也都或多或少受到焦閣老的照顧，雖說家業難以比較，平時也很少往來，但大姑娘都要上花轎了，他們總也還是要盡力籌措出一份賀禮來，又挖空了心思給蕙娘預備珍奇之物，以為壓箱。除此之外，還有焦閣老的那些個得意門生——他們是最知道蕙娘分量的，即使遠在天涯海角，也多有輾轉送禮上門的，什麼西邊來的貓眼石、北邊來的百年人參、東邊來的名貴金漆器、南邊來的大珍珠……為了不至於過分張揚，焦家已經往權家送過好幾次嫁妝了，可這送過去的趕不上遞上門的。

石英和綠松都很頭疼：才運走一批，又多了一批。府裡雖然也預備了各色名貴木箱木櫃，可事到臨頭，還是不得不連南岩軒都掃蕩了一遍，這才勉強把蕙娘的嫁妝都裝下去。至於到了那邊府邸該如何安放，她們已經沒主意了——據跟過去安放的媳婦們說，權家畢竟人口多，雖然國公府占地也大，可同十三姑娘在焦家占據的面積相比，新人們的院子就小得多了。光是現在，嫁妝就已經快把整座南房給占滿了，這還是大批嫁妝還沒過去呢……就更別說十三姑娘龐大的陪房團，也都還沒說上安置的事兒。

何蓮娘來看蕙娘的時候，就一直咂著舌頭。「我出嫁的時候，要是有蕙姊姊一半動靜，這輩子真是死都願意了！」

雖說蕙娘畢竟還是沒有被說進何家，但小姑娘表現得相當自然，絕口再不提何芝生，蕙娘還真要以為她忘了自己的多番說話呢。她拿著何蓮娘送她的一對點翠金簪，微微笑了。

雖說四太太現在也時常數落文娘，但又怎麼比得上嫡女身分，從小帶在身邊教養？蓮娘年紀雖然不大，但比起文娘來，為人不知要玲瓏多少。

「動靜也都是虛的。」她就逗蓮娘。「妳要眼饞了，那也容易，就在我這裡住著，等出嫁那天，蓋頭一蓋，妳代我上了轎子，那這動靜可不就全是妳的了？」

「動靜是虛的不錯，可姑爺不是虛的嘛！」一看就知道，蓮娘也是在簾子後頭偷看過權神醫的。提到權仲白，她的聲調都不禁要抬高了一個檔次，透著那麼如夢似幻。「就不說這動靜，光說這姑爺，願和蕙姊姊換的人就多著呢！妳再這樣逗我，仔細我當了真！」

活潑親善的人，沒有誰不喜歡的，文娘就算有幾分嫌蓮娘太機動了，終究也還挺喜愛這個嘰嘰喳喳的小妹妹。她被蓮娘逗得笑彎了腰。「妳很該把這話同妳娘說說——說的時候，打發人告訴我一聲，我也不說話，就擱邊上看著。」

「看什麼？」蓮娘紅了臉，她瞟了蕙娘一眼，究竟也不敢繼續往下說了，只是壓低了嗓門道：「蕙姊姊，妳可別說，妳這一向鋒頭這麼盛，我們知道的，明白這也就是水到渠成的事，可不知道的人，心裡還不知道怎麼記恨妳呢！有的人恰好也就是今年要辦喜事，她夫婿門第雖也不低，可同權二公子來比，那就不知差到哪兒去了。尤其您前兒被賞了三品穿戴，這可不又是難得的殊榮？她免不得又要犯紅眼病了。」

這說的是誰，聽者自然明白。文娘本來懶洋洋地靠在姊姊身邊，正將那根點翠金簪轉來轉去的，並不搭理蓮娘，聽這一說，她倒是來了精神。「上個月我隨娘親去鄭家的時候，恍惚間就聽說有人褒貶我姊呢……可是說，她嫁妝雖多，可日後在平輩之間，究竟是抬不起頭來？這話，自然也不是旁人說，只有是她開的口了。」

去年春月，吳興嘉在蕙娘手底下結結實實地吃了一個悶虧，真是實打實顏面掃地——京中婦人，口是最利的，她一向作派矜貴、家世豪富，自然也有些人看她不順。蕙娘輕輕一句話，倒令她一整年沒敢出門，直到去年冬天，因蕙娘再不出門應酬，文娘也只偶然隨母親出去散散悶，她親事又說得好——牛德寶將軍的嫡長子，雖說家裡無爵，但這些年來自己也很上進，二十郎當歲，已經有了從五品功名，這還是皇上看他父親品級不高，壓住了他沒往上升。權神醫雖然走紅，可他也就掛了個太醫院供奉的職，這才八品，根本都上不得檯面，還有就是一個從小蔭封的七品武職，那也是個虛銜。別的不說，就是親事辦起來都不體面——一過門就起碼是個宜人，可蕙娘呢？祖父再權傾天下，國公府再是老牌權貴，權仲白本人再走紅，他元配過門時用的還都是七品孺人的穿戴呢，續弦還能越過了她去？將來應酬場合，見了面，就硬是要矮了人一頭……

所有的謠言，一般都很難找到源頭，可針對性這麼強，除了吳興嘉之外，還有誰如此嫉恨蕙娘？名門子弟沒出息的多了去了，身無一官半職的還少見了？可也沒見他們媳婦兒少了半分氣焰。

這事換作是任何一個人出口，在蕙娘這裡，也就是一笑而過，可偏偏是吳家人的說話，她不在意，恐怕四太太都要往心裡去了。今年過年進宮，她又格外多留半日，過沒幾天，宮裡就傳了話出來：權二公子淡泊名利，從不受賞，可多年來妙手回春，不知為宮中妃嬪排解了多少煩難，這次他大辦喜事，皇上特別發話，讓宮裡特地給少夫人備下了三品淑人禮服……

有這一番話，別的意味先不說，吳興嘉簡直是又得一悶棍。倒是便宜了蕙娘，宮中既然發了話，那除了這加工細作的淑人禮服之外，大小妃嬪，凡是稍微有些體面的，自然也都為她預備了添箱禮。禮物本身是一回事，這臉面可就越發更足了……也就是因為這個，這幾天文娘又有點酸溜溜的，要不是蓮娘來了，她多少也要做點表面功夫，恐怕還不會這麼快就出現在自雨堂裡。

「噯，大家心裡，誰沒數呢？」蓮娘一擺手，嘴唇就嘟起來了。「那回在馬家，她還搶白了我幾句，我心裡明鏡兒似的——那是瞅見我和妳們好了，硬是要衝我挑事兒呢！」小姑娘顯然有幾分委屈，說著眼圈兒都紅了。

蕙娘和文娘忙齊聲安慰了幾句，文娘接連數落了吳嘉娘幾處毛病，俏皮話一句接著一句，總算把何蓮娘說得破涕為笑，挽著文娘的手，同她親親熱熱的。「我們去妳的花月山房說話，蕙姊姊手上還有針線活呢，不好再耽擱她了。」

文娘對著何蓮娘，漸漸的倒沒從前那麼矜持了，她同何蓮娘一頭走一頭說，兩個小姑娘唧唧呱呱地，人出了自雨堂好久，聲音彷彿都還在呢。

連石英都不禁說了一句。「唉，十四姑娘的心事，真是叫人看都看不明白。」

的確，從前文娘雖然也和她好，可始終還是端著相府千金的架子。這幾次何蓮娘過來走動，兩個人是一天比一天都要熱乎……

「這有什麼看不明白的？」蕙娘淡淡地道。「她也不是什麼鐵石心腸，蓮娘舌粲蓮花，她很難不被感動。」

要不是蕙娘那幾句話，文娘的態度也不至於就這麼快鬆動。不過說來也是，自從蕙娘訂親，一轉眼又是一年，文娘過年也十七歲了，家裡卻好像根本還不著急她的親事，最近，四太太都很少帶她出去應酬……文娘本來就被說得慌了，現在家裡人態度又不怎麼明朗，她再任性，也要為自己的將來打算。

綠松含含糊糊地嘆了口氣。「這個小姑娘，真是不得了。馬家辦喜事，那都是半年前的事兒了……」

前幾回過來，兩姊妹都快不記得還有吳興嘉這號人了，話頭沒趕上，吳嘉娘村她的事，蓮娘是提都沒提。硬是熬到這會兒有了這麼一回事，文娘戳破了是吳嘉娘，她才委委屈屈地透上一句。

蕙娘也跟著嘆了口氣。「文娘要有她七、八分本事，嫁到哪家去，都肯定不會吃虧的。」

連四姨娘都把添箱禮送到自雨堂，甚至文娘都彆彆扭扭地給了她一對西洋百合花水晶大花瓶了——這可是花月山房壓箱底的好東西。三姨娘還是一點動靜都沒有，甚至都沒多叮嚀蕙娘幾句體己話，兩母女見了面，只說些家常瑣事。

倒是四太太的話，要比從前都更多，她絮絮叨叨地把權家的三親六戚都給蕙娘交代了十多遍，唯恐蕙娘一過門，就受了家下人的下馬威。「多年勳戚，誰不是一雙朝天眼，一輩子低不下頭來？妳的陪嫁又實在是太多了，只怕她們肯定是想著要先壓一壓妳再說的。」

四太太現在能重新煥發出生機，就不說府中人事變化，單單是喬哥，在這半年來已是不知乖巧了多少。從前五姨娘養著，肯定是慣得不得了，現在跟在四太太身邊，吃也按時吃了，挑食就餓著；睡也按時睡了，到點就起來；見到兩個姊姊，也曉得行完禮後還要湊上去撒嬌要抱……畢竟是當慣主母的人，教一個喬哥，豈不是手到擒來？就是蕙娘，小時候也沒少受過她的調教，兩人之間畢竟是有真感情在的。

四太太為蕙娘擔心了這個、擔心了那個，最終還是放不下焦梅。「這個人雖然能力是有，但妳也要小心地用。」她有幾分歉疚。「妳祖父也是，妳雖能幹，畢竟還是個女兒家，陪票號份子也就罷了，連刺頭兒都跟妳陪走了……」

換作從前，四太太是絕不會把話說得這麼明白的。蕙娘心底，難得地有了一絲愧疚：自己和祖父，雖也算是為了母親好，但終究是把她給算在了局裡。

「出嫁了就不是您的女兒了？」她微微一笑。「您就放心吧，出嫁了，也還是您的蕙兒。」

有這一句話，四太太還有什麼不放心的？蕙娘從小言出必行，說一句是一句。這句話，就是要告訴四太太，即使是出嫁女，將來老太爺過世之後，她也能當成半個守灶女來用。

想到四爺去世之前的那番話，四太太又不禁嘆了一口氣。

「要是妳父親能見到妳出嫁，」她說。「他也就能放心得多了，臨走前他最放心不下妳。雖然妳才具是夠的，可——」

想到世事變化，那人現在已經遠走域外，四太太不往下說了，她撫了撫蕙娘的臉蛋，溫存地笑了。「子殷性格是佻達了一點，可勝在同妳一樣，都是性情中人，你們又一見投緣，可見世間緣分，真是說不清的，兜兜轉轉的，妳到底還是找了個最合適的如意郎君。」

第一，蕙娘從未覺得自己也算是性情中人，她自覺自己簡直太不性情中人；第二，權仲白和她是否一見投緣，他是否又是個如意郎君，她也報以高度懷疑。但四太太一向不大喜歡焦勳，又不知底細，會有此語也不離奇。她只好垂下頭去，寧可裝著害羞，也不願同母親再繼續這個話題了。

四太太看在眼裡，也不由得慈愛一笑：低垂著天鵝一樣的頸子，如此羞態，極少在蕙娘身上出現。鹵水點豆腐、一物降一物，看來，權仲白竟是死死地把她給降住了……

「明日就要出嫁了，」她打發蕙娘。「去南岩軒看看妳的生母吧，出嫁頭一年，不好回娘家，妳要見我還容易些，要見她，是難了。」

大喜的日子，儘管是孀居身分，三姨娘仍儘量打扮得喜慶，見到蕙娘過來，她也很高興。「正要到自雨堂去看妳。」

蕙娘卻很瞭解生母，她沒有順著三姨娘的話往下說，而是低聲道：「我要再不過來，您難道就不給添箱了？」

畢竟是生身母女，就是抬槓都抬得很隱晦，這小半年來，三姨娘一句不該問的話都沒有問，可回回見面，她就是有辦法讓蕙娘打從心底不舒服，只要三姨娘一個眼神，十三姑娘心底就和明鏡似的：太和塢的事，她可還沒給三姨娘一個解釋呢！

她不欠這份添箱禮，可一展眼就是一年不能相見，在這個節骨眼上，自己要還不讓步，三姨娘回想起來，還能有滋有味？親生的女兒，連一句實話都不肯說……

「我給添箱啊，我怎麼不給添箱了？」三姨娘把蕙娘拉到桌前坐下，她從妝奩裡翻出了一根簪子。「這不就是我給妳的添箱禮？」

這簪子才一擺上桌面，蕙娘登時就怔住了。

論做工，她收到那些琳琅滿目的首飾，能比得過這根水晶簪的也沒多少了，通體晶瑩剔透、海棠紋栩栩如生，在燈光下恍似還會顫動——這不是她當時送給五姨娘的簪子，又是什麼？

「麻氏已經不在人世了吧？」三姨娘也換了口氣，她還從未像此時這般嚴肅，甚至就像個真正的主母，像是蕙娘真正的母親……「妳母親讓我儘管放心，以後，她壓不著我了。她說麻氏做了些大逆不道的事，再留不得了。」她頓了頓。「這些話，其實滿府人多少也都有聽說。我也就不問妳，這大逆不道的事究竟是什麼了。」

僅僅是語氣上細微的變化，就已經足夠了，蕙娘哪裡還聽不出來呢？母親起碼是已經知道了四姨娘知道的那一套說辭，可這一套說辭，卻又瞞不過她的。對自己的本事，三姨娘比誰知道得都清楚，尤其她幾番追問承德口角，三姨娘要無所聯想，她也就不是自己的母親了。

「我可沒栽她的贓。」她輕聲說。「她自己是藏了毒……要不然，祖父也不至於就這麼輕易地把這事兒給抹平了。」

直到三姨娘按住她的手，蕙娘這才警覺自己正罕見地為自己分辯了起來，這可不是她慣有的作風——該懂的人，自然會懂，不懂的人，又何須多費唇舌？她的傲氣，是不允許她太多地為自己解釋的。

「我知道妳。」三姨娘輕輕地說。「和我，妳還有什麼好瞞的？我明白妳……妳為了什麼，姨娘心裡清楚……」

蕙娘死死地咬著唇，她不肯抬頭，沒有說話。

「可妳不明白我。」

她聽見生母的話聲，柔和地在耳邊飄。

「妳不知道親眼見著人死是什麼滋味。清蕙，姨娘十幾歲就成了孤兒，坐在盆裡，看著那麼多鄰里鄉親，就從身邊漂過去了，抓都抓不住，一會兒就被沖得再看不見……老爺子和四爺、四奶奶都是主子，一輩子都是上等人，他們親眼見過多少次死人呢？他們是不會把人命當回事的。一句話下去，眼不見心不煩，這個人就再見不著了。再過幾年，怕是連她的模樣都想不起來了。」

三姨娘把水晶簪子塞到了蕙娘手裡。「將來妳過了門，該怎麼辦事，還怎麼辦事，約束妳，那是老爺子、太太的事，輪不到我開口。就連這添箱禮，姨娘也拿不出什麼特別的……」她的聲音很平穩、很寧靜，卻透了一股別樣慈悲的殘酷。「可姨娘希望妳每次動手的時候，都能看一看這根簪子，想想麻氏她插著這簪子的樣子。別人能忘了她，但妳是不能忘的。」

蕙娘輕輕一顫，幾乎是本能地，她握緊了手中那冰冷的、豪奢的、珍稀的裝飾品。

第三十一章

但凡成親，越是富貴的人家，新娘子就幾乎越悠閒。尤其是蕙娘，不管她的嫁妝、她的誥命在權家激起了怎樣的波瀾，她自己倒是安安閒閒的，除了一大早起來，家裡人便不給她吃喝之外，她只需呆坐在自雨堂裡，由一左一右兩個大丫鬟精心服侍著。等到了時辰，自然有人給她上妝換衣，插戴上全套的頭面。

焦家人口，畢竟是少，這一次大辦喜事，越發捉襟見肘。四太太帶著兩個姨娘忙前忙後，連前院的管家都動員起來招待客人，老太爺自然不必說了。該說的話，他們也早都放在前幾天說完了，眼下也就只有文娘有空陪在蕙娘身邊，小姑娘被逗得格格直笑，等外人散去了，就逗蕙娘。

「姊，妳看著就像個大號的針插子！」

光是這頂鳳冠，那就是寶慶銀加工細做，用一年的時間給精心打造出來的頭面。上頭鑲嵌的珍珠寶石金玉花鈿，就有四、五斤重了，更別說鳳冠下頭還有各式各樣的挑心、分心、金簪、寶牌。

蕙娘還沒戴冠呢，已經覺得頭頸沈重，對文娘這一嘲笑，竟真無言以對，只好遷怒於喜娘。「是要把我畫成猴屁股才甘休嗎？」

雖說喜妝有一定規格，但用慣了香花，蕙娘哪裡看得慣這兩個喜娘的手藝？才一上妝，便又拭去了。由綠松、孔雀等大丫頭在一邊打下手，香花親自挑了西洋來的紅香膏，在兩頰先薄薄地敷了一層，越發顯得蕙娘面色膩白，彷彿自內而外煥發光彩。

連文娘都湊上來，用指甲挑了薄薄一點胭脂，給蕙娘在唇上輕輕印了兩點紅色，又笑道：「其實妳唇這麼小，還點這麼薄的胭脂，倒沒多大意思了。要依著我呀，我就把妳的唇兒都塗紅了，吃得我姊夫一嘴胭脂！」

連綠松都在偷偷地笑，蕙娘狠狠地白了妹妹一眼，文娘越發得意非凡，她更熱衷於打扮姊姊了，忙前忙後的，就像是個小丫頭一樣，熱心地為香花出著主意、打著下手，兩人用了小一個時辰，終於將蕙娘裝扮出來了——不說豔冠群芳，少說是要比那兩個喜娘打扮得更合蕙娘的口味些兒。

文娘倒退了一步，背著手左右一看，這才滿意地笑了。「掀蓋頭的時候，不至於丟了我們焦家的臉面！」

「我還沒出門呢，妳就老氣橫秋起來了！」蕙娘白了她一眼，見文娘洋洋得意、不以為然的樣子，她忽然自心頭湧起了萬般柔情。

自己對文娘，是有些過分嚴苛了。都說文娘性子倔，其實她也說不上大方，越是看不過眼，就越要使勁地踩她……倒把這孩子鬧得更倔了些。自從去年七月以後，她就再沒向自己問過婚事，也再沒有提起過她對權仲白的仰慕了。就連現在，兩姊妹旦夕間就要分離，從此人生路遠，誰知道何時才能再見？可她就是繃得緊緊的，連一點不捨都不流露出來，反而故意裝得滿不在乎……

「過來。」她便衝文娘張開雙手，又警告道：「可別哭髒了我的妝粉……倒是衣服還沒換呢，眼淚鼻涕，隨妳蹭吧！」

「誰要哭了？我高興還來不及呢！妳越早出嫁，我就越早住進自雨堂裡，我巴不得妳早點出門！」文娘氣得又跺了跺腳，一邊叨叨，一邊緩步靠近蕙娘——她終於還是沒有忍住，慢慢投入了姊姊懷裡，軟著聲音叫了一聲。「姊……」一頭叫，一頭就禁不住輕輕地抽噎起來，像是一隻奶貓正咪咪地叫。

蕙娘撫著她的髮辮，想到祖父的說話，一時真是萬般不捨——這個鋼鐵一樣的女兒家，鼻間竟難得地有了一點酸意。

「以後……」她清了清嗓子。「以後，妳就是家裡的大女兒了，什麼事都更上點心，多看少說，凡事勿爭閒氣，一定聽祖父的話，老人家不會害妳的。知道了？」

姊姊難得溫存，文娘哭得越發厲害了，她輕而含糊地嘟囔：「我怕……姊，我怕……」

怕，是啊，誰不怕呢？自己待嫁時，隱隱約約想必也是有幾分懼怕的。怕那潛在的、無數的對焦家虎視眈眈的貪婪的口，怕天意難測、怕命運弄人，心中難免也怕遇人不淑……人口凋零就是這樣，眼前再花團錦簇，底子都是虛的。外人看得到熱鬧，看不到熱鬧底下的苦。吳興嘉對她焦清蕙，想必從來都是又嫉又恨，恐怕亦難免有三分羨慕，可她們又何嘗不羨慕吳興嘉？誰不想做個嬌嬌女？誰又是天生就有的精鋼筋骨？

「怕有什麼用？」蕙娘又端起了從前的架子，她哼了一聲。「妳不是一貫愛和我比？焦令文，我倒要看看，咱們倆出嫁後的日子，誰過得更好。」

文娘就算再難，也不會比姊姊更難，權家水深，這一點她還是清楚的，比起注定要嫁給老太爺衣缽傳人的妹妹來說，姊姊的路，是要更難走得多了。

她噗哧一笑，笑中倒還帶了淚意。「去妳的，我這不是準贏嗎？這有什麼好比的——才不要妳讓我！」

「人都還沒出門呢，」蕙娘掃了她一眼，她拿起手絹，一邊數落妹妹，一邊給文娘擦起了面上的淚痕。「永遠都這麼輕敵。」

文娘的眼淚又出來了，她一把攀緊了姊姊的手臂，哭得就像個孩子。「要不，妳就別出門了！又說要在家，又反悔了要出門，嗚嗚，妳言而無信……」

末了，還是四姨娘過來把哭哭啼啼的妹妹領走，蕙娘才能安耽了換衣——吉時將至，再不將禮服上身，要來不及了。

淑人禮服有一定規制，又是宮中賞穿，瑪瑙除了修改得更跟身一點以外，並未隨意改制。蕙娘穿著，只覺得倒還不如家常便服，緊跟著，喜娘帶了丫頭，開始在她身上披披掛掛，戴霞帔、繫墜子、腰上掛荷包、裙邊懸禁步。

這全打扮完了以後，蕙娘再掂了掂一會兒要抱著上轎的寶瓶，不禁嘆道：「我現在就差前後兩塊明晃晃的護心鏡，便好上陣殺敵去了。」

喜娘掩口笑道：「姑娘這還算是有把子力氣了，您是不知道，一般人家的閨女兒，穿戴起了這一身，多得是要靠我們出力夾著，才不至於軟在當地的。」

一早起來，就生噎了兩個雞蛋，連水都不讓多喝，閨女兒有力氣才怪——不過這也沒有辦法，任誰披掛了這一身，也沒法隨意如廁。蕙娘在鏡前來回顧盼片刻，聽得前頭炮響，便知道權家已經過來接親了：只可憐這攔門酒，還都是老太爺在京裡的徒子徒孫們給擺的，揹她上轎的也不是族中兄弟，而是家中的女健僕……

果然，不過一會兒，四太太帶著兩個姨娘並文娘都進了自雨堂。眾人眼睛都是紅的，文娘眼睛好似兩個大桃子。四太太啞著嗓子還沒說話，只聽外頭通報，老太爺也進了裡屋。

老人家日常除非朝廷大典，不然一律穿著青布道袍，今兒卻正兒八經、披披掛掛地端起了閣老架子。蕙娘同他眼神一觸，終也不能免俗，她眼圈一下紅了，竟要緊咬牙關，才能將那不合時宜的感觸給憋回心底去。

老太爺看著她的眼神，也一樣複雜，他輕輕地拍了拍蕙娘的肩膀，一句話都沒說，便從喜娘手中托盤上取了鳳冠，小心地為蕙娘戴到頭上。四太太、三姨娘頓時又擁上前來，為她用金針別住，並在左右調整一番。蕙娘低下頭去，過了一會兒，只覺得眼前一紅，一張精工細繡的喜帕被輕輕地蓋了上來，生母同嫡母又轉到了她身後去為她別喜帕……一屋子人居然寂然無聲，只有文娘一抽一抽、鼻音濃重地抽噎著，及四姨娘小聲的勸解——

「就嫁在京裡，等妳也出門了，哪怕天天見面呢……現在可別哭了，哭得過分了，也敗了姊姊的喜興……」

即使隔著喜帕，她也能感覺到老太爺的手擱到了她的肩膀上，這隻手雖然經過了歲月，但也還是很有力量，它緊緊地捏著那厚實的錦緞禮服，幾乎要將料子捏縐了。儘管該說的話，已經說完了，但在這一握裡，老太爺傳遞出的情緒，又似乎一點都不比千言萬語更少。

緊接著，便是喧天的鼓樂之聲。

當喜帕再一次被挑起的時候，她周身已經換了一個天地。一群興奮的面孔圍在她身邊，有男有女，有生臉、有熟臉，甚至還有孩童的稚嫩笑聲相伴……和焦家的冷清比起來，權家僅僅是一個新房，都顯出了不同來。

蕙娘寧靜地掃了這一圈人一眼，她看不大清，他們都站著，而她呢，她是人群的中心，她位於被審視的地位……為她的夫家親戚，更重要的，也是為她的夫君。

她並未仰起頭來，依然在等，卻遲遲等不到下一步動作，直到有人輕輕地咳嗽了一聲，低聲道——

「二哥，得挑臉……」

一片笑聲中，才有一柄秤桿慢吞吞地伸了過來，將她的下巴輕輕地往上一挑。

蕙娘順勢便抬起頭來，她瞅著權仲白，在一片輕輕的抽氣聲中，彎起眼，笑了。

這得是缺心眼到什麼地步，才會連婚禮怎麼行都不明白？如是新人，也就算了，偏偏他是行過一次婚禮的，這都能出紕漏？你的腦子，究竟有多不好使？她盼著她的眼能把這句話給說出來。

從權仲白的表現來看，他似乎也把她的情緒給讀出了七七八八，那雙波光瀲灩的鳳眼，就像是被風吹皺了的池水，起了一陣陣的波瀾。

他垂下眼去，過了片刻才直起身來，若無其事地問：「接下來該做什麼？」

眾人哄笑，有人嚷道：「二堂哥見了美人二嫂，竟呆了這許久，連話都說不出了！」又有人道：「二堂哥還記得自己姓什麼嗎？」

因是鬧洞房，眾人都沒上沒下的，還是喜娘出來笑道：「該坐帳飲交杯酒了。」說著，便請權仲白也在床上坐了，四周放下帳來，一邊在床邊撒些吉祥果點，一邊唱著吉祥詞兒。蕙娘想低聲刺權仲白幾句，又強行忍住，好不容易熬完一套流程，在眾目睽睽下喝了交杯酒，權仲白頓時被一群男丁拉出去敬酒了。女眷們則配合喜娘，開始給蕙娘卸妝。其中權家姑奶奶——楊閣老家少奶奶權瑞雲還笑問蕙娘。「餓了沒有？先同妳說，這一桌子吉祥物事，可都不大好吃。」

昔年對楊少奶奶格外客氣，倒未必沒有同今天打個伏筆的意思，畢竟如若乾坤難扭，在權家多一個略帶善意的熟人，倒是比多一個陌生人要好得多。蕙娘衝她一彎眸子，也很坦誠。「就噎了兩個雞蛋，真是餓得發慌。」

「都是這麼過來的！」正踮著腳尖為她拆喜帕的一位少婦便笑道。「明兒就能好生多吃些了——哎喲！真是沈，這鳳冠怕不有六、七斤了！」

眾人忙又嘖嘖稱讚了一番。「真是流光溢彩，美成什麼樣子了！」

「剛才那一抬頭，連我都看呆了去……」

從這少婦的打扮、口氣來看，這位便是大少夫人林氏了。她平素十分低調，一般並不出面應酬，因此蕙娘也是第一次同她相見——雖然是長嫂，娘家也算顯赫，但作派卻如此親切，直令人如沐春風，這多多少少，有些出人意料了。

蕙娘度她一眼，卻不多看，只含笑低下頭去，露出了新婦該有的羞澀表情。

未有多久，女眷們也都出了屋子各自應酬賓客，留下丫頭們給蕙娘卸了新娘的厚妝、換了沈重的禮服。出乎蕙娘的意料，權仲白倒是回來得很早，她才剛剛梳洗出來，都還沒上香膏呢，他就步履沈穩地進了裡屋——竟是眉目清明，一絲酒氣都無。這對新郎官來說，倒不大尋常。

蕙娘面上稍露疑問，權仲白倒也還不是一點點眼色都不會看，他略作解釋。「我平素從不飲酒，就有，也僅以一杯為限。這個大家心裡都是有數的，所以也無人逼我。」

「喔。」蕙娘應了聲，便問：「你要先洗還是先吃飯？雖不喝酒，也還是沾了一身的酒味、水菸味……」

但凡醫者，沒有不好潔的，權仲白一嗅袖子，自己都露出嫌惡神色，他不言不語，起身就進了淨房，片刻後也換了一身青衣出來——倒是同蕙娘一樣，不要人跟著服侍。

在喜娘的唱詞中，兩人又吃了些吉祥食物，便算是新婚禮全。外人均都默默地退出了屋子，只有綠松、石英兩個大丫鬟滿面紅暈，勉強在內間門口支持：不言而喻，這往下的時間，便是留給新婚夫婦行周公之禮了……

「都出去吧。」還沒等權仲白開口呢，蕙娘便衝著兩個丫頭擺了擺手。「要叫妳們，自然會敲磬的。」

兩個小姑娘都巴不得這麼一聲，話還沒落地呢，已全跑得沒影兒了。

權仲白過去掩了內間的門，他站在門邊，一時並不就動，而是轉過身來若有所思地瞅了蕙娘一眼，用商量的口吻問她。「要不然，今晚就先休息吧？」

話音剛落，蕙娘緊跟著就嘆了口氣——她不吃驚，真的，她只是很無奈。

「您是不是真不行啊？二公子。」她說。「要真這樣，我也就不生您的氣了。您那就不是蠢了，是真好心……」

沒等權仲白答話，她又瞥了他一眼，雖未續言，可言下之意也已經昭然若揭：要是權仲白多少還是個男人，那話兒還堪使用的話，那麼他就完全是蠢了。在焦家蠢，回了權家還是蠢，總之一句話，那就是蠢蠢蠢蠢蠢！

權仲白就是泥人，也總有三分的土性子，他氣得話都說不囫圇了，噎了半天，才又端出風度，同蕙娘解釋。「妳我雖然曾有數次謀面，但終究還很陌生。初次行房，女孩兒是最疼痛不過的了，由生人來做，感覺只會更差……」

雖然還保持了那溫文爾雅的貴公子作派，可說到末尾，他也不禁拉長了聲音，流露出睥睨的神色來：分明是好心，卻被蕙娘當作了驢肝肺……

蕙娘擰了擰眉心，她往後一靠，手裡把玩著兩人喝交杯酒用的甜白瓷杯子，連正眼都懶得看權仲白了。

「新婚不圓房，知道的人，說你權二公子體貼爾雅，不知道的，不是編派你，就是編派我，更會惹來長輩不必要的關心……你以為各屋裡的老嬤嬤都是吃乾飯的？要沒一雙利眼，她們怎麼瞧得出來哪個不安分的丫頭，已經被偷偷地收用了？」

她嘆了口氣，不再往下說了，但那失望之情，卻流露得絲絲分明……見權仲白站在門邊不動了，蕙娘只好自己先站起身來，走到床邊坐下。

「還等什麼呀？」她說。「你要是還行，那就過來——把衣服脫了。」

權仲白猶猶豫豫地，究竟還是接近了床邊……又花了好一會兒才坐下身來，似乎還不死心。「妳聽我說——」

蕙娘已經耐心盡失，她握住權仲白的肩頭，只一扳，便將毫無防備的權神醫扳了個倒仰，腳再一勾，一雙傲人的長腿也被她勾上床來，她乘勢就騎在新婚夫君腰際，慢條斯理地去解他的衣紐。「算了，你不來，我來！」

第三十二章

權仲白簡直說不出話來了！

這些年來，他走遍大江南北，雖未身陷聲色，但怎麼也見識過諸多旖旎場面，可似蕙娘這樣做派的大家小姐，那還真是頭一次得見。怕就是女山賊也不過如此了，這麼大剌剌地跨在自己腰上，簡直像是把他當成了一匹馬在騎，全無一般姑娘在洞房之夜，自然而然便會流露出的羞澀態度！肌膚之親、裸裎相對，就是最沒有教養的鄉間女兒，都肯定有幾分不自在，哪和她焦清蕙似的，活像是多年的花街老手……不，說得更準確一點，活像是個急色的登徒子，他這個新郎官，反而反過來成了扭扭捏捏的女兒家！

「妳怎麼從來都不讓人把話給說完！」他有幾分惱火地去握蕙娘的手，卻被蕙娘一把拍開，這個容色上佳、氣質端凝的「一等富貴女公子」高高在上地坐在他腰腹處，儘管還隔著重重衣料，可屬於她那幾乎有幾分灼人的溫度，卻不可避免地伴著重量傳到了權仲白腰間。他不舒服地扭動起來，不願失了風度儀態——即使他也未必有多喜歡焦清蕙，可讓人輕鄙，畢竟滋味也不大好，一點最後的架子要都端不住，誰知道她還能說出什麼話來！「我同妳說，妳從早上到現在，幾乎粒米未進——」

權仲白不大喜歡她，這從他的反應裡就能清楚地體現出來，有人投懷送抱，還是她這樣的姿色，一般男人，就是口中說著不要，只怕胯下那二兩肉也早就不答應了。可他呢？扭股糖一樣給清蕙解衣製造困難不說，連口氣都還是那樣平穩，多少不悅，依然被帶了魏晉色彩的從容風度給密實遮掩……別說色迷心竅了，權二公子看來連情動都還早得很呢！

蕙娘這一輩子，對著誰都是從容淡然，在她的天地裡，就沒有什麼人、什麼事能逃脫了她的算計、她的掌控去。唯獨眼前良人，自說親起，她縱有千般本事，也毫無用武之地……即使知道這也不算全是權仲白的錯，可她畢竟還有血性，要不遷怒，幾乎是不可能的。而既然遷怒，態度自然而然，也就浮躁了起來。

「你怎麼這麼麻煩啊！」她禁不住衝口而出。「我都——哎呀！」眼看權仲白的手又要來握她的手腕，她煩躁起來，索性將其一雙手握了起來，掐到了床頭。「不——許——動！」

她用了三分力，雖一手箝制兩手，很是使不上力，可料權仲白也不會同她比試力氣，不然，他還能給她製造更多的阻礙。蕙娘見他俊容湧起一陣潮紅，神色又添了幾分惱火，薄唇一開又要說話，不禁頭大如斗，好在衣紐也都開了，她便忙不迭地直起腰來，往後稍退了退，讓出了一點空間，便從衣襟裡伸進手去，一邊埋怨。「也就是你，睡袍還穿連身直裰……」

說著，就把權仲白下身穿著的綢褲連同褻褲一道，一把往下扯開，將個魏晉風流佳公子剝得狼狽不堪、衣衫凌亂，打從胸前一路露白，露到了那不該露的地方……

事已至此，要再扯什麼「先行休息」，已經完全失去意義。蕙娘手上力道放鬆了，見權仲白也不曾掙扎，她稍微滿意了一點兒，放開他之前，還警告了一句。「不許說話！」

雖說只見了幾次面，但從權仲白的作派來看，他是慣了彬彬有禮、你揖我讓的來往應對的。同他講道理，他能講出幾千字來繞暈你，可被這當頭一喝，他總是有些不知所措；聽吧，似乎自己尊嚴掃地；可要不聽甚至對著幹呢，倒顯得他又有幾分幼稚了。只要自己能占著理，他雖然十分憤怒委屈，但始終也還是會聽從這命令……修養太好，有時候也是麻煩。

蕙娘發覺此點，不禁小小愉悅了下，唇邊含上了笑，態度也沒那麼急躁了。伸手去握那金貴又脆弱的三寸之物時，甚至還記得要放輕些力道……

五指一觸那物，兩人都同時綳緊了身子，權仲白的反應似乎比她更大，他弓起身來，雖及時咬住唇，可仍有一聲低吟沒有咬住，從現在已經格外水潤紅豔的唇瓣中逃了出來。

他平時說話聲線清亮，此時這一聲卻很低沈，好似宮弦一抹，低沈醇厚，直直就送入蕙娘心底，同那絲絨一樣柔和光潤的觸感一樣，都令她又驚奇、又有些說不出的挑動。她本已經不打算再說什麼了，可卻又忍不住問：「怎麼……怎麼和說的不一樣啊？大了這麼多……」

一般男子那物，總有一層鬆皮包裹，據說綿軟時還要將那層皮略微一推，才能觸及柄部，可蕙娘上下摸索了一番，也沒找著那所謂的薄皮究竟在哪兒，如非那處已經略略充盈，她幾乎疑心自己是摸錯了地兒……

小姑娘有點不開心了，她咬著下唇在心底埋怨了一聲：庸師誤人！一邊還不死心，伸手在頂端繞了一圈，甚至在傘處下緣還探了一根指頭去尋那應當就在左近的皮膚……雖仍一無所獲，但卻也成功地自權仲白口中逼出了兩聲低沈醇厚的抗議。

「這才哪兒同哪兒呀？大驚小怪的，不知道的人，還當你是……」蕙娘又有些不高興了，她抬起頭白了新郎官一眼，見權仲白神色微妙，胸口起伏劇烈，忽然靈機一動——「呀……你、你……」

一般的大戶人家子弟，就算家教嚴格，成親前沒有通房，可在成婚之後，家裡肯定也會給安排幾個貌美如花、老實溫順的大丫頭在身邊服侍，也是免得他受了外頭的引誘，出去胡搞瞎搞的意思。像權仲白這樣，元配去世之後多年沒有續弦的，家裡有幾個通房，簡直再正常不過，就沒有，都三十歲的人了，思來想去，怎麼也不可能是「寶劍千金買，平生未許人」的身分了。可被自己這麼稍微一撩，他就這麼激動，再回思剛才種種動作，他的生澀和不自在，未必會比她少，倒多半是要比她多的……

她雖說不下去，可意思倒也表達得挺明白的，手下動作也沒停……

洞房花燭、軟玉溫香，焦清蕙又是個如此出眾的美人，這一番纏鬥，攪得她自己也是雙頰微紅、氣喘吁吁，額際微微帶了汗，眼神亮得就像著了火，權二少就是再清心寡慾的神仙中人，他到底也只是個男人。

「這又有——」權仲白一開口，才覺得自己聲音粗嗄，他忙嚥得一嚥，才續道：「這又有什麼好奇怪的？我就是要告訴妳——」

「告訴我什麼？你倒是好意思說出口呀！」蕙娘噗哧一聲，笑得幾乎要滑到床下去，見權仲白大有惱羞成怒的意思，又轉回來安慰他。「噯，現在知道了也一樣，我明白、我明白……」

她伸手去解自己的裡衣，將那修長而潔白的脖頸一點點地「解」了出來，紅燭光正正地灑在她頸間胸前，蕙娘一偏頭，雙手背到耳後去解褻衣，帶出一陣光影顫動……權仲白是想要移開眼去，可他也不是聖人，多年來清心寡慾，一朝遇此美色，本來已經夠撩撥的了，蕙娘那輕慢態度，又激起他的怒火，打碎了他的超然。自從初遇開始，他心底便念念不忘，很想狠狠回擊這個傲慢自大、睥睨冷傲的大小姐一招，可那畢竟過分幼稚小氣……

「妳又打斷我的話！」他到底還是有了幾分憤然，才脫口埋怨，便又自覺失態，只得用力將心神凝聚在臍上三寸之處，心中默唸口訣：出氣一口，氣至湧泉……默然片刻後，才道：「我認真同妳說——」

焦清蕙又在他身上笑起來，她再度惡意地打斷了權二少的解釋。「放心吧，我曉得，我會很小心……」

她已把上身衣裳褪得盡了，下身裙裳半解，褻褲被推到一邊，那處最私密的地方，隱約擦過了權仲白腿根。小姑娘輕輕顫抖了一下，她一邊探身去拉床頭小櫃，一邊一手又探下去，惡劣十足，輕輕地擠了擠已是一片濕滑的掌握，手指擦過側面，又換來權仲白本能的顫動。蕙娘的聲音裡，也就帶上了格外紆尊降貴的笑意。「很小心很小心，不會弄疼你的……真是的，怎麼比娘兒們還娘兒們！」

錚地一聲，就像是有什麼斷了線，抽得權仲白腦中一片凌亂狼藉，他雖是性情中人，但這輩子對外人卻還從未動過火氣，越是不喜歡、瞧不上的，他對其也就越客氣、越疏遠……焦清蕙能以她如此霸道專斷的做派將他逼到這一步，也很可以自傲了。

他把住蕙娘的腰肢，挺身一個用力，在她輕呼聲中，已仗著自己頎長的身段，將她壓到了身下，咬牙切齒地道：「上嘴唇挨天、下嘴唇貼地……焦清蕙，妳還真是好大的口氣！」

焦清蕙顯然幾乎從未處於劣勢，權仲白疑心她是否一輩子都是如此高高在上，彷彿連看俗人一眼，都將污了她那高貴的作派，更不要說被人壓在身下了……雖然是洞房花燭，但這位處處奇峰突出、作派強勢的大小姐，只怕是早就打定主意，要就著剛才那姿勢，把自己給辦了……眼下，她究竟是有些驚慌的，可更多的卻還是濃厚的不服氣。唉，她有多看不起自己，權仲白難道瞧不出來嗎？

忽然間，他在被嚴重撩起的怒火、慾火之外，又興起了那極為突兀的不適感：銷魂纏綿、共赴巫山，本應是情到意到、自然而然，可現在，他沒有情意，只想敬而遠之，她呢？恐怕就更不甘心了……這樣子，真是沒有意思。

可動作稍停，表情還沒變呢，焦清蕙似乎就察覺到了什麼，她忽然想要重又翻身將他壓倒。權仲白大急之下，只得將她狠狠釘住，手摁著手，頭頂著頭……嗯，胯間嘛，就只有用腰桿來壓著了。

「啊……」

終於，在權二少被非禮了大半日之後，他終於成功地借由這一釘，自新婚嬌妻口中逼出了一聲婉轉哀怨、鏗鏘曼妙，琵琶般的一聲響動……她姣好的容顏蒙上了一層極濃重的紅暈，長長的睫毛蝶翅一般上下撲閃，似開又還要閉：究竟還是個姑娘家，笑話他生澀，其實自己又何嘗不生澀？只是這麼一頂……

權仲白咬著牙緩緩後撤，可他才一動，腰就被焦清蕙的長腿給鎖住了，這個又嬌貴、又貌美、又傲慢、又刻薄得叫人處處難以忍受的姑娘家責難地睜開眼，她潤了潤唇，聲音也有點發啞。

「傻子，還愣著幹什麼？進來呀……」

「妳怎麼能——」他甚至找不出一個合適的形容用在焦清蕙身上。權仲白又吐了一口氣，在心底提醒自己：善不怨人、賢不生氣，自己三十歲的人了，也不好和一個小姑娘過分計較。「妳根本就不懂！光顧著捏我有什麼用？妳自己還沒濕透呢！」

這話出口，他先尷尬地紅了臉：全賴焦清蕙！否則如此下流猥瑣的詞句，怎會出自他權仲白之口？這哪裡是相府千金，簡直是、簡直是……

「那你就快些呀！」還沒想好形容，焦清蕙已經睜開眼來，似笑非笑地扭了扭腰肢。

「要不會，你就放開我，讓我上去，我來——」

罷，管不得這許多了！

權仲白牙關一咬，將種種紛亂思緒全都摒到一邊，從牙縫裡擠出話來。「妳可別怪我沒提！」

當慣大夫的人，哪個沒有十八般手段？尤其權仲白最善針灸，對人身穴位的理解，幾乎遠超同儕。角孫、中府、乳中、大巨、承扶、三陰交，一路揉捏點按，什麼不該碰的地方都還沒碰呢，焦清蕙已經漸漸被他按得軟了。她很不服氣——權仲白能看出來，對自己忽然落入弱勢無法翻身，她極不服氣——可他能和她一樣惡劣，焦清蕙才要動，他手勁往往便大一分，兩個人倒鬧得同打仗一般，到末了她只能在他身下扭轉騰挪，一個勁兒地摩著他不爭氣的玩意兒，分他的心……

權仲白忽然又有點得意：焦清蕙越不情願，他就越贏得爽快。似乎從頭一次見面起，她給他製造出來的這許多煩惱，也隨著她自己苦悶的表情漸漸消融了一些。

哪管他自己也漸漸越發無法忍耐，可神醫就是神醫，在終於劍及履及時，蕙娘已經身子發麻，少說也交代了有兩次了……

也就是到了這種時候，女兒家才不至於過分疼痛。

縱心中有千般不甘，可畢竟她年紀還少，又不同於權仲白自然有身分上的優勢，她自個兒還是能調適得過來的，雖說這疼痛混了一種說不出的怪異，可、但……一旦掌握了要領，習慣了這幾乎親密無間的親近，自然而然，也就有快美跟著來了。

她雙眼半開半合，有幾分眩暈地打量了權仲白一眼，見他俊顏潮紅、雙眉緊皺，那股水淋淋的情色氣息儼然撲面而來，攪得她丹田繃緊，呼吸又更不禁急促了幾分……忽然間，她理解了世人對美色的追逐。唉，算啦，縱有千般不好，在這等時刻，至少他還是挺好看的。

或許是察覺到了她的打量眼神，權仲白瞅了她一眼，眉頭擰得更緊，他潮濕而灼熱的手指熟稔地找到了蕙娘胸前最敏感的地方，一面動作，一面時重時輕，將蕙娘要出口的玩笑又給撚得散了。

「睚、睚眥必報！」她不禁氣促著抱怨。「嗯……我……我……」

彷彿是一道琴曲奏到了最激烈的地方，又像是一條奔湧的酒泉，帶著醺人的醉意拍打著她的堤岸，這令人迷醉的感覺又上了一層，蕙娘再顧不得和權仲白鬥氣，她嗚咽起來，纏著他的腰，又交代了一次……

可權仲白呢？他卻儼然只是慢了些速度，一點恢復的時間都不給她，好像連絲毫疲倦都不曾有，她被沖散了的神志還沒聚攏呢，眼看就又要隨著他的動作，被頂得散了。

「你……你……」就算蕙娘底子好，眼下也真是要被折騰得散架了。她一天都沒進食，此時連番折騰，竟真有眼前發黑、渾身痠痛之感，這床笫間的戰鬥，她是輸了個徹徹底底——可就算是這種事，焦清蕙也不喜歡輸！她的語氣格外帶了點氣急敗壞。「你怎麼還沒——和她們說的不一樣啊！我這都四、四、四……嗯……四次了——」

「我一直就要告訴妳……妳又不讓我說……」權仲白的氣息也有幾分紊亂。

他微帶酒氣的呼吸吹拂在蕙娘耳畔，吹得她更燥熱了幾分，只能皺著眉儘量別過頭去，遠離這難耐的感覺。

「我從小修行童子功，練精……還氣，三十年來，一點、一點元陽未泄。本來就忙了一天了，要不休息一夜，妳如何能吃得消……」

多少年來，蕙娘第二次被噎得什麼話都說不出了。她瞪著權仲白——又哪裡看不出此人心中的得意？這一次，是她自己過分急躁了。人家是仁至義盡，沒什麼地方可以挑剔……

「你、你、你無賴！」她昏頭昏腦，再不記得端那居高臨下的架子了，幾乎恨不得一口就咬上權仲白的咽喉。「我不讓你說，你不會搶著說啊?!我……啊……我……你別……」到底還留有三分清明，見權仲白嘆了口氣，意欲後撤，她又忙鎖住了他的腰，蠻橫地道：「不許出去！」

「再下去，妳真要受不住啦！」

他還扮著仁義呢！蕙娘都有點想哭了——她會不知道嗎？可折騰了一晚上，為的不就是留種？這時候他退出去，自己還真是白忙活了……

忽然間，她有點明白文娘的心情了：雖然這事也不能算他權仲白的錯，可她照舊是氣得七竅生煙，畢竟，不賴他，她又能賴誰呢？

第三十三章

香冷金猊、被翻紅浪，燭檯上紅淚堆疊，猶有一絲殘火未熄。

天色雖已放亮，可綠松燒紅著臉，輕輕推門而入時，帳內卻還全沒一點動靜。只隱約能見床邊橫出了半截玉臂，踏腳上搭了雪白的中衣，室內似有一股難言的味道，要聞又聞不真——她也不敢深想，只細聲道：「少夫人、少爺，該起身梳洗，往前院問安了。」

蕙娘從前黎明即起，這習慣多年間從未改變，她也從來都不賴床的，可今日綠松喚了一次，床上還無人應答，眼看時辰是再拖不得了，她只好拎起金錘，在銀磬上輕輕一敲，這一敲，總算是敲出了動靜，伸出帳子的那隻手動了，帳內也傳來了少夫人極輕的低吟，被浪再起，帳內少爺似乎坐了起來，卻又被少夫人抱著腰給再摁了回去。

「再睡一會兒……」她從來也未曾聽過少夫人這樣的音色，同從前相比，這琴弦一動帶出的雅正似乎並未變化，可卻陡然低了幾個調子，嫋嫋餘韻，像是能鑽進人心底去。就是少爺都像是聽得呆了，過了一會兒，才從帳內道——

「妳們都出去吧，我穿了衣服，妳們再進來。」

綠松登時恭謹地退出了屋子，待得再聽到磬聲後，她這才帶著一群丫鬟魚貫而入——少爺和少夫人都自己穿好了衣服，只是少夫人似乎仍覺睏倦，她連連揉著眼睛，眼下兩彎黑影又濃又重。綠松跟了蕙娘這麼久，也還是第一次見到她這樣沒有精神。

再一看少爺，幾個丫鬟臉都紅了。二少爺風度怡然，京城眾人素來傳誦不休，她們也都是聽說過的，昨日只驚鴻一瞥，已覺得的確劍眉星目、朗然照人，可今日睡眼乜斜（注）、髮絲凌亂，不知為何，反而更令人無法逼視……

眼下到了新房，很多規矩就和從前不一樣了。權家沒有上下水道，淨房也要窄小一些，二少爺先進了淨房，石英便親自跪下來舉著臉盆，綠松擰了手巾把兒給蕙娘洗臉漱口。等兩人先後從淨房出來，幾個大丫鬟又一擁而上，要服侍二少爺洗漱，卻被二少爺擺手回絕了。

「給我一盆熱水，一把手巾就得了，我自己一個人慣了，不用人服侍。」

綠松未敢就退下去，她拿眼去看蕙娘，見蕙娘輕輕點頭，這才親自為二少爺斟了熱水。於是一行人又忙著支開屏風，瑪瑙來服侍蕙娘穿了正紅羅衣，梳了新婚婦人慣梳的髻子，緊跟著便同往常一樣，孔雀捧首飾，香花端了梳頭包袱過來，綠松、石英一左一右，一個捧了西洋花露水兒，一個端著各色名貴妝物：象牙管裡填的口脂、和闐玉盒裡盛的胭脂、天青石筆裡鑲嵌的海外螺黛……五、六個人忙得不可開交。權仲白梳洗完了，往西洋落地大鏡前一站，自己把頭結成髻，上了玉冠，回身望見梳妝檯前這一群花花綠綠、忙忙碌碌的妙齡少女，不禁就在心底嘆了口氣。

因他在這院子裡住了有十多年，已經住得慣了，此番新婚，也未換更大住處，只是修繕裝葺了一番而已。婚前他又老在香山藥圃裡，多少也有點逃避的意思，今日一打眼，才覺得這屋子根本就已經不再是他的屋子了。曾經素白的牆面被安了多寶格，裡頭供著楚窯黑瓷。本來空蕩蕩一張炕、一張床，再一張八仙桌，也就是這屋裡全部家當了。可如今，梳妝檯、月桌、西洋落地鏡、楠木大櫃，炕上一對炕桌，床前黑檀屏風——就連這床都被換作了廣式螺鈿拔步床，一掃從前那張蘇式床的簡潔，在日光底下熠熠生輝，富貴得傷人眼……

這裡已經不是我的屋子了。他這麼一想，又有些煩躁起來，對蕙娘話就多了一句。「妳倒是比公主都貴重，不過梳妝打扮，也要五、六個人圍著妳打轉。」

蕙娘從鏡子裡瞅了他一眼，笑微微地道：「咦？姑爺倒是挺明白公主是怎麼打扮的嗎？」

權仲白總是很容易被她鬧得特別煩躁，他也算是明白了：衝焦清蕙客氣，那是絕不行的，你客氣了，她就能順著杆兒爬到你頭上來。可要對她不客氣，他又實在做不出，畢竟多年來養就的風度在那裡，有些話焦清蕙漫不經心就能說得出來，可在他權仲白這裡，是要下了決心才能出口的。

要這樣輕易就為她改了作風嘛，他又覺得實在不太值當……權仲白也只好悻悻然地哼了一聲，以示「我不同妳計較」。

他本待要踱開幾步，甚至就到院子裡去等她，可焦清蕙身邊那掌事兒的大丫頭瞟了他一眼後，就垂頭在主子耳邊又輕又快地說了幾句什麼，焦清蕙「唔」了一聲，便說：「姑爺，

注：乜斜，音「ㄇㄧㄝ˙ㄒㄧㄝ」，此指眼睛瞇成一條縫而下視、斜視之樣。

要不要試試我的玉簪粉？要不然，鹿角膏也還堪用，都是我們自己製的，比外頭的要乾淨一些。」

她語調裡含了幾分笑意，雖像是示好，可聽著又全不是那麼一回事。權仲白皺起眉頭，一時也拿不準她究竟是要修好呢，還是又突發奇想來笑話他了。才剛擺了擺手還沒說話，卻見焦清蕙從鏡子裡笑著點了點自個兒的脖子，他回頭一看鏡子，這才發覺——雖然繫了領扣，可到底還是有一小片紅腫咬痕，歪歪斜斜就藏在領子邊上，一動彈就露了出來。

三十年練精還氣，腎精是一定極為充足壯健的，可就連權仲白自己都不知道，他竟能鏖戰那許久都未疲憊，要不是焦清蕙又抓又撓、又扭又吸，到末了乾脆一口咬在他咽喉上，把他嚇了一跳，只怕折騰到四更都未必能消停。他撫著脖子，不免有幾分羞赧：這種事，做男人的自然要體貼妻子，畢竟女兒家是吃虧的一邊，雖說焦清蕙只是看著嬌滴滴的，身上可結實得很，但破瓜之痛仍然難免……

不過，也是她自己不聽良言，非得這麼折騰。權仲白又理直氣壯起來，他問：「粉在哪裡？我自己塗。」

幾個大丫頭頓時面露尷尬之色：服侍主子，是她們的本分，可這個主子連粉都要自己塗，這是姑娘在，又是頭一天，還說得清楚，要不然，主子心裡還指不定怎麼想呢……

蕙娘業已經梳妝完畢，她忍下一個呵欠，強撐著站起身來，親自從香花手上拿過了玉簪粉，又在綠松手裡挖了一點鹿角膏，見權仲白已經解開領口，露出一點脖頸來，卻仍有些戒備之色，她真恨不得把這一手的白，全抹到他鼻頭上去……她又不是《西遊記》裡的白骨精，難道還會吃了他不成？

「你自個兒能抹得勻嗎？」她掃了幾個丫頭一眼。「唉，算啦，我來幫你吧！」

權仲白默不作聲，蕙娘看得出來，他是強忍著不舒服呢……她更想把粉膏糊他一臉了，可當著下人的面，到底也只能做賢慧，慢條斯理地先將鹿角膏塗勻了，再敷一層玉簪粉。只是手指觸到權仲白脖頸時，多少有幾分不自在……她和權仲白似乎天生就相犯，指尖一觸，就覺得有輕微吱吱作響的感覺，燙得她渾身不舒服……

被這麼敷上兩層，就是蕙娘的黑眼圈都遮掩得差不多了，更別說這小小吻痕了。不片晌，兩人已經裝扮停當，也來不及吃早飯了，只各含了一片紫薑，便攜手出門，去給一眾長輩奉茶請安。

權仲白續弦這自然是大事，兩夫妻今天一天事情不少，給活人奉茶之前，還要先給死人上香，因此兩人才起得這格外的早。當然嗣後權家還要大宴賓客，不過作為新婦，倒是無須出面招呼應酬，只要回去等待各路長輩前來探看勉勵也就是了。權仲白要忙一點，因蕙娘被賞穿三品淑人禮服，按慣例，他是要入宮謝恩的。

天色剛放亮不久，正是一般人起身用早飯的時候，權家小宗祠前已有幾位老僕守候，一望即知，這都是在家中地位特殊，不能以尋常下人相待的多年老人。見到兩人過來，便開了祠堂大門，又放響鞭炮等等，不多時，良國公並權夫人也進了院子——這是現任族長，開祠堂，他自然是要在一邊的。

蕙娘和權仲白便成了牽線木偶，先給族長行禮，接著一代代傳承祖先拜了，再拜一排排宗房長輩的牌位。多年世族，到最後蕙娘手都要被香灰染紅了，這才拜到了上一代權仲白的生母，元配陳夫人——也就是義寧怡順大長公主之女，她也是權家宗房上一代唯一去世的長輩。蕙娘心中有些好奇：良國公承嗣，已經是三十年前的事了，他是三子，按年紀來說，上頭兩個哥哥只有更大的，這些年來，家裡總有些生老病死的吧？可卻全沒體現在宗祠裡，在上頭還有太夫人的時候，這種事可並不太常見。

再往下還有一排，孤零零的也是一個牌位——這便是權仲白元配達氏了。因是平輩，他無須行跪拜禮，只是鞠躬上香，便自己退開。蕙娘取了香正要跪，已被身邊老僕止住。「少夫人請行姊妹禮。」

大秦疆域廣闊，各地風俗繁雜，禮儀也往往有所不同。蕙娘並不大清楚外地人是怎麼操辦這個問題的，不過在京城，高門風尚看內宮，自從百年前孝安繼皇后在元皇后靈前行妃禮後，一百多年來，不成文的規矩，續弦在元配跟前，一般都行妾禮。

當然，權仲白的情況和一般人還不大一樣，雖然禮成，但他又沒有圓房，新婚三天人就去了。再說，達家現在式微，和焦家根本沒得比，但不管怎麼說，禮數還是禮數……

蕙娘還有些遲疑時，良國公咳嗽了一聲。「此乃吾家規矩，生者為大，焦氏不必多心。」

他這個族長要抬出族規，蕙娘還有什麼好說的？只是她多少也有幾分明白：一般新婚，那肯定是先拜長輩，再拜宗祠，起碼宗房一家人要都在宗祠前候著，也是取個熱鬧。今日安排如此古怪，只怕就是為了這一句「吾家規矩」，在從前，根本就不是規矩……

人都死了，不要說跪下來磕個頭，就是禮制要她在靈前打滾，蕙娘也根本都不會在意，同一個死人，她沒什麼好計較的。尤其權仲白惦念亡妻，多尊重些達氏，兩個人起碼不至於因此齟齬，這她也不是不明白……可公爹要抬舉她，難道她還能駁長輩的回，給長輩沒臉？她也不去看權仲白，自然而然，給達氏的牌位福身行禮，將香插上，便完了此禮。

一行四人前呼後擁地，又往權家內院過去，給太夫人等族內長輩行禮。

權家雖然地位顯赫，但行事素來低調，族中一般只有主母出面應酬，似太夫人、大少夫人這樣的人物，不要說清蕙，就是四太太都很少能夠打上照面。平素家中宴客，她們是專有一處小園子，裡頭亭臺樓閣外加戲臺子，一處都不少，自己人居住的反而是另外一處地方。清蕙雖然以前也隨著母親在京中行走過一段時間，但也還是今日才得進權家真正內院。

以她眼界，就是再巧奪天工、富貴榮華，也頂多能得「不錯」兩字。尤其權家屋宇都有年頭了，睡的是火炕不說，連地暖都沒有，就因為天氣和暖，昨晚在床上睡著，連火盆都沒有，被子也輕薄，這讓清蕙如何睡得安穩？不知不覺，竟滾到了權仲白懷裡……蕙娘心裡自然先就帶了不快，一路瀏覽時，眼光就更挑剔了一點，只覺雖然也是梨花院落、柳絮池塘，一派百年富貴氣象，但僅這一眼看去，是趕不上焦家多了。

真是暮春初夏時節，園內百花開放，也不知哪裡栽了一、兩株桃花，惹得蕙娘連著打了兩個小噴嚏。

權夫人便笑道：「別是昨夜著涼了吧？我瞧你們兩個看著都沒什麼精神。」

權仲白和蕙娘心裡都是有鬼的，聽權夫人這麼一說，都不禁大窘——權夫人衝蕙娘擠了擠眼，還要說話，良國公輕輕地咳嗽了一聲，她便只笑著用手搧了搧臉頰，鬧得蕙娘臉若紅榴，恨不能衝到鏡前，再給自己補一道粉。

「娘……」權仲白雖也羞赧，但畢竟要比女兒家好些，他語氣加重了一點，倒像是在告饒了。

權夫人捣著嘴巴笑，又讓蕙娘走到她身邊，挽著她的手臂。「餓了沒有？今早也沒吃飯？我本還以為你們昨夜要用點心呢，令我院子裡小廚房別歇火，你們一旦要點心了，就立刻現做送來。沒想到竟沒要，她們倒白熬了一夜。」

權仲白所住的立雪院，離權夫人自己居住的歇芳院並不太遠，權夫人特別留意這個，也是體貼新婚夫婦的意思。只是這話落在蕙娘耳朵裡，就有些別的意思了：立雪院本來人口似乎很少，她今早是一個都沒有看見。可連自己吃沒吃早飯，她都瞭若指掌，可見長輩們在立雪院裡也是安排了一、兩個眼線的。從前在娘家的時候，祖父愛安排幾個眼線，她都沒有二話，但現在過來婆家，處處陌生，她就不大喜歡身邊還有這麼一個耳報神了。

「起得晚了，就沒來得及用。」她收攝了心神，恭敬又和順地回答權夫人，那笑中的冷勁兒，不知什麼時候，已經被盈盈的感激給代替了。「多謝您惦記著，要一會兒回去，早飯已撤了，少不得還要到您院子裡要些點心來吃。」

權夫人的笑意便加深了一點，眼看太夫人居住的擁晴院近在眼前，她再拍了拍蕙娘的手，便將她的胳膊給放開了。

正因為良國公府素來低調，雖然和權夫人那是見過的不錯，但今日滿屋人，蕙娘竟也就只認識權夫人一個，大少夫人林氏也只昨晚一見，太夫人喬氏是初次會面，此外還有兩對男女，坐的還是客位，以形容穿著來看，應該是良國公的兄弟輩。再有也就是良國公並權家兄弟幾人，還有濟濟一堂的小輩們了。蕙娘只隱約知道裡面應有權夫人的親生女兒瑞雨，但在一眼間，著實難以分辨出究竟哪個是她。

一整套行禮上茶的儀式四平八穩，無甚可說，太夫人神態威嚴，對她這個新婦都沒有多餘的笑臉，無非是勉勵幾句，只叮囑權仲白：「給你娶了這麼一個無可挑剔的媳婦，以後就別老想著向外跑了，這幾年，多在家裡待著。」

她給蕙娘的見面禮，倒是的確十分名貴：一對和闐玉鐲子，不論是從成色還是雕工來看，也都算是宇內難得之物。權夫人的見面禮就要比太夫人減了一等，不過是一串墜了貓眼石的金項鍊，幾乎有些不合她的身分，兩位叔嬸輩所賜，價值大致與她相當，蕙娘一一受了，又給大嫂行禮斟茶。

大少夫人將她一把扶起來，笑盈盈地說：「真是個美人兒——雖是妯娌，可年歲相差大，妳就同我娘家姪女一般大小，我看了妳呀，就想起她來。」

說著，就取出一個小巧的西洋金鑲五色寶石懷錶來。「也不是什麼難得的東西，娘家人給的，我已有了，就轉送給妳吧。」

三十歲上下的年紀，看著卻還很年輕，富態的圓臉、精緻秀氣的輪廓，她有點像何蓮娘，渾身透著的那是真和氣，一望即知，是個又熱情又細緻的能幹人，但心裡卻不至於缺了盤算……只是這句話到底是有點淺了。蕙娘淺淺一笑，接過懷錶來，謝了大少夫人，她底下那些弟妹又過來給她行禮。

相公歲數高點，也不是沒有好處，權叔墨比蕙娘大了好幾歲，權季青和她同歲呢，兩人都要上前給蕙娘打鞠躬，還才是垂髫年紀的權幼金就更不必說了。搭上剛才受過她禮的權伯紅，這兄弟五個長得都很相似，全是跟良國公一個模子裡脫出來的，只是氣質卻有極大不同。

權伯紅三十多歲的人了，看起來和妻子一樣，根本就不顯年紀，七情上面，對蕙娘的好奇只一眼就能看得出來，有種天真的善意；權仲白嘛，魏晉佳公子的氣質也頗能騙騙不認識他的人；權叔墨就不一樣了……他很有戎馬世家的風範，這麼喜慶的場合，也還是一臉嚴肅，一舉一動間幾乎有金鐵磨擦之聲，一張清秀的臉被曬作了麥色，看得出來，他是一條相當血勇的漢子；權季青呢，看著最冷，和長兄、次兄一樣，他膚色白皙、面容秀逸，甚至還要比權仲白更英俊一些，只是氣質略微青澀而已，不過權伯紅熱情、權仲白優雅，他卻沒有兩位兄長周身都帶著的一股熱情，而是在彬彬有禮之中，附贈冰一樣尖銳的沈靜。這少年年紀雖小，但一舉一動，卻顯得很沈著，很有譜兒。說起作派，和他姊姊──楊家四少奶奶權瑞雲，倒有幾分相似。蕙娘對他特別有印象，當時在新房裡，也是他提著權仲白行禮的。

至於權幼金，年紀還小、稚氣未脫，給嫂子行過禮，就奔到權夫人跟前要糖吃去了。蕙娘又見了權瑞雨同七、八個堂弟、堂妹，這時綠松也將一托盤見面禮呈上來，蕙娘親自把自個兒的活計遞給太夫人、夫人及弟妹等輩，就算是她的見面禮有了。

這都是京城慣例，無非按部就班、虛應故事而已，蕙娘面上笑著吃茶，心底卻很希望快點回去能用個早飯──她已經餓過勁了，昨晚又沒睡好，現在竟有幾分頭暈目眩。

不過，全家人得了她的禮物，怎麼也都要笑著誇誇新婦的。權瑞雨就很熱情，拿著她得的一個扇套翻來覆去地看著，又誇獎蕙娘。「二嫂手藝真好！這荷花怎麼繡的？我就瞧不出來，這是用的什麼針法呀？」

這話一出，幾個長輩都有些似笑非笑，蕙娘不動聲色，心底卻也嘆了口氣。

沒想到權家這個瑞雨，竟公然又是一個文娘！

第三十四章

一般的名門世族，家族成員過百，那是隨隨便便的事。即使以每人送一套扇套、荷包、大小荷包湊足四喜，那也是相當龐大的工作量了。尤其蕙娘的情況，眾所周知，從出孝到過門，不過一年多一點兒，她又不以繡活出名，這若干套繡功精美、龍紋風采的活計，有多少是親自手製，多少是下人代工，眾人心裡都是有數的。權雨娘這一問，問得是有點促狹了。

權夫人想到女兒曾不服氣地說了一句「就為了焦家那個姑娘，您這樣費力巴哈地」，也有些無奈：這個鬼靈精，當時說那一句話，連自己都未曾留心，想不到一年多以後，她還心心念念，要試試新嫂子的底……

蕙娘微微一笑，忍著一陣又一陣的眩暈正要說話，大少夫人已經把話口接過去了。她略帶嗔怪地說了一聲。「雨娘，妳自己功課不好，也不多用心，反而還有理了呀？當著這麼多人的面，是請教妳嫂子的時候嗎？」

本來瑞雨身邊那些堂少爺、堂姑娘們，已經有幾分蠢蠢欲動，似乎大有回應打趣蕙娘的意思，被大少夫人這麼一說，竟全都偃旗息鼓。

瑞雨眼珠子一轉，半是不服氣，半是硬撐場子。「就是一句話嘛，大嫂淨欺負人……我眼界淺，看見了好就問一聲唄！」她嘴一癟，泫然欲泣，還要再說什麼。

太夫人看她一眼，已道：「哪有妳這麼嬌的，大嫂說妳一句，妳還故意裝起委屈來！」祖母訓話，一干人誰也不敢插嘴，瑞雨忙起身低頭聽訓。「是，孫女兒知錯了。」

蕙娘這時，就是再說好話也都無用了，她索性不發一語──確實也是餓得有些暈眩了。

權仲白看了她一眼，忽然道：「今兒祖母這裡居然沒有點心？」

「一大清早的，誰吃這個？」太夫人對權仲白的態度顯然要緩和多了，責怪裡明白透了喜愛。「就數你事多！」

說著，自然早有垂髫小鬟上前，奉上一盤子形形色色各式點心。權仲白選了兩樣，又一指蕙娘，令丫頭捧到她跟前由她挑選，這才理直氣壯地回道：「昨兒折騰了一天，今早起得晚了，飯也來不及吃……」

一屋子人都樂了，太夫人噗哧一笑，情緒最外放。權夫人眉眼彎彎，打趣地用手點了點小夫妻，其餘小輩，成了親的捂著嘴偷笑，沒成親的紅著臉暗笑。

蕙娘幾乎閉目呻吟出來：似權仲白這樣，能如此不把場合放在眼裡的人，在豪門世族裡，著實也有幾分少見了。

這種事肯定是越描越黑的，再說，以權仲白婚前如此反對續弦的態度來說，甚至也不失為一件好事……畢竟，一個不得丈夫歡心的女人，不論其出身如何，在深宅大院，都是很難立住腳跟的。蕙娘輕輕地拈起了一塊糖糕，搭著茶吃了，只覺得茶湯入胃，彷彿一個熨斗，連心底都熨得微暖。

權夫人開口數落權仲白。「就晚一會兒也無妨，早飯還是要吃的——」

良國公咳嗽了一聲，打斷了妻子的話，他也有點被逗樂了，同在祠堂裡的冷淡威嚴相比，語氣暖和了不少。「前些年你家室空虛，自己四處亂跑，天南海北，天下也沒有多少你沒去過的地方。現在成親，是有小家的人了，就不能再同從前一樣著三不著兩的，還和個孩子似的。」

他在這個家裡，顯然擁有無上威嚴，一旦開口，立刻全場肅靜，連自己兩個兄弟都挺直了腰桿。蕙娘用眼角餘光去看權仲白——他倒是似乎還沒覺出氣氛的變化，依然隨隨便便地坐在那裡，周身一派慵懶，竟是連自己親爹的面子都不給……

「就好比去年，」良國公瞪了權仲白一眼，終究還是沒說什麼，他續道：「忽然就離京整整一年，你就是對得起家裡人，難道對得起皇上？今番回京，兩年內你別想再出去了，即使離京，也只能去些腳程近的地方，一天之內，必須能趕得回來。」

有個天子近人，固然是權家之幸。朝中幾次風雲變化，要不是權仲白的特殊身分，在蕙娘看來，權家有好幾次恐怕是沒那麼容易過關的。但當著一家人的面這樣訓話，背後的用意，透露出的蛛絲馬跡，她就能咂摸出幾重文章來。第一，良國公對這個兒子，約束力恐怕不是那樣強。要當著一大家子的面這樣說他，多少也有點逼他認帳的意思。第二嘛，只怕在權家這一代裡，權仲白是自然而然就占據了一個相當特殊的位置，在長輩跟前，他是很有特權的，就是良國公端出父親的身分來，都沒法令他畢恭畢敬的話，只怕其餘長輩，自然是只有順著毛摸的道理了……

這也給她提供了一個上好的機會，清蕙借著吃茶的機會，輕輕地往對面瞥了一眼——除去長子伯紅、大少夫人林氏坐在權仲白上首，她不好探看之外，權叔墨、權季青正巧都在她對面落坐。想要摸清這兩位少爺對二哥真正的看法，此正其時也：這四個已經成年的兒子中，也就是權仲白受到的關心最多了……

在所有人都注意長輩的時候，一個人是很難把面上表情，約束得天衣無縫的。譬如權叔墨，雙眼神光閃閃，雖然還不至於把不以為然放到面上，可從他眼角眉梢來看，明顯是有些不服氣，也有些羨慕的……倒是權季青，面色沈靜逾恆，甚至還察覺到了她的眼神，蕙娘再次飛去一眼時，他對她微微一笑，態度友善中帶了一絲狡黠的會意，就這一眼，蕙娘心底明白了：這個權季青，對花廳裡的暗潮洶湧，心底恐怕是門兒清……

她不再四處打量了，而是專心地望著自己的腳尖：初來乍到，在長輩跟前，還沒有她說話的分兒。

良國公的訓話也到了尾聲。「……這一陣子，也不要往香山去了，就要去，也帶上你媳婦一塊兒。從今以後，很多毛病，你自己能改的都改了，我也就少為你操點心。」

這末尾一句，終於是透出了一點滄桑：看來，良國公雖然看著嚴厲，但心底也並不是不疼兒子。

權仲白看著顯然有點不樂意，但他總算還知道不和父親頂嘴，畢竟當著這麼多人的面，再說，良國公要求得也不非分……他點了點頭。「就按您說的辦。」

太夫人和權夫人對視一眼，雖說表情沒什麼變化，可兩個長輩的肩膀都鬆弛了下來，權夫人喜孜孜地打圓場。「好啦，這都鬧騰了多久了，既然你們昨晚折騰得太晚，這會兒就快回去歇著吧。」

她到底還是打趣了新人，權瑞雨噗哧一聲，悶笑得不可收拾。權夫人嗔怪地白了她一眼，又道：「一會兒中午、下午親戚們過來了，還有你們忙的呢！」

於是眾人各自回去，蕙娘才一進屋就倦得不得了，她責問綠松。「我那張椅子怎麼沒帶來？」

自雨堂的一張椅子，自然都是有來頭的，不說用料名貴，就只說那弧形長擱腳，就要比一般躺椅更舒服得多，文娘每次過來，都喜歡在上頭貓著，這會兒她不想上床，自然而然，就惦記起了自己的愛椅。她也顧不得權仲白了，自己先癱到炕上去，幾個丫鬟頓時圍過來了，又是換衣服，又是重勻脂粉。

石英端了一個五彩小蓋碗。「快先填填肚子。」

蕙娘接過了，卻不就吃，而是掃了石墨一眼。

石墨忙道：「因過了早飯時分，原來那些東西，怕少夫人不入口。小廚房又只夫人那裡有設，夫人在擁晴院，我們也不敢隨意滋擾擁晴院裡的姊妹們。這是奴婢自己燉的銀耳，您先填一填，一會兒到了中飯時分再吃正餐，倒更妥當些。」

聽說是她自己燉的，蕙娘便下了調羹。

綠松一邊為她脫了繡鞋，輕輕地給她捏腳，一邊細聲道：「您的貴妃椅是陪來了，可這屋裡地方小，還不知在哪兒收著呢。改日再慢慢地尋吧……」

又見蕙娘腰肢僵硬，便說：「讓螢石給您捏捏腰吧？」

螢石在自雨堂裡，就專管著陪蕙娘練武餵招，因怕蕙娘使錯勁兒，傷了筋骨，她是特地學過一手好鬆骨功夫的。

蕙娘半合著眼，意態慵懶、似睡非睡的，似乎根本沒聽見綠松的說話，過了一會兒，才輕輕地點了點頭。綠松便衝石英一點頭，石英自然退出了屋子，她這才一邊給蕙娘捏腳，一邊又用眼神令人給她蓋了一層薄薄的漳絨毯子……

這麼一番舉動，倒把權仲白比成了個外人，因為他對丫頭們近身顯然很有排斥，這群人精自也不會自討沒趣，除了石墨也遞給他一盅銀耳之外，一屋子人忙進忙出，竟沒有誰搭理他的。權神醫在自己屋裡，反而倒有些不自在起來，他往桌邊一坐，想要說話呢，綠松已經瞥來一眼，又看了看似乎已經迷糊過去的蕙娘。

雖說看不慣蕙娘的嬌貴作派，可人家會這麼累，也是因為他折騰的不是？他越發有些不好意思了，坐了一會兒，便起身道：「我去南邊炕上歇一會兒。」

一邊說，一邊信步出門，青色身影，也不知踱去哪兒的「南邊炕上」了。

等他出了院子，蕙娘也就慢慢地睜開眼，似笑非笑。「今兒個，妳都見著了吧？」

因要送活計，綠松也去了擁晴院，到得可能還比他們夫妻更早。雖然未能在蕙娘身邊服侍，但人在廳內，該看到的熱鬧，只怕沒有少看。

「見著了。」綠松拿起碗來，徐徐地給蕙娘調銀耳羹。「都不簡單哪。」

「大家大族，都是這樣。還以為都是我們家，人口簡單，就一個五姨娘，也翻騰不出什麼大浪來。」蕙娘到底有幾分疲倦，她閉上眼，夢囈一樣地問：「妳怎麼看？」

「大少夫人看不慣您，也實屬常事。」綠松見幾個大丫鬟都露出聆聽神色，便衝著剛進門的螢石和石英一點頭。石英微微頷首，回身就掩上了門——不論幾個大丫頭平時怎麼勾心鬥角，現在既然陪嫁到了權家，主子的體面，就是立雪院的體面。陪嫁的小姊妹們，一定是齊心協力，要幫著主子儘快在府裡打開局面的。「也算是有幾分火候，那句話說得很老道。就是太夫人、夫人，怕都挑不出什麼毛病來。」

她又細聲向幾個小姊妹解釋：「在擁晴院裡，二姑娘問少夫人，送的扇套上，荷花是用什麼針法繡的。」

瑪瑙本來還在屋角，給蕙娘理著午宴要換的一身衣服，聽綠松這麼一說，她忍不住插了一嘴巴。「姑娘怎麼就不知道了？荷花用的是錯金法嘛！就是現做一朵，姑娘難道還不會做了？」

自己送了一堆活計，用的全是沒有學過的針法……就不是權瑞雨當著那麼多人的面想要下下她的臉面，日後妯娌姊妹來往，隨口一句話，露怯也是轉眼間的事。以蕙娘為人，哪會做出如此蠢事？偏偏大少夫人連一句回話都不讓蕙娘開口，直接訓斥權瑞雨，小姑娘面子反倒下不來，以她嬌驕性子，再被太夫人訓了一句，要說原本只是擺弄機靈，只怕此後對蕙娘，心裡就存下疙瘩了。大少夫人是又做了好人，又給蕙娘添了堵，直接坐實了她弄虛作假，令人代做禮物的名聲……只一句話，就要比五姨娘連番出招，精緻了何止百倍。

「也是雨娘先開了個頭。」蕙娘輕輕地哼了一聲。「太夫人那句話，說得就更有講究了，堵著我的話口呢！」

「這也是的。」綠松輕聲說。「看來，兩重婆婆，更喜歡您些的，還是夫人。」

權夫人對她，是沒得說了。幾次打趣，都很好地把場面圓了過來，在進擁晴院之前，還更那樣親密示好，又不把親密做到大少夫人跟前，更招惹她的不快，做事細密、處處考慮在先……是要比太夫人若有若無塞來的一雙小鞋，令人舒坦得多了。

蕙娘沒有多說什麼，只是叮嚀身邊幾人。「最近一段日子，都小心一點，初來乍到，不要貿然生事，反倒落了被動。」

眾人鶯聲燕語，都應了是，蕙娘一邊用點心，一邊又讓綠松說。「把權仲白的說話告訴給她們聽聽，也讓她們樂樂。」

對這個姑爺，幾個大丫鬟自然都是好奇的，尤其她們最懂得聽人口氣，蕙娘語氣裡的厭煩無奈，誰聽不出來？連瑪瑙都撂下手中活計，好奇地看向綠松。

綠松才要開口，自己忍不住也笑彎了腰。她還是為權仲白說話的。「少爺那也是看出您面色不好，似乎有些眩暈……再說，他那一說，不也就沒人惦記著扇套的話口了？」

蕙娘沒好氣。「他要想得到才有鬼，不信，妳把他喊回來，我當著妳們的面問他『大嫂今天對我好不好？』，他恐怕連我問的是什麼都不知道，還要反問我『就那麼幾句話，她就是要對妳好，又有什麼賣好的地方？』呢！」

幾個丫頭聽見綠松轉述，都笑彎了腰，綠松也不禁莞爾。她往蕙娘腰下塞了一個枕頭。「少爺的性子，是粗疏了點……那您就多勸著他些唄！」她打趣蕙娘。「畢竟，可是這第一天晚上，就折騰得您都起晚了……」

屋內頓時又讓銀鈴般的笑聲給填滿了，蕙娘白了綠松一眼。「妳就知道笑話我！」一邊說，一邊自己想想，也不禁搖頭失笑。

等人們都散開了，自己做自己的事去了，她才又把綠松留下，將祠堂中的那一幕告訴了她。

綠松瞪大了眼，喃喃地玩味著、念叨著。「吾家規矩……」她皺眉思忖了半晌，才輕聲提醒蕙娘。「天下沒有不透風的牆，老爺夫人對您的期許這麼高，臥雲院恐怕就更不舒服了……」

「這才第一天呢，」蕙娘慢慢說。「她就忍不住了，要真是這麼沈不住氣，那也倒還好對付。」

她伸了個懶腰，又嫌棄地瞥了桌上那滿滿的五彩小蓋碗一眼，思緒一時飄得遠了，出了一回神，才又拉回來道：「話又說回來，爭，她肯定要爭一爭的……且先看她怎麼出招吧。」

第三十五章

蕙娘所料不差，「吾家規矩」這句話，雖然良國公講得並不太大聲，但傳得卻很快，還沒到中午呢，就已經傳到了大少夫人林氏的耳朵裡。

「跟著您進門也有十多年了。」大少夫人身邊最當紅的福壽嫂，看起來就和主子一樣，都有一張和氣的圓臉，說起話來輕聲細語，帶有京中婦人慣有的清高味兒。「還真沒聽說過這個規矩，就是前頭四叔續弦，在元配跟前，聽說也是行的妾禮……」

「四叔？那都分家出去多久了。」大少夫人笑了笑。「分家出去，自己就有自己的規矩。早上祭拜的時候，娘是跟著過去的，她不說話，可見這規矩，沒準兒還就是真的。」

「這可就說不準了。」福壽嫂子也是大少夫人的陪嫁丫頭出身，說起話來就沒那麼多顧忌。「夫人為了抬舉那位，也實在是花了不少心思，連宮中都特地賣了面子打了招呼……」

「不下這麼多功夫，焦家那朵金牡丹也沒那麼容易花落權家。」大少夫人似乎還是不以為意。「其實，也就是看在她心高氣傲的分上，大夥兒哄她高興唄！再怎麼樣，她也還是繼室，難道行個姊妹禮，前頭那位就不在了，她就是元配了？這要是在一族人跟前行的禮，還能管用點兒，就那麼零星幾個人看著，也沒多大意思。」

福壽嫂有點發急了。「您說的倒的確都是正理。」

她直起腰，瞥了門簾一眼，見門簾處安安靜靜的，半點動靜都沒有，便壓低了聲音。「可您也不能老這麼不當一回事，這人還沒進門呢，我們就沒站腳的地兒了。嫁妝能裝了兩、三個院子，還要送些到香山那邊去才放得下；陪嫁的下人，喝，可要比文成公主和番帶的人更多呢！她家雖沒爵位，可祖父足足紅了三十多年長盛不衰，宮中又給面子，直接就賞穿了三品的衣服……您可也長點心呀您，三品那是什麼身分？咱們家大少爺成親的時候，穿的都還不是三品的衣服……」

豪門貴族，等級森嚴，穿什麼用什麼，嚴格說來就是平時也都有講究，只是如今誰也管不得那麼多，就是個商人婦，也都能穿龍穿鳳的了，豪門世族穿著違制，只要不太過分，根本就不在話下。可成親時就不一樣了，是什麼身分，就用什麼儀仗。大少爺娶親的時候年紀不大，也沒封世子，大少夫人是按他身上慣例恩蔭的六品武職給娶過門的。別說穿戴，就是那頂鳳冠，都沒法和二少夫人的比，這就都不多說了，反正焦家人有的是錢，天下誰不知道？可至要緊的：良國公年已過花甲，按說，這幾年怎麼都該請封世子了，可這件事就硬是擱著沒辦。宮中雖然沒有直接封賞二少爺，但就是這樣，才最耐人尋味：三品儀仗，那是國公世子的品級了……

「我知道妳的意思。」大少夫人也有點無奈，更多的還是感動：自己陪嫁雖多，可會這麼掏心挖肺幫著考慮的，也只有小福壽，再有自己身邊幾個貼心的大丫鬟了。她輕輕嘆了口氣，幽怨地望了門簾一眼，終究是將心裡話吐出了一星半點。「其實妳這擔心的，都不是什麼大事……真正這事兒壞在哪兒了，妳是還沒看明白。」

福壽嫂眨了眨眼，她有些迷糊了。「就我說的這些，難道還不夠壞呀……」

大少夫人嘆了口氣，她拈起一枚新下來的櫻桃，慢慢地放進了口中。「這都算什麼呀……也是，妳今早怕都沒到我跟前來，還沒見著新娘子吧？」

見福壽嫂搖了搖頭，大少夫人又把聲音放得更低了一點兒，近乎耳語。「才頭天成親呢，就折騰得眼圈都黑了，二弟脖子上也有一塊紅腫，勉強拿粉給遮住的。聽立雪院裡傳出來的消息，蠟燭是足足亮了一夜……妳說這二弟也是的，沒成親的時候鬧得那麼厲害，跑到廣州去不說，險些還想出海，和個貞潔烈女似的，就差沒有抹脖子上吊吞藥跳井了。這怎麼搞的，第一夜就鬧得這麼厲害。我看她進門的時候，腳步要沈重得多了……一看就知道，準是被折騰了一個晚上！」

「這……」福壽嫂牙疼似地吸了一口冷氣。「您也知道，這當新婦的事兒多，二少爺性子又彆扭，沒準兒兩人是折騰了一個晚上……可……可沒……」

「我看著可不像。」大少夫人撇了撇嘴。「兩個人又是晚起，又是喊餓的……二弟看她臉色不好，還特地要了點心來。恐怕是久曠遇甘霖，心一下被收服了去，那也是難說的事。」

她意味深長地拖長了尾音，見福壽嫂果然愣怔得話都說不出了，心裡多少有些寬慰。好歹，這心裡頭的事，還有人能幫著分擔分擔，為她著急著急。

「算啦！」大少夫人反過來寬慰福壽嫂。「見步行步，就看她怎麼出招了。咱們也無謂和她爭。」她淒然一笑，圓臉上永遠含著的喜氣早已經不見了蹤影。「就是要倒，那也是咱們自己往下倒的不是？」

福壽嫂眼圈兒立刻就紅了，她再看一眼門簾，回望著大少夫人，口唇微微嚅動，過了一會兒，才一咬牙。「主子，這話也就是我才能和您說了，要二少爺還和從前一樣，那我也不說這話……」

「我知道妳的意思，可……」大少夫人擺了擺手。她沒和福壽嫂把這個話題繼續下去，而是將她打發走了。「也快到擺宴的時辰了，妳到花廳裡看著去，要有什麼事，就立刻打發人回來喊我。」

福壽嫂輕輕地應了一聲，她撩起簾子，恭順地退出屋去，順帶就把簾子給撩在了門上。大少夫人一路目送她出去，也就衝兩邊洞開的門扇中，一眼望見了西首間的大少爺。

臥雲院地方不小，她本想把東廂收拾出來，給丈夫做書房的，可權伯紅連西次間都不要，偏偏就選了靠近堂屋的西首間，這些年來，大少夫人在東裡間發落家務，日常起居一眼望出去，就能望見丈夫在西首間薄紗屏風後頭，半露出身影來，不是伏案讀書，就是揮毫作畫……就是心裡再煩難，只要一見著丈夫的背影，她就有了著落，也沒那麼糟心了。

可今天卻不一樣了，望見權伯紅烏鴉鴉的頭頂，大少夫人心底就像是被一隻爪子撓著一樣，又癢又痛，鬧騰得她坐都坐不住了。猶豫再三，還是輕輕地走進西首間，站在屏風邊上。「也該換衣服了，二弟不喝酒，你中午少不得又要多喝幾盅的，穿得厚實些，免得冒了風著涼。」

權伯紅肩膀一動，筆下的荷花瓣就畫得歪了，大少夫人越過他肩膀看見，不禁惋惜地「哎呀」了一聲，很是內疚。「是我嚇著你了。」

「沒有的事。」權伯紅笑了。「妳也知道我，一用心就兩耳不聞窗外事的——小福壽走了？」

福壽嫂嫁人都十年了，大少爺喊她，還和喊當年那個總角之年的小丫頭一樣，好像她也還是大少夫人身邊的小丫頭，而不是府內說得上話的管事媳婦。

「今天家裡有喜事，哪裡都離不開人的。」大少夫人說。「我剛打發她先過去了，我們也該早點過去，免得娘一個人忙不過來。」

她猶豫了一下，卻沒有拔腳動彈，換下家常衣服，而是彎下腰來，從後頭輕輕地抱住了丈夫的腰，把臉埋到他肩上，多少有些委屈地咕噥了幾聲。

權伯紅反過手來，輕輕地拍著她腰側。「怎麼？小福壽又找妳叨咕什麼了？」

大少夫人搖了搖頭，她眼圈兒有點發熱：權伯紅雖說才具並不特出，但為人也算能幹，家裡交辦的事情，從來沒出過什麼紕漏……可惜夫妻兩個命都不好，攤上了這各有妖孽的三個弟弟不說，夫妻兩人感情雖好，十多年來膝下猶虛，這一點才是最要命的。眼看權伯紅明年就三十五了，雖說良國公也是三十歲上才有的長子，但那是他年輕時候南征北戰，多少耽誤了些。大房這個情況，哪裡還用顧忌二少夫人？根本自己就要倒了……

她深深地嘆了口氣，正要說話，權伯紅忽然推了推她。大少夫人一抬頭，立刻不好意思地直起了身子。「這個玻璃窗，雖然是亮堂多了，可也真不方便。」

權仲白才進院子，就撞見大哥大嫂親暱，他有點不好意思，住了腳沒往裡走，可不多會兒，大少夫人自己便迎了出來。「難得午飯前一、兩個時辰的空檔，你不在屋裡好好歇著，倒四處亂逛做什麼？」

一邊說，一邊已經將權仲白拉進屋內。「巫山，上茶來！」

權伯紅也丟了筆，讓弟弟在書案前添了一把椅子，權仲白就著大哥的手看了一眼，不禁讚道：「大哥的筆意是越來越出塵了。」

「什麼出塵不出塵，我是一身畫債。」權伯紅臉上放光，口氣卻很淡然。「你也知道，現在要尋一幅唐解元的畫不容易，年前我從四叔那裡淘換了一幅來，這幾個月，他見天地問我要回禮呢！偏這幾個月又忙不是？有點意興我就趕快畫，沒想到被你大嫂打擾，這一幅又畫壞了。」

他一邊說，大丫頭巫山一邊就端了三杯茶來。

大少夫人親自給權仲白端了一杯。「知道你愛喝碧螺春，我和中冕說了，讓他在江南物色一些。這是剛送到的明前，你嚐著喜歡不喜歡？」

「嚐著是挺好。」權仲白對大哥、大嫂是一點都沒有架子，他喝了一口茶，便把杯子一放，伸手就去拿大少夫人的手腕。「我去年一直在廣州，今年回來，你們也不提醒我一聲，還得要我想起來了，這才發現有一年多沒給大嫂把脈了。」

大少夫人笑了。「我本想提醒你來著，可你這一回京就藏在香山，連過年都恨不得不回來，也不好特地到香山去找你，畢竟……你不是忙嗎？」她和丈夫對視了一眼，兩人都心照不宣地笑了。

權仲白有點不好意思，他孩子一樣地嚷了一句。「這可夠了啊！別分我的心了。」說著，便閉上眼睛，聚精會神地為大少夫人扶起了寸脈。

大少夫人這十年來，真是沒少被權仲白扶脈，她都已經疲了，雖然含笑注視著權仲白，但心思早都不知飄到哪兒去了……從前二弟在京裡的時候，沒好意思冷了他的心，讓他給扶脈開藥，自己也就沒有再找過別的大夫。也就是每回他出門的時候，回娘家時偷偷地請些知名的大夫扶脈，連臉都不敢露……也都是有真才實學的，和權仲白的口徑幾乎完全一樣：就是胎裡帶來一股熱毒，經過這些年的調養，體質已經漸漸中正平和……就本人來說，是再沒什麼可以調養的了。

就是大少爺——一開始時大少夫人是多提心弔膽，連提都不敢提丈夫一句，生怕小叔子開口要給丈夫把脈，權伯紅一口答應，再把出個什麼毛病來，那長房可就全完了。可隨著叔墨、季青一天天長大，她也看開了：這要是真有病，再不能趕快治，就是沒人來鬥，長房真也要自己倒了……

可不論是大少爺還是自己，脈門是摸不出一點兒毛病來的。

權仲白摸得別提有多仔細了，給她扶完了，又皺起眉頭，專注地扶著權伯紅的脈門。大少夫人一看就知道，他是摸不出絲毫不對。伯紅和自己的身體，都好著呢。就只是……

一想到這裡，大少夫人頓時是滿心的苦澀：哪怕是懷過流了，那也足證兩個人能生啊！十幾年沒有一點消息，叫人心裡怎麼想？真不怨長輩們有別的想頭……

「都挺好的。」權仲白移開了手指，拿起白布擦拭著手心，看得出來，他是花了十分心力的，天氣並不炎熱，可他額際卻見了汗。「最近大嫂小日子都還對頭吧？」

大少夫人嫣紅了臉，還是權伯紅代答。「沒什麼不對的，日子很準。」

權仲白「唔」了一聲，又問：「這房事大約是幾天一次呢？大哥可和我說的一樣，每日早起練精還氣，練含嚥玉露之法？」他接連追問，竟似乎一點都不在乎大少夫人的存在，倒把大少夫人鬧得紅了臉。

「二弟，說話就不能委婉點？」

權伯紅倒不在意，他一一地答了。

權仲白「唔」了一聲，沈吟了半日，才歉然道：「是我能力有限……唉，還妄稱神醫，連自家人的身子都調養不好……」

大少夫人的心，直往腳底沈去，她默然片刻，才勉強露出笑來。「唉，這也是緣分，這事兒要這麼容易，如今宮裡的娘娘們，也就不至於見天的求神拜佛了。且隨緣吧！」

權伯紅也有幾分低沈，他看了妻子一眼，勉強振奮起精神來，笑著勉勵弟弟。「你可要加把勁了，你奶公前回遇到我，還說咱們娘給他托夢呢，嘀咕著這都多少年了，家裡還連個第三代都沒有。」

要加把勁，那就肯定要和二少夫人多親近親近了。權仲白長長地嘆了口氣，他要說什麼，可又終究還是沒說出口。

大少夫人看在眼裡，心底不由得就是一動。

「對了，」她笑著說。「剛才在擁晴院裡，瑞雨不大會說話，我怕弟妹不知底細，和她衝上了……你回頭也多勸著弟妹幾句，能讓她一步就讓一步吧，沒必要和小妹爭這份閒氣。」

權仲白還是要比蕙娘想的敏銳一點的，不過，他看得懂局勢，卻並不代表會在乎這種細枝末節。「多大的事呢，她也不至於這麼小氣吧？」

正說著，又問：「咦？說起來，我剛才出去逛了一圈，怎麼咱們家門口也沒人等著求診了？」

「你最近大喜，」大少夫人隨口說。「雖說這義診也是積德的好事，但畢竟有些喪氣了。爹娘都恐怕你媳婦兒出出入入看見了，心裡不爽氣，就定了規矩，這個月，不許他們進巷子裡來。」

雖說這也不關蕙娘的事，但權仲白還是有幾分不以為然，他要再說什麼，權伯紅已道——

「你也該回去換衣服了，我們這就過前院去。中午親朋好友都來了，你雖不敬酒，可也要多走動走動，賣賣殷勤。」

他端出長兄架子，權仲白還能怎麼說？當下就痛快地回立雪院去了。

等他人出了院門，權伯紅這才衝大少夫人皺了皺眉頭。「妳這也太過了。」他說。「才過門一天，就連著下了幾個套子……這人品性都還沒看出來呢，這就結了仇，以後可不好處。」

大少夫人對權伯紅的話，至少明面上一直都是很服氣的，這一次，她也就是為自己輕聲辯解了一句。「品性不品性的，有什麼關係？人家是帶著半個票號嫁過來的……我不和她結仇，恐怕她都要和我結仇了。」見丈夫臉色不大好看，她便不多說了，而是站起身安頓丈夫。「讓巫山服侍你換衣服去！」

「妳怎麼自己不服侍我？」權伯紅雖站起身，卻不肯走，他斜睨著妻子，似笑非笑的。「小福壽又和妳叨咕著那事了？」

不說別的，但就看人臉色、精於世故，伯紅真是比仲白強出不知多少。本來嘛，一個掌舵、一個衝鋒，配合不知多麼默契，可婆婆就鬼迷心竅一樣，一定要給二弟說個焦清蕙……

大少夫人心底好似有滾油在煎著，她勉強露出一個笑來，低聲道：「人都進門了，你也看到了，生得那樣美，一進門就把二弟給收服了……咱們也得動起來不是？我瞧你素日也常瞅著小巫山，索性給你了也就是了。免得人家還說我，不夠賢慧……」

權伯紅站在當地，他的面色也很複雜，瞅了妻子半日，這才輕輕地嘆了口氣。

「罷了。」他說。「那就依妳吧……不過，妳也得依我一件事。」

大少夫人本來就有點酸澀。「親手調教出來的人，給了你，你不謝我，好像還欠我一樣……我知道你要說什麼，你放心吧，今天見著達家人，我不會亂說話的。」

雖然酸溜溜的不是滋味，但她心底也不是不欣慰的：多年經營，長房在國公府裡畢竟還有底子，丈夫對宗祠裡的事，看來是比自己知道得還早。

轉念一想，她又沒那麼著慌了：二弟有多看重元配，她和丈夫都是親眼見識過的。宗祠那一幕，自己夫妻是輾轉聽說，可他就在一邊站著呢……

「二弟現在，也越來越藏得住心事了。」她不禁和丈夫感慨。「按說要在從前，早就鬧起來了，他倒若無其事的，至少是能把面子給敷衍過去。」

「妳這是把他往簡單裡想了。」權伯紅淡淡地道。「新婚第一天，特地跑來給我們夫妻把脈，妳當他真是忽然想起？」

大少夫人心中一動，她登時就犯起了沈吟：看來，自己這一房，還沒自己想得那樣被動……

第三十六章

權家辦喜事，手筆自然不同，尤其良國公府人口不多，平時也很低調，良國公年年生日都不曾大肆張揚，說來，權家也有多年沒有像樣地辦個喜事了，上一次辦喜酒，是因為仲白未過門的媳婦達家三小姐病重，而仲白在宮中守護病危的先帝，未能及時出宮施救，以致她昏迷不醒，仲白不顧大家反對，硬是要娶了達三小姐過門，權家無奈，也就全了仲白的心意，因無時間準備，也就辦得倉促，一切從簡。這一回似乎是要補償回來似的，什麼都往鋪張了來，光是巷子裡外一頂頂紅棚排出去擺的流水席，足足就擺了七天。蕙娘和權仲白兩個主角又豈能閒著？接連七天，蕙娘就沒有睡過囫圇覺：晚上吃酒，一吃就吃到二、三更，她是新婦，每天早上請安是不能落於人後的，可大少夫人起得又特別早，往往沒到辰初，人就到了擁晴院——老太太年老覺少，早上起來習慣在院子裡遛彎。

陪老太太遛過彎，正好就到歇芳院服侍權夫人用早飯，用過早飯，大少夫人就回自己屋裡處理家務了。她對蕙娘很殷勤，過門還沒幾天，就時常命人來送這送那的，還很關注蕙娘的口味——「大廚房人多，比不得妳那個天下知名的小廚房。要是哪裡不喜歡，妳就儘管開口。」

她送來的點心，蕙娘怎會入口？連丫頭們都不大敢吃。權仲白正餐外幾乎不吃點心，這幾天中午、晚上都要應酬各式各樣的親戚，也就早上在院子裡對付一頓，他還時常興出花樣來，讓小廝兒起早了買些市井中的名吃食回來享用。蕙娘再怎麼孤傲，她也得湊合姑爺的這個興頭，也就是到成婚第十天早上，該走的客人們都走了，從東北來的老親們全都開拔上路，權四叔、權五叔一家人也回自己的住處過活去了，她才第一次嚐到了權家大廚房的手藝。

連著忙活了幾天，蕙娘一直覺得自己沒歇過來，好不容易昨夜無事，她是疲憊得沾枕就著，一夜無眠，今日按點醒來，在院子裡舒活筋骨，練了一套長拳，將身子練得活泛了，回來重新梳洗，正好叫權仲白起身。

兩夫妻對坐著用早飯——權仲白還要比她更累，後來幾日，他進宮謝恩時竟被留在宮中，兩、三天才被放回來，又馬不停蹄地還要招呼親友，他平時覺輕，可今早蕙娘起身梳洗這偌大的動靜，竟全沒驚醒二公子。就是睡了這麼一覺，他眼底也還有些青黑，下顎上鬍渣子冒了一排，看著倒是比平時那不染煙塵的樣子，多了三分人間氣息。

這饅頭才一送進口，蕙娘那秀氣的眉毛就微微一蹙，她只撕著吃了一口，便擱下了這竹節小饅首，又拿起一碗杏仁茶啜了一口——這一回，她將碗輕輕一頓，力道就有點大了。

今早綠松沒當值，是石英在身邊伺候——也是她在蕙娘身邊，總有三分誠惶誠恐，蕙娘才稍微一放臉，她就有幾分畏畏縮縮的。「您嚐嚐這個，小薄沙銚兒熬的粥，家裡帶的米，這醬菜是前兒姑爺從六必居裡買的——見您愛吃甘露，我們昨兒趕著又買了些預備著……」

權仲白就是再愚鈍，也看出不對來了。他有些看不慣石英的做派，也覺得蕙娘實在是霸道了點，或多或少，也因為這一陣子他連要扶脈都沒地兒扶，只有在宮中打轉，因此他的口氣不很和氣。「怎麼？這饅頭我吃著挺好的嘛，妳的口味是有多金貴？連這麼上好的白麵都入不了口？」

新婚夫妻，一般都是恩愛情濃，見了面，不笑也都是笑著的。可在幾個丫頭眼中看來，二少爺和二少夫人卻一點都不像一般的夫妻，兩個人見了面，當著下人的面，雖然也笑著說幾句話，可那都是不鹹不淡的瑣事，待在一處沒有多久，不是二少爺就是二少夫人，總是迫不及待地就把人給摒出去了，這要說是臉皮薄，想要親熱，又怕當著人嘛，卻又並非如此。現在不比從前，二少夫人沐浴淨身都要人在一邊服侍，幾次叫人進去，屋內安靜得怕人，少爺在地上，少夫人就在炕上，少夫人在地上，少爺就在床上……除了在一處吃喝起居之外，兩個人就像是不認識對方一樣，私底下好像連話都不多說一句……二少爺在屋子裡的時候，通常都沈默不語，總是不知走神去了哪裡。這七、八天了，除了洞房那晚上鬧騰得不像話之外，每天起來，床鋪都是乾爽整齊，一點都不像是有過那回事……

蕙娘的脾氣，幾個大丫頭都是知道的，又因為自身還沒有訂親，很多事她們根本就不敢問，雖看著不好，也只能暗地裡著急。尤其石英，一家子都跟著過來了，她要比誰都著急上火，這幾天嘴裡發了好幾個燎泡。一聽少爺這麼一說，她心不由得又抽緊了，要不是始終還有一線清明，恨不得都要搶過主子的話頭，代她答話了！主子的性子，這幾個大丫頭還有什麼不清楚的？她口中的回話，肯定好聽不了……

說來也真是冤孽，蕙娘雖然身分高貴，似乎脾氣也大，可除了對文娘之外，在家裡哪怕是對著五姨娘，她也從來都是客客氣氣的：有理不在聲高，擺個高姿態，也不是就一定要把下巴給高高地抬起來。可對著權仲白，他就是不說話，她都有三分惱，更別說一開口還沒好話了。真要吃不出一點不妥，他至於天天打發小廝兒上外頭買早飯嗎？要不是今日起，各房要在自己屋裡吃飯了，恐怕他還要繼續糊弄下去，而不是這麼一推三六五，裝得比誰都還無辜。

「姑爺真吃不出來？」當著這麼多人的面，她到底還是把心頭的惡氣給嚥了下去：權仲白自己粗糙，是他自己的事兒，她可萬萬不能落到權仲白那樣的層次……要那樣，她也太看不起自己了。「真要吃不出來，那也就罷了。」

權仲白又嚥了一個小饅首進去，他一聳肩。「我吃著挺好的嘛……不過，同妳比，我自然是個粗人啦！當年走南闖北的時候，連玉米麵、窩窩頭都吃過，我這張嘴，哪裡還吃得出什麼好、什麼壞？」

蕙娘瞟了他一眼，自己拿調羹慢慢地攪著那一小碗稠黏綿密的白粥，笑了。「姑爺這是寒磣我？」

「不敢。」權仲白這話說得倒挺真心實意的。「妳是一張名嘴，吃慣了京城所有大小館子的拿手菜，要看不上我們家大廚房的手藝，也實屬常事。這既然不合妳的胃口，我看，倒不如和娘說了，立雪院外頭搭個小廚房，想來也不是什麼難事。妳的陪房裡，總不至於沒有廚子吧？」

石英幾乎要齜牙咧嘴了，她覺得口裡的燎泡更疼了幾分！姑娘心思深沈，對姑爺究竟是怎麼個想法，她從來未對人談起過。自己和綠松等大丫頭日常說起來，其實心底都不是不憂慮的，儘管面上再淡，可喜歡不喜歡，瞞不了人的。當時幾個丫頭還納悶呢，京城名門、天下神醫，除了年紀大點，還有什麼地方是不般配的？姑娘的眼睛就是生在頭頂，怕都挑不出一點毛病來。

沒想到，這新婚才過，相處的時日一多，姑爺幾句話一開口……唉，莫怪姑娘一點都不高興，這換作是誰，只要稍有一點心機，怕都高興不起來。姑爺這個人，為人簡直已不能用淺來形容了，他這……這簡直就是成心給姑娘添亂嘛！

「姑爺這就是在寒磣我了。」蕙娘倒顯得很沈著，她輕輕地喝了幾口粥，又揀了一塊甘露放進口中，慢慢地嚼了。「一家子，除了祖母、娘有小廚房，誰不都吃的是大廚房的菜，憑什麼就我特立獨行呢？我雖然嬌貴，可也沒這麼嬌吧……」

權仲白瞥了她一眼，他似乎有好些話想說，可又硬生生地給憋回去了。

蕙娘於是對他露出一個親切的笑，和和氣氣地道：「只要一家人吃的都是這樣的飯菜，我也萬沒有多加挑剔的理，姑爺您說是不是？」

這一招，她用來氣吳興嘉，那是無往而不利，幾乎次次奏效。用在權仲白身上也一樣管用，他那超然灑脫的魏晉風度，再度露出裂痕。

權仲白幾乎是有幾分負氣地拿起他手邊的杏仁茶，一仰脖一飲而盡。「我是沒吃出來什麼不一樣，妳要吃不慣，趁早說，一家子就這麼幾個人，什麼話不能直接出口？一件小事，也要矯情來矯情去，妳不嫌累得慌？」

話出了口，他才覺出失態，面上幾重情緒閃過，連石英都看明白了：是又解氣，又有點懊惱。看來，二公子究竟還是有風度在的，這麼隨隨便便就被勾起情緒來，他自己也有點不好意思……

「今天我不陪妳去請安了。」權仲白就交代蕙娘。「有幾戶人家都來人打過招呼……這些人必須應酬一番，恐怕中午也難以回來。」

蕙娘「喔」了一聲，眼神往桌上打了個轉，似笑非笑。「那晚上回來不回來？」

權公子受不得激，有幾分咬牙切齒。「一定回來——何止晚上，今日午飯，我能回來也肯定回來！」

吃過早飯，蕙娘先到歇芳院給權夫人請了早安，再陪著她一道過擁晴院給太夫人問好——她時間拿捏得巧，大少夫人也就和她在歇芳院裡見了一面，就得回自己院子裡發落家事去了。

就這麼一面，她還問蕙娘。「在家裡吃得還好、睡得還好嗎？有什麼不舒服、不喜歡的地方，妳就只管說，能辦能改的，立刻就辦，立刻就改。」

雖說家裡大事，還是權夫人處理，但她也是有年紀的人了，平時家務小事，大多都交代給大兒媳去辦，大少夫人這一問，問得很合乎身分，態度又熱誠，權夫人和良國公看起來都很滿意。

蕙娘也很感激地道：「大嫂真是太體貼了……家裡什麼都挺好，我沒什麼不喜歡、不舒服的。」

話雖如此說，可等大少夫人回臥雲院去了，權夫人帶著蕙娘往擁晴院過去的時候，她還是主動提起來。「當著妳大嫂，妳未必好意思說的。可家裡誰不知道，妳在娘家，過的那是吃金喝銀的日子。我們家雖然也算是中等人家，但和妳娘家可比不得，要有什麼覺得不舒服的，妳就只管提，我也不會讓妳大嫂難堪，自然而然，尋個藉口，也就給妳辦了。」

權夫人對她，那是真沒話說，簡直比對親生女兒還要好些。蕙娘自然是一臉感動。「娘真疼惜我……不過，也就是才換了個環境，有些習慣要些微調整，別的再沒什麼了。大嫂也很關心我，時常打發人來噓寒問暖，倒讓我都有些惶恐了。」

權夫人望著她笑了笑，也就不再說什麼了。

因今天是老太太的齋日，她要唸百遍金剛經，眾人稍坐片刻也就各自回房。

蕙娘回了屋子，見幾個大丫頭倒都在的，她不由得笑了。「幹麼聚得這麼齊？妳們就沒有別的事要做？」

綠松沒搭理她的話茬兒，給蕙娘上了一盅茶，又端了幾碟點心出來。「這是廖養娘給孔雀送來的藤蘿餅，您先填填肚子……早上練了半日拳，一碗粥哪撐得了一上午……」

孔雀情不自禁，就去擦眼睛。「在家時候，金尊玉貴，何等的身分地位？如今出了門子，竟連飯都吃不飽了……」

這個忠心耿耿、一心為主的大丫頭鼻音濃重，聽得出來，是真的動了情緒——帶得一屋子妙齡少女，一個個都有些泫然欲泣的。這立雪院哪還像是個新房？倒像是刑場了！

的確，在家的時候，就別說蕙娘了，綠松、石英、孔雀、瑪瑙，這些大丫頭的吃穿用度，哪個不是賽得過小姐？自雨堂享用的，乃是天下所有上等物事中最上等的那一份，能入得了自雨堂的點心飯食，哪一道不是五蘊七香、百味調和？且先不說搬遷到立雪院中之後，下人住處逼仄窄小，與自雨堂相去，簡直不可以相比。

蕙娘也少了淨房之便，重又要用起官房、浴桶來。就是這最要緊的飲食二字，喝的再不是惠泉水了——連玉泉山水都混不到，竟就是權家後院的一口井中所出的井水，潑出來的桐山茶，色香味都不能與從前相比；第二個就是吃飯，大廚房送來的餐點，用料也足夠上等精緻，可吃在口中，不是缺油少鹽，就是鹹得殺口。今早那竹節小饅首，鹼還大了點，雖然是滴過白醋的，可那澀味根本就遮不去……這樣的東西，連自雨堂的三等小丫頭都不吃了，現在卻要登盤薦餐供給主子，休說孔雀，就是綠松，心裡也都犯著膩味呢！

「大少夫人這有些過分了。」她見蕙娘神色慵懶，便衝幾個大丫鬟使了眼色，令她們都退出了屋子，自己在蕙娘身邊站著，輕聲細語。「按說您成親頭天拜見公婆，即使梳妝，也不能不添些點心在肚內，奴婢們也不是沒有想到，只是石墨領了早飯回來，瞧著就不大對勁，一樣先嚐了一點——竟沒一樣是能入口的，杏仁茶一股澀味、涼拌菜沒有鹽，石墨當時就著急哭了。又怕勾動了您的情緒，您拜見長輩時心緒不好……這才令您餓著肚子出門。我們在屋子裡現掮了火，拿著本預備給您熬藥的小銚子熬了銀耳羹。這幾天，您都在前頭吃席面，姑爺又派人買了早飯，事兒也就壓住了。可我們不開腔，她們倒越發得意了，這送來的飯食是一天比一天寡味兒，沒得您的示下，又不好發作……孔雀性子最急，嘴巴也刁，這幾天，瘦了有兩、三斤呢！」

民以食為天，不要小看這一個竹節饅首，長期吃這樣的東西，就是蕙娘自己能忍，底下人的士氣也肯定會弱下去：在焦家，錦衣玉食，連收夜香的下人吃得都比這個好。在權家，身分尊貴，可活得還不如焦家的一隻貓……尤其是跟著她在內院吃喝的這些丫頭們，誰能受得了這份氣？忍足七天沒有告狀，已經算是很體恤主子了，剛才聚在屋內，多少也都有賣委屈的意思——當主子的吃得都是這樣了，下人們的吃喝該糟爛成什麼樣子？蕙娘就是不為自己想，都要為丫頭們稍微考慮考慮不是？

事實上，她這七、八天來，根本也沒有吃好。雖說權家是從春華樓點的席面，蕙娘上的那一桌，肯定是格外加工細製，但大桌宴席，還能精緻到哪兒去？無非就是對付一頓而已。

倒是每天早上權仲白使人買回來的民間名點，倒都有過人之處，嚐鮮之餘能混個飽腹。人不吃飽，哪有精氣神兒？自從過門以來這一頓折騰，她明顯是覺得精神頭沒有從前好了。

「大嫂這個人，的確是有閱歷的。」蕙娘自己想想，也不禁笑了。「要比麻海棠更務實得多。妳看這一招，滿是煙火氣息，卻又還真難破解。她恐怕是從容醞釀了一段時日，第一步踏進去了，連環套一抽，我不斷條腿、出點血，是沒那麼容易從套子裡出來嘍！」

綠松也不是不懂蕙娘的顧慮：初試啼聲、初試啼聲，新媳婦在夫家的第一句說話，自然是很重要的，要從一開始就做下了挑剔傲慢的名聲，看大少夫人這綿密的作風，只怕手段還陸續有來，一旦落入被動，要翻身，就沒那麼容易了。

可這一招之所以無賴，就是因為即使眾人明知大少夫人的用意，依然也很容易被折騰得心浮氣躁。人不吃五穀，睡都睡不香呢，更別說餘事了。蕙娘雖是主子，可在權家又不比在焦家，她帶來的龐大陪嫁，是她的助力，也是她的負累，若不能收攏人心，久而久之，大少夫人乘虛而入，照樣還是落入被動……

她不禁就為主子嘆了口氣。「十四姑娘還羨慕您呢，以她的手段，進門不到兩個月，只怕大少夫人能把她吃得骨頭都不剩。」

蕙娘想到文娘，也不禁莞爾，她托腮沈思了片刻，便和綠松商量。「剛進門，什麼事也都不能太著急了。這樣吧，石墨和妳留在我身邊，其餘人分兩批，輪流回家裡歇著。一個月之內，待我把這事解決了，妳們再一道回來上差。」

綠松先幫著丫頭們催蕙娘，現在又反過來代蕙娘擔心。「這才一個月……您屁股都還沒坐熱呢！我看，要不緩一緩，對下頭就說是兩個月吧？」

「屁大的事，還要往長裡說？」蕙娘一撇嘴。她點了點桌子，不知想到什麼，眼睛一瞇，笑意竟又盈滿了。「要不是還打算借題發揮，作點文章出來，三天之內，這事也就準到頭了。」

綠松心下登時一寬，又有幾分好笑。嘴上說著石英心小，對姑娘沒一點信心，可她自己又何嘗沒有隱隱的擔心，恐怕姑娘在娘家待得慣了，一旦出嫁，就處處受氣？直到聽了姑娘這一番話，她的心才算是真正落了地。姑娘就是姑娘，老太爺親自調教出來的人才，又怎會一遇事就落了馬？該擔心的自有人在，這個人，卻無論如何不會是她綠松。

第三十七章

以權仲白的身分地位，想要請他診脈的人實在多如牛毛。前幾年他在良國公府住的時候，良國公府外頭一整條巷子都添了生意：很多人從外地過來，經年累月地就租著權府鄰居的院子住，衣食住行，什麼不要錢？連帶權家在附近辦什麼事都方便，街坊鄰居們就是看在銀子的分上，對權家也從來都是只有笑臉，沒有哭臉。

隨著他的名氣越來越大，治好的疑難雜症越來越多，平時一年三百六十五天，權家人只要抬出一頂轎子，就有人攔著磕頭……權仲白本人甚至不能騎馬出門。就是權伯紅，因為形容、年紀相似，也輕易都不能出門走動。也就是因為如此，最後他不勝其煩，搬遷到香山居住的時候，長輩們才沒有反對——這圍在府邊的病人們還算好，真正煩人的，是四九城裡雪片也似地往權家送的帖子。這世上但凡誰都有三親六戚，但凡誰都有生老病死，但凡有三分能耐的人，也都想著要請最好的大夫來為自己看診。勳戚內眷、文臣武將，凡是有權有勢的人家，沒有誰不是自命不凡的，如不是權仲白後來長年在香山躲著，要不然就是進宮值宿，投帖的、託人情上門的，幾乎無日無之。這才新婚回府住了幾天，家裡已經攢了一大沓名刺、手條，全是趁著他在城內，想請他上門看病的。

一般沒交情、交情淺的人家，他可以不理，可有些面子鐵硬，連良國公都得客氣相待的豪門巨鱷，他就不能不應酬一番了。權仲白站在轎子前頭，把幾張帖子扇子一樣地搓開了，放在手中左右打量了一番，不禁嘲諷一笑，吩咐桂皮。「先去孫家吧。」

桂皮瞥了二公子手中的幾張帖子，見都是熟悉的用紙、花色，他一伸舌頭，也有幾分發毛，忙正正經經地站直了身子。「是！」

定國侯孫家也是開國元勳，當今皇后的娘家，家主孫立泉現在人在海外，領的是大秦百年來第一次下水的巨型船隊，餘下幾個兄弟在各地任職，雖然職務不高，卻也都兢兢業業，一心為國為民。皇上數次稱讚孫家是「股肱重臣」，就是這樣的人家，這些年來也沒少和權家打交道，甚至昔年天變，孫家還幫了權家一把，保住了原來鬥生鬥死的政敵達家……也正因此，十年間雖然孫家一個月總要請他過府兩、三次，可權仲白也沒絲毫怨言，一般來說，都是有請必到。

「煩勞您了！」家裡人口空虛，孫夫人一向是親自出面招待神醫的——才三十出頭的年紀，她卻顯得又憔悴、又憂愁，鬢邊白髮絲絲，看起來要比實際年紀更蒼老一些。連著身邊扶著她的幾個姨娘、通房，也都是一臉的倦容。「昨晚大半夜，又鬧起來，這天氣還冷呢，可母親卻硬是脫得赤條條的，強行給灌了您開的藥，才睡到剛才，就又起來了。」才說完，又歉然道：「家裡有喜事，本來是不該打擾的，奈何這鬧得實在是不像話了……」

「病情如軍情，沒什麼打擾不打擾的。」權仲白隨口說。「上回開的方子吃過幾次了？

這回除了把自己脫光，還有什麼異樣的徵兆沒有？」

定國侯太夫人纏綿病榻十多年了，什麼千奇百怪的事情沒有做過？孫夫人說她裸奔，神色都很淡然了，可被權仲白這麼一問，臉色不禁也有些羞紅。「聽……聽服侍的人說，還在當院……拉、拉屎拉尿的……」

皇后的親娘，現在已經神志不清到這個地步了，權仲白也不由得嘆了口氣。「沒救了，這就是拖日子。拖到哪天算哪天吧，她人已經全迷糊了，要醒過來，也難。」

一邊說，兩人一邊熟門熟路地進了裡院——這院子竟是用鐵門閂落的鎖，連牆頭都樹了一排鐵刺，裡裡外外進出的丫鬟、婆子，也都是膀大腰圓，看起來就有一把子力氣。權仲白見當院果然還有一小塊濕痕，忍不住就嘆了口氣。

孫夫人面色羞紅，雙眼幾乎含淚，喃喃著向權仲白道歉。「為難您了！」

進得屋中，果然只見一位老婦半躺在床上，她只胡亂套了一件白布半臂，頭髮蓬亂、面色脹紅，見有生人進來，便瞋著眼瞪過來，眼白看著都比眼黑大了，看了幾眼，又自望回床頂，眼珠子左右亂錯，口中唸唸有詞，也不知在叨咕些什麼，對權仲白等人漠不關心。

可等兩人行到了近前，權仲白要伸手去摁她的脈門時，她又一下暴跳起來，亂舞拳腳，就要去打權仲白，唬得身邊人忙上來一把按住，她還掙扎不休，口中嘟嘟囔囔的，還在喝罵不休。

權仲白對付病人，實在是對付出心得來了，他對孫夫人道了聲得罪，在人群中一把伸進手去，也不知摁住了哪裡，不片刻，太夫人雙眼一閉，人竟癱軟了下來，手腳也漸漸鬆勁，下人們俱都鬆了口氣，讓出空地來。

權仲白一翻老人家眼皮，自己又彎下腰，自身邊隨手拿了個茶碗，在老人家胸前一罩，聽了聽心音，再一捏脈門，便直起身來，斬釘截鐵地道：「這個藥也不能再吃了，再吃下去，不出三個月，老人家必定承受不住。」

從前是兩年換一次，就在權神醫下蘇州前，已經要一年換一次，現在這個藥方子，才吃了半年……孫夫人嘆了口氣，把權仲白讓到前院花廳，又上了茶來。「真是苦了先生了，這些年來單是藥方，就不知為婆婆斟酌了幾個。」

「我有什麼苦的。」權仲白不以為然，他直言：「老人家是真苦，心智已失，我看最近一年多來，她就沒認出過人吧？總是年輕時候亂吃金丹，現在沈積下來，人就發了瘋了。再拖下去，也是多受苦楚，倒不如體面去世，還能強些。」

可話雖如此，太子身體不好，這幾年，孫家煩心事本來就夠多了，掌門人又出門在外，上一次傳回消息，那還是半年前的事了，人也還在下南洋的路上。現在的孫家，正是最脆弱的時候，老人家一旦去世，幾個親兒子是一定要丁憂辭官的，勢力勢必又將再度收縮，到時候，儲位周圍是否有風雲暗起，那就真的誰也說不清了……

孫夫人苦澀地嘆了口氣。「家裡幾個兄弟的意思，都是不忍得作此決定，起碼要等立泉回來，家裡人都在身邊團聚了，再放手讓老人家西去。」她徵詢地望了權仲白一眼。「就不知，這幾年時間……」

「看吧。」權仲白沒把話說死。「盡人事、聽天命，還要看老人家自己病程如何了。我回去再開個方子送來，原來那個，只能再吃五、六次，便再不能吃了。」

孫夫人連聲道謝，話都說得盡了，卻並不端茶送客，權仲白居然也不說要走，兩人默然相對，一時誰也不曾說話。

「按理，這話不該我問……」沈默了半天，孫夫人忽然長長地嘆了一口氣，她疲倦地望著權仲白那清貴俊雅的容顏，卻根本無心欣賞就中蘊含著的無限風流。「可您前幾天，才是新婚時候，忽然被叫進宮中，待了那麼長的時間才被放出來……」

這些年來，常和權仲白打交道的權貴人家，也早已經習慣了他的作風，和權仲白說話的時候，是絕不敢話裡藏機、話中有話的——不是說他竟會光棍得裝著聽不懂，而是權神醫脾氣大，你和他繞彎子，他就敢站起來走人。剛才孫夫人沈默那麼久，其實已經等於是把問題問出口來，權仲白居然沒有不悅，而是一樣沈默著等她開口，已經算很給面子了。想要他自己露出消息，那就是孫夫人皇帝嫂子的身分，怕也沒有這麼大的面子。

見權仲白清俊的面上一派漠然，孫夫人一咬牙，又把話給挑明了一點。「皇上的作風，我是明白的，身分雖尊貴，可卻很能體貼臣下，如是一般妃嬪，怕也不會擾了您的喜事。就不知，是哪位主子出了事……別是東宮又犯了急病吧？」

能問得這麼明白，也實屬不易了。權仲白忽發慈悲，沒有再拿架子。「您要擔心的可不是東宮……這次我進去為娘娘針灸，本來小半日可以出宮，可娘娘足足有七天沒有合過眼了，精神極度耗弱，居然出現幻覺，覺得四周有牛頭馬面來拿——」

話才說到一半，孫夫人手裡一盞熱茶居然沒有拿住，直直地傾跌了下去，茶漬轉眼間已經染了一裙，可非但她恍若未覺，就連權仲白也是若無其事。

他安慰孫夫人。「不過，經我針灸一番，又有皇上和東宮在邊上勸著、守著，娘娘到底還是合了眼，能睡著就沒有大礙了。皇上情深意重，自己沒有合眼，守了一晚上，娘娘一晚上都睡得香甜。這幾天服用了新的安神方子，睡得已經很香了。」

他不喜歡別人和他彎彎繞繞，平常說起病情來，真是用語大膽，一點都不看場合。但一旦牽扯到宮中，權神醫說出來的話，真好似醉橄欖，只一顆就足夠品味許久了的。

孫夫人怔得話都說不出來了，好半晌才回過神來，她望了權仲白一眼，忽然就提起裙子——多麼尊貴的身分，一下子居然就給權仲白跪下了！「神醫大恩大德，我孫氏一門沒齒難忘！」

權仲白也嚇了一跳，他往外一閃，避開了孫夫人的跪拜。「您這是什麼意思？快起來！再這樣，我以後真不敢登門了！」

孫夫人還要給權仲白磕頭，權仲白又不好和她拉拉扯扯的，只好避到門邊。「您再這樣，我只有先告辭了！」

等孫夫人被身邊幾個丫頭婆子攙起來了，他這才回來重又坐下，斟酌著放軟了調子。

「您就放心吧，大家都是親戚，同氣連枝的，不該說的，只要皇上不問，就要流傳出去，那也不是我嘴不嚴實。」

見孫夫人滿腮熱淚，多麼清秀的一個人，竟哭得一臉通紅，權仲白也不禁有幾分惻然，他加重了語氣。「可再這樣下去，難保皇上一輩子不問……該怎麼做，您自己拿個主意吧，我今兒已經是說多了。」

被這麼一耽擱，從孫家出來，天色已經過午，權仲白連飯都沒吃，在車上嚥了一塊點心，倒覺得味兒很好，便把兩盤子都吃得乾乾淨淨。

他吩咐桂皮。「第二戶，去牛家吧。」

鎮遠侯牛家是太后的娘家，現在也有兩個女兒在宮中為妃，姊姊牛琦瑩是宮中僅有的兩個妃位之一，封妃時間甚至要比寧妃更早，妹妹牛琦玉現在雖然只是個美人，但聖眷不錯，在宮中漸漸也有了些體面。不必多說，如今的宮妃內眷裡，也就只有牛家配和孫家爭一爭，孫家配和牛家爭一爭了。

牛太夫人也是有年紀的人了，精神倒還健旺，就是老犯老寒腿（注）。這腿病得靈，就像是宮政的晴雨錶，宮中一有事，她準要犯上兩次疼，這一遭也不例外。

老人家很明白權仲白的作風，一邊伸出手來由權仲白把脈，一邊就開了口。「聽說昨兒

注：老寒腿，廣泛來說，反覆發作、久治不癒的腿部（多為膝關節）痠麻疼痛通稱之。

個子殷沒在家陪新媳婦，就又被叫進宮裡去了，我這一聽就嚇得睡不著覺——可別是琦瑩的命根子有了什麼頭疼腦熱的了吧？正是出痘的年紀，現在一聽城裡有誰得了痘，我就嚇得一哆嗦！」

「都平安著呢。」權仲白面色淡淡的，一句話就給堵回來了。他站起身子。「您還是吃老方子，摸脈象您最近心火旺，別怕苦，穿心蓮的清熱方子得喝，否則天氣一熱，苦夏（注）那就麻煩了。」

問得一句不該問的，就要吃比黃連更苦的穿心蓮，這不吃吧，心裡又犯嘀咕；吃吧，苦是真苦……牛太夫人頓時被嚇得不敢說話了，也不顧牛夫人直給她打眼色，一迭連聲道：「勞動您了。」

「您客氣了！」權仲白在牛家待的時間最短。

從牛家出來後，他去了楊家——楊閣老雖然沒有爵位，在朝中也還沒混上首輔，但勝在有個好媳婦，他們家獨苗苗九哥娶的，就是權仲白的妹妹，權家大姑娘權瑞雲。

這一次犯病的還真不是閣老太太，居然是楊閣老本人——權仲白剛娶了焦清蕙，楊閣老不犯病才怪了！這麼一個下午又耽擱住了，等權仲白從楊家出來時，已是和風徐來、晚霞滿天，到了羊牛下來、雞棲於塒之時。

權仲白覺得今天一天辰光，幾乎全都白白消磨，行的全是無益之事，在車上越坐就越是氣悶，等車行到豹房胡同近處，他便命車伕：「慢慢地走，把窗戶支起來。」

知道他最近回到國公府，有些消息靈通的病人也早已經隨了過來，只前陣子權家辦喜事，他們也不敢聚在門口，都在附近居住。見車行放緩，窗中露出權神醫的俊臉，頓時就有幾個眼快的閒人回去招呼。

權仲白也不管認識不認識，見誰扶出了一個病人，便要下車——又被桂皮止住。

「少爺，咱們人少，這樣下車容易出事。」

於是只得從窗子裡伸出手去，握住那病人的手一捏脈門，又翻著看了看他的眼皮，便道：「氣血離守，脖子又大，你這個是癭氣啊，多年沒治了，已成頑疾。當地大夫是不是讓你多吃海物——你是哪裡人？」那病人忙答了一地，權仲白「唔」了一聲。「海邊人，這治錯了。從今以後，一生都不能再吃海味，連海鹽也不能再吃了，一輩子就吃井鹽吧。再有，我開個方子，你回去吃上三個月，如若脖子軟了，那就減量再吃。若拿不準，便去江南找歐陽家，任何一個大夫，帶了我的方子，他自然會斟酌給你減量。」

一邊說，一邊已經飛快地報了一個方子出來，自然有人記下了給權仲白過目。那病人還要再問什麼，權仲白一揮手，早有下頭等得不耐煩的病人將他擠開了，上來踮高了腳給權仲白扶脈。

他才看完了兩、三個病人，眼看四周人群越聚越多，桂皮有點慌了，一敲車壁，車伕頓

注：苦夏，指進入夏季後，由於氣溫升高，出現胃口下降、不思飲食、進食量較其他季節明顯減少，並伴有低熱、身體乏力疲倦、精神不振、工作效率低和體重減輕的現象。

時大聲驅趕人群，道——

「都去香山排號！少爺有閒了，自然一個個地傳！」說著，便將車子強行駛開。

權仲白瞪了桂皮一眼，桂皮忙低聲道：「少爺您一時興起，也就剛才得了方子的人有了便宜，可這事要傳到老爺耳朵裡，他一個不高興，誰知道以後這附近還能不能站人呢？」

二公子便不說話了，想一想，也不禁自嘲地笑道：「算了，這一天我到底沒有白費，還是看了三個人。」

正說著，車已進了立雪院外頭的小院子——因為權仲白身分的特殊，立雪院前有一個小院子，專門就是給他看診用的，自然有角門通著巷子，平時出出入入，權仲白都走此門。

要在往常，他一下車進門，不管這一天怎麼疲倦煩累，心情總是很鬆弛的，可今時不同往日，雖說已經是一身的疲倦，可二公子一下車，反而還要更緊繃起來。桂皮看見，不禁偷偷地笑，權仲白橫了他一眼，自己穿過黑漆漆的院子，從小門進了內院。

才一開門，頓時就又覺得，那個往常燈火淒清、人丁寥落的立雪院，其實早已經被人拆了。在原址上建起來的這個院子，處處鶯聲燕語、燈火通明，雖然還叫立雪院，但卻實在已經並不是他的住處了。它已經有了一個新主人，一位將立雪院塞了滿滿當當的、幾乎令它無法承受的龐然大物的人，這人的名字，自然就叫焦清蕙了。

出乎他的意料，進得門來，女主人居然未曾橫眉冷對，這個傲氣內蘊的大小姐，中午只怕是又獨自吃了一頓口味並不高明、鹹淡不均的午飯，可居然也未曾抱怨，而是笑盈盈地迎上前為權仲白解披風。「在外忙了一天了，快坐下喝口茶。」

權仲白對住她，總覺得像是對住一頭披了美人皮的野獸，饒是他也見過無數世面，在任何一個軍政大老跟前，都能不卑不亢，不落下風，可在焦清蕙跟前，他肩膀總要繃得緊緊的，生怕她會忽然咬自己一口。她要是橫眉冷對、不屑外露，他還懂得應付，這樣笑吟吟的，他倒一下子更緊張起來了，可人家分明也沒做什麼……

他只好以不變應萬變，焦清蕙給他脫披風，他就由得焦清蕙去脫；焦清蕙引他在桌邊坐，他就坐；等晚飯上來了，他就吃。吃得還儘量鎮定，不露出一點破綻，免得給了焦清蕙話柄，坐實了大嫂玩弄手段、苛待弟媳的罪名——在這種時候，他最不需要的就是後院起火。宮事亂也就罷了，家事再亂，豈不更煩透了？

不想焦清蕙似乎居然也不介意，她搬著碗，小口小口地往口中填飯，姣好的容顏上一片甜笑，好似能吃到這樣材料上好的食物，不論味道如何，已經是一種福分。過了一會兒，丫頭們又把一碗菜放到桌上，她甚至還給權仲白搛了一筷子。

「嚐嚐口味如何。」

權仲白狐疑地瞥了她一眼，見是一片煨春筍，便稍稍咬了一口，他的眉頭頓時舒展開來了：燒筍最重材料，這筍尖不但新鮮細嫩，並且火候得當，稍微一嚼，就有一股淡淡的苦味，混著春筍特有的清香在舌尖泛開來……

唉，也難怪焦清蕙食不下嚥，她是吃著這樣的美食長大的，又怎麼能吃得下稍微粗劣一點兒的飯菜？權仲白忽然心平氣靜，他和和氣氣，帶了同情與體諒地問：「妳這到底還是向娘告狀了？」

焦清蕙衝他彎著眼一笑……剛嚐過雲雨滋味的姑娘家，笑起來是不一樣了，她那玉一樣潔白的臉頰上、星辰一樣亮的眼眸裡，似乎都多了一些什麼說不清道不明的東西，讓人望上一眼，就忍不住望進眼底去，望得出了神……

然後她就端起這盤炒筍尖，放到自己跟前去了，竟似乎連這一句話都懶得答，而是自顧自不疾不徐地衝著這盤珍饈美味落起了筷子——焦清蕙居然就硬生生地就著這一份炒筍尖，吃完了兩碗米飯！

權仲白無話可說了，他也不是氣……其實，他是有點生氣，可又為自己動氣而更氣：動了情緒，那就是遂了焦清蕙的心意了。按他對她的粗淺瞭解來看，一旦知道自己會因此動怒，焦清蕙還不知道要怎樣拿捏他呢。她那一張嘴，可吐不出好話來！

他忽然間覺得自己已經氣得飽了，他想要說「我怎麼覺得和妳過日子，不像是在過日子，反而像是在打仗？」，可一想到輕易挑釁，焦清蕙必定會予以還擊，便又打從心底一陣疲累，只好強打起精神，繼續維持著風度，對住這一桌子賣相不錯的菜色細嚼慢嚥。

這頓飯，兩夫妻吃得都很沈默，可在焦清蕙這裡，是愉快的沈默、滿足的沈默，在權仲白這裡，這沈默滋味如何，可就甘苦自知了……

第三十八章

最近這段日子，蕙娘過得還算挺愉快的，撇開每日必須同權仲白相處一段時間這一點，撇開她那雜亂無章、還沒有完全收納清楚的嫁妝，撇開她散居府外各處、沒能妥善安置的陪房們，撇開府內尚算陌生、彼此交流稀少的家人，至少，這朵嬌貴的牡丹花兒，雖然不情不願，但還是在新的土壤裡安頓了下來。

這幾天是她的小日子，蕙娘每日裡還是黎明即起，但只是在院中閒步一會兒，便不再練拳了。回來吃過早飯，就著精心烹飪的一、兩道佳餚，喝上兩碗小火薄銚翻滾上兩個來時辰的明火白粥，去歇芳院陪權夫人一道給太夫人請安……作為無須理事、自己的嫁妝都還沒有動手收攏的新婦，她的事也就這麼多了。頂多在兩位長輩跟前度時閒話一會兒，要在歇芳院遇見大少夫人，就同她笑來笑往地說幾句瑣事，除此以外，竟再沒有餘事需要操心。

幾個男丁們都有事忙，權仲白不說了，他要願意，每天能從睜眼忙到閉眼；權伯紅也要打理家中生意，隨時承辦良國公交代下來的瑣事；權叔墨平日多半泡在武廳摔打身子，學習兵法，很少往後院過來；至於權季青，雖然年紀尚小，但因為權家人不從科舉出身，他現在除了讀書之外，也漸漸開始涉足交際、生意，就有過來給長輩請安，蕙娘也撞不見他。

至於權瑞雨，她快說親的人了，每天也就是在擁晴院裡和蕙娘打上一個照面，餘下的時間裡，多半都關在自己的綠雲院繡嫁妝。大家大族，即使富貴無極，平日裡各子女也都有學業功課，沒有誰無所事事，成日裡四處串門子說嘴、無事生非的。

從長輩院子裡回來，也就過了半上午了，在家讀讀書、做做針線，到了中午，如果權仲白是在立雪院前院看診，他是會回來用午飯的——此人性子，不能說不倔，就每天守著清蕙和她的那盤加餐，足足也吃了有快十天的寡味飯。下午睡個午覺，起來同丫頭們閒話片刻。到了晚飯時分，到擁晴院露個面，意思意思地為老太太擺擺碗碟，她就可以回屋子自己吃飯了。有權仲白日趨哀怨的表情下飯，蕙娘的三餐，吃得都是很香的。

要說她有什麼差事的話，這段時間，理嫁妝就成了她的差事。雖說當時已經儘量精簡，但焦清蕙是什麼人？隨手一收拾，大箱子那是數以百計。立雪院地方本來不大，實在是塞得放不下了，可要新開闢一個院子來看，似乎又沒這個道理，只好把一大部分放到香山權仲白的園子裡去。到現在蕙娘看見東西廂房裡滿滿當當的箱子就頭疼，因此她和權仲白打商量。

「這樣，你連平時讀書寫字的地方都沒有了，不如把我平時用不上的那些放到香山，院子裡也好看一點，別和個貨棧似的，進來就都是箱子。」

大家要一起生活，不可能和敵人一樣從不互相理睬——那也實在是極幼稚的人才會做的事，正常的交流是肯定要有的。權仲白無可無不可，只小小刺了蕙娘一句。

「我還以為妳離了這些箱子就沒法兒活呢。這陣子，也沒看妳開箱子取什麼東西出來。」

這句話很公平，蕙娘欣然受之。

「我是比姑爺要嬌貴些兒，誰叫我姑爺見識廣博、走南闖北之餘，連玉米麵、窩窩頭都吃過呢。」

權仲白在她跟前，只要還想保持風度，那就從來都落不著好，他又是慣於七情上面的人，在立雪院裡還要保持淡然，對他來說是難了點。蕙娘次次噎他，都很有成就感，尤其他這個人，「翩翩風度、謙謙君子」，一般是不會和女兒家太計較的，一句話：氣了也是白氣。

這一回也是這樣，雖然咬了一會兒牙，但第二天蕙娘問他要人搬箱子的時候，權二少還是很慷慨地把自己的貼身小廝桂皮給派過來幫忙了。

桂皮進屋給蕙娘請安，頭次拜見主母，他當然恭敬得很。「小的給少夫人請安。」

「起來吧。」蕙娘對他倒是很客氣。「這也不是咱們頭回打交道了，你這麼客氣幹麼？」

的確，從前焦子喬急病那一次，焦家派人到香山尋權仲白，就是桂皮出來擋的駕。要不是焦家人帶了閣老平時進宮面聖的專用權杖，深更半夜的，恐怕還真難請動他回去稟報二公子。

閻王好見，小鬼難纏。京中權貴沒有誰不知道桂皮的名聲的，這個乾瘦矮小的小廝，人如其名，又辣又甜，對著真正的重量級人物，那是甜而且軟，可要是分量不那麼足夠，又想說情加塞兒地請權神醫看診呢，他的臉色就不那麼好看了，分明還有禮貌，可出口的話卻讓人臉上發辣……比起脾氣古怪的權神醫，不知多少病者，更怵的是他桂皮。

當然，對著蕙娘，桂皮肯定是又甜又香。「頭回打交道，不知少夫人將成少夫人，這就不那麼客氣了，這會子特別客氣一點，也算是賠了罪，夫人大人有大量，饒我一遭兒吧！」

蕙娘聽得直發笑。「貧嘴！本來不生氣的，現在被你這麼一說，倒要你自打嘴巴了。」見桂皮提起巴掌來就作勢要自抽嘴巴，她衝石英一抬下巴。

石英登時就笑了。「少夫人和你說嘴玩兒呢，你還真打？還不起來？」

桂皮一撩眼皮，見是石英上前說話，他眼底飛快地掠過了一絲微不可見的失望，卻也就順著石英，嬉皮笑臉地站起身來，垂手等著蕙娘吩咐。

蕙娘便問石英。「廂房裡那些箱子，哪些裝了是易碎的家什，哪些是我暫時還用不著的布料呀什麼的，第一批就先運過去吧。」她環視室內一周，不禁輕輕地嘆了口氣。「那些圍屏上用的畫紗，也都運過去吧，這屋裡哪還有地兒擺屏風呀……妳再問問妳爹，看這府裡還有什麼擱不下的大件家具，橫豎立雪院也沒法擺，那就運到香山去吧。」

石英不動聲色，輕輕地應了一聲，便領著桂皮出了院子。

桂皮不知想到了什麼，竟又眉開眼笑起來，還在院子裡呢，就已經攢頭攢腦，湊上去同石英搭訕了。蕙娘隔著窗子望見，不禁微微一笑。

今兒是輪到孔雀、瑪瑙兩個大丫頭在她身邊伺候，瑪瑙還好，老實憨厚，手裡一拿起針線來就放不下，孔雀就要張揚一些了，她嘟著嘴，多少有些哀怨地瞟了蕙娘一眼，低聲抱怨。「還是姑爺身邊最得意的小廝呢，言行舉止那麼輕浮，真看不出好在哪兒了！」

蕙娘被她逗得直笑，想一想，也有幾分感慨：孔雀和她同歲，雖然丫鬟嫁人晚，可今年也到說人家的時候了。

要說細心謹慎，蕙娘身邊這些丫頭裡，石英要認了第二，那第一也就只能是綠松了。石英忙了一天，到晚上敲過一更鼓了，才回來向蕙娘覆命。「都給安置到香山園子裡了。」因權仲白坐在一邊正皺著眉頭吃飯，她便怯生生地瞄了姑爺一眼，這才續道：「聽桂皮說，姑爺有好幾個院子是空著不用的，我們就先把家什都擱在那兒了，省得堆在一起不通氣，白黴爛了，糟踐了好東西。」

蕙娘看權仲白一眼，見權仲白似乎並不在意，便只是輕輕地點了點頭。「妳也累了一天了，回去歇著吧。」她若無其事地伸了個懶腰。「今晚我也要早些睡，明兒還得起床練拳呢！」

見權仲白充耳不聞，繼續吃他的芙蓉雞片，蕙娘有點發急了。幾個丫鬟互相使了使眼色，也都退了下去：要練拳，那肯定是身上乾淨了……在蕙娘身邊做事，聽話不聽音，那可不行。

蕙娘畢竟也還是要些臉皮的，她等丫頭們都退出去了，這才輕輕地拍了拍桌子。「喂，還要我說得更明白些你才懂啊？」

權仲白瞟了她一眼，倒也沒死撐著繼續裝糊塗——那就實在是太光棍了。「我笨得很，妳不說明白，我怎麼會懂？」

他平時說話，本來的確已經夠不注重風度了，一旦有感而發，什麼話都可以出口，幾乎很少顧忌面子。好比現在，做妻子的開口要行周公之禮，真正的謙謙君子，只怕早就面紅耳赤兼更自責了：這種事，居然還要女人開口！可他反咬清蕙這一口，倒反咬得理直氣壯。換作是個一般人家的姑娘，怕不早就紅透了臉，恨不得把下巴戳進胸口了……

但這直率要和清蕙比，實在又還差了一點，她嫣然一笑。「噯，你懂得自己不聰明，倒也不算全然無可救藥。」

權仲白氣得想摔筷子，可他也是明知道自己摔了筷子，焦清蕙只會更加得意。這個焦清蕙，臉皮又厚，手段又無賴，要和她鬥，他還真有點左支右絀的，彷彿老鼠拉龜，使不上勁。要和她較真嘛，又放不下這個臉；可不和她較真，自己心裡又實在是過不去。

也就是因為如此，等夫妻兩個都梳洗過了，吹燈拔蠟雙雙上床——把床幕放下了不說，蕙娘甚至還貼心地將床門給關了起來——之後，他雖然沒有阻止蕙娘爬上腰際跨坐，可卻始終並不主動，而是沈著一張臉，消極抵抗，心想：這樣一頭熱，妳總是個女兒家，起碼心底也該自覺無趣吧？

可蕙娘豈是常人？他這樣不動，她反而更是興高采烈——她幾乎是抱著復仇的心態，一開始就直奔重點，略有些咬牙切齒地同權仲白發誓：「你等著！上回，你是怎麼折騰我的，今日我一點不剩，也要全還給你！」

睚眥必報到這分上……權仲白有幾分哭笑不得，他要說話，可蕙娘哪裡還讓他說？她蠻橫地輕斥：「別說話！你一說話，我就生氣，一生氣，我就掃興兒……」

正說著，已經是一把將這個魏晉佳公子的羅袴給拉到了腿邊，裙下長腿一陣亂蹬……這一回，她終於是先把權仲白脫得個「赤條條來去無牽掛」了。蕙娘不禁大為得意，她笑嘻嘻地調戲權仲白。「剛才我要上來，你也不說不，也不動……一會兒不管我做什麼，你都別動！」

權仲白似乎是終於被她惹火了，他默不作聲，只是來摟蕙娘的腰眼。

蕙娘這一次早有防備，哪裡會被他得逞？她一閃腰就躲了過去。「不是說好了不許動嗎？」

正說著，五指一攏，擘托抹挑勾、輪鎖撮滾拂，竟是把那處當作一品好簫、一張名琴般從容彈奏，權仲白就是定力再強，也不禁被她鬧得鎮定全失。

他有點不耐煩了。「妳要捏到什麼時候……再捏下去，要被妳捏腫了！」

蕙娘正是剛將學問付諸實踐的時候，熱情最高，隨著手指每一處摩擦，望著身下權仲白抽緊了的呼吸、繃直了的身體，她覺得有趣極了。焦清蕙心高氣傲，雖然口中不說，但心裡也是有幾分較勁的意思：雖說男女有別，讓權仲白先銷魂四次，似乎是強人所難，可怎麼也得讓他丟盔卸甲地討饒上一次，她心裡才能稍稍服氣呀！

「捏到你求饒為止。」她半是玩笑、半是認真地回答，探身出去——這一次，終於是成功地拉開了床邊的小抽屜，摸索著取出了一個小瓶子，片刻後，床笫間頓時就乍起了一陣濃郁的桂花香……「唔……是這樣？」

帳內又響起了權仲白低低啞啞的抗議。「行了，妳別——啊！」

他帶了些低啞的嗓音猛地噎在了嗓子裡，蕙娘得意的嬌笑聲隨之就傳了出來。

「你看，有了油，滑溜溜的，你就舒服得多了吧？」

一時間，屋內竟啞然無聲，只有權仲白粗而沈，帶了不耐、帶了壓抑的細碎呻吟時不時地爆出一聲，還有蕙娘不時的低叱——

「不許動！噯，你這個人怎麼這樣……」

過了一會兒，床門後頭似乎又爆發了小小的爭執，這沈重結實的紫檀木大床雖不至於晃動，可床柱子也被踹得梆梆響。

「這老半天了都還沒一點動靜，沒那手藝就別攬活！」有人很不耐煩。

「啊，不要！」有人很著急。「我要在上面！」

緊跟著，便是一聲低沈、一聲輕盈的驚呼，兩人都重重地嘆息了起來。

焦清蕙的聲音像是被塞在喉嚨裡，被人一點點顛著頂出來的。「你不讓我練，我又怎麼會……」

床帳子也不知被誰握住了，被揪得一陣陣抖動，帳外一盞孤燈，影兒都被映得碎了。這帳子顫一陣、緊一陣、鬆一陣，再過一陣，有人不行了。

「我……你……」她委屈得簡直是有氣沒處撒。「你怎麼還不……我……我腰痠……」

床帳子被鬆開了，權仲白多少帶了些得意的笑聲傳了出來——

「該怎麼說妳好？焦清蕙，妳怎麼這麼矯情啊！」

「誰矯情了?!」蕙娘的聲音一下子拔尖了，她不可置信地問：「我、我、我還……嗯……還矯情？」

「妳還不矯情？」權仲白的聲音也有點亂了，帳子又顫了起來。「哎——妳別又咬我！」

理所當然，第二天早上，曾經的十三姑娘、現在的權二少奶奶，又一次抱著二少爺的肩膀，眼睛都睜不開了。「再睡一會兒……」

權仲白也挺體貼她的，他自己下了床，去給父母並祖母請安了，回來時帶給蕙娘一個好消息——

「祖母說，從前在家，妳怕是不習慣這麼早起，這幾個月，妳早上就別過去問安了。」

蕙娘聽得都住了——她也是累得慌，反應沒平時敏捷，等權仲白去外院開始問診了，這才回過神來，氣得幾乎要抓起茶碗往地上丟，還是綠松和石英攔腰抱住，才給勸了回來。

她咬著牙和兩個大丫頭發火。「我這哪裡是要和別人爭？我還爭什麼爭？我自己這裡還有個人爭著搶著，要給我拖後腿呢！」

第三十九章

綠松也有點犯膩味，現在她看姑爺，沒從前看得那麼高大全（注）了，可勸慰姑娘的話，那也不能不說。「姑爺這也是心疼您嘛，您不也說了，他什麼都不懂，怕就是想著您以後常常要這樣折騰著起來，也是心疼您……」

這說得也許還有點道理，蕙娘把權仲白的行動左右想了想，一時也難以下個定論：她一直覺得權仲白實在是真的很傻，若非一身超卓醫術，早就死無葬身之地。可話又說回來，出入宮禁這麼多年，他也沒惹過什麼麻煩，在那一群人精中進退自如，要真是傻，那也實在是說不過去了吧……

「他要真傻，固然是傻得該死。」她扶著腰，想到昨晚還是沒能成功地「在上頭」，真是罕見地把火氣都露在了面上。「可要是假傻，那就更是罪該萬死了！」

說完這話，也算是把鬱氣給發洩完了，蕙娘瞟了石英一眼，沒好氣地抬起了半邊眉毛，卻並不說話。

石英此時，倒是比綠松要從容一些了，她討好地為蕙娘掖了掖鬢角——剛才一通發作，金釵都給頓到了地上，碎了一地的珍珠，孔雀正蹲下身撿呢。「昨兒同桂皮一路走，倒是聽

注：高大全，有高大挺拔、大義凜然、十全十美之意。

他說了些姑爺的事……您別動氣，姑爺這也是在山野間行走慣了，心直嘛……」

蕙娘神色稍霽，她瞥了綠松一眼，綠松頓時會意地合攏了東裡間的門扉。

石英就在蕙娘腳邊坐了，不疾不徐地交代了起來。「您也知道，姑爺走到哪裡，都被當作天神一樣對待，從蘇杭到西安，只要一亮身分，當地豪門巨富爭相宴請不說，就是一般的官宦人家，也都極樂於結交的。這些年來雖然走南闖北也吃了不少的苦頭，可其實要講究起來，比誰都能講究——畢竟是真的吃過見過……」她瞥了蕙娘一眼，輕輕一咬牙。「要比咱們只是在京城打轉，是要強上一些的。」

她抬舉權仲白，那就是壓低了蕙娘，可蕙娘沒有不悅，她欣然一笑。「人家比我們強，我們也不至於沒有心胸去認，如不然，不成了又一個文娘了？」

石英和綠松交換了一個眼色，兩個人都偷偷地笑了。

石英繼續說：「據他冷眼看著，少爺嘴巴刁。雖說淡口也愛，可最中意的還是濃口，什麼羊肉燉大烏、三絲魚翅、濃燉山雞鍋子，凡是濃香馥郁、鹹辣可口、入口即化的菜色，少爺雖然嘴上不誇，可往往能多吃上一碗飯。他還說了許多少爺日常起居的講究，我再慢慢說給您聽……」

蕙娘半合上眼，那張動人的俏臉上，焦躁、挫敗已經了然無痕，她又重新拾起了自己那超然的風度，唇角似翹非翹，隨著石英的講述，終於漸漸往上，綻開了一朵不大不小的笑花。

權仲白中午一坐下來就覺得不對勁。

立雪院沒有小廚房，焦清蕙要自己吃私房菜，就得在院子裡先支了小爐子、小鍋另做，這種紅泥小火爐，火力控制得不像大灶那麼便當，也就能隨意炒幾個家常菜罷了，真的要做功夫菜，一來場地不方便，二來動靜太大，同直接告狀，也沒有什麼本質上的不同。有好幾次，立雪院裡的這個廚娘，怕都是隨意取了大廚房送來的一道菜，再行加工而已。味兒雖然想來一定很不錯，但權仲白可也還能抵禦就中的誘惑。

可今天就不一樣了，八仙桌上多了一個小小的藥罐子，雖然還蓋著砂蓋，但已有一縷濃香傳出，好像一隻小手，一把就握緊了他的胃袋狠狠地擰動。權仲白忽然感到比平時更勝了幾倍的飢餓，他不禁嚥了嚥口水。就為了和焦清蕙鬥氣，他足足有半個多月沒能吃一頓好飯了。平時一出門，經常忙得飯都忘記吃，而在宮中吃廊下食，那個味道還不如立雪院裡的伙食。一個人飲食不安，精神就不能安定，如在外地，將就也就將就了，可偏偏這是在家，焦清蕙頓頓又都吃得那樣香……

焦清蕙見他坐了下來，便自己拿著一塊白布墊了手，將砂蓋打開，霎時間，整個西裡間都要為這一股幾乎有形有質的香氣給充滿了，權仲白就是閉著氣都不行，這馥郁濃烈的味兒實在是太霸道了，它簡直就是把自己擠進他的懷裡，霸道地用海參那略帶海腥氣的鮮香、同口外上好羊腿肉那特殊的甜香，配著海椒、花椒，還有一點子八角所散發出的嗆香所組合成的一股獨一無二的味兒，侵占了權仲白的全副心神。不誇張地說，這幾年來吃過的羊肉燉海參多了，可還沒有哪一道能像今天這一罐子一樣，令他實實在在、垂涎欲滴……

他猛地回過神來，不禁含恨地瞪了焦清蕙一眼。桂皮這個死小子，嘴上沒個把門的，昨天肯定是賣了自己，指不定，該說不該說的，他全給說了！焦清蕙也實在是太咄咄逼人了，她難道就不知道「服輸」這兩個字怎麼寫？一計不成，再生一計，她這是一步一步，要把自己逼到牆角！

可他卻又還不甘心認輸——第一次較量，誰輸誰贏，實在有一錘定音的作用，這就不說了，就和這無關，他瞧見焦清蕙那顧盼自得的樣子，心裡還真就有一陣火氣，要發發不出來，要嚥又嚥不下去……

「真香。」蕙娘又感到一陣愉快，她笑得春風拂面。「姑爺也跟著嚐嚐？」

權仲白喉頭一陣滾動，他一扭頭，忽然感到一陣強烈的委屈：這麼多天，天天都辛苦，在立雪院也和打仗一樣，就沒個鬆弛的時候，連一口飯都吃得不安心……

「妳多吃點吧。」他到底還是沒有輕易讓步。

蕙娘點了點頭，她親手給自己盛了滿當當的一碗海參，細吹細打，先吹了吹那絲絲縷縷的白煙，這才一口咬下去，潔白的牙齒一陷進大烏參中，頓時就帶出了一泓汁水，焦清蕙也就跟著發出了細細的、滿意的嘆息……

權神醫一個下午都不大高興，看病開方的速度也特別快。這麼幾天下來，能有資格鑽沙到前頭插隊的病號，多半都給看完了，因此他開始給那些沒權有錢，可以常在權家附近居住，隨他的行蹤遷移的病者扶脈，這一天竟給上百人號了脈，饒是他自幼練就的童子功、打磨的好筋骨，夕陽西下從診室裡出來時，也是累得頭暈眼花。

桂皮善解人意，上來給他捶背，權仲白肩膀一抖，卻把他給抖下去了。

「少爺您這又是怎麼了……」桂皮一點都不怕他，還笑嘻嘻地賣好呢。「今兒中午，連我都聞見那香味了，真正是饞蟲都給勾上來了，您成天扶脈辛苦，這還不得吃得好點啊……」

權仲白瞪了他一眼，要數落他幾句，又沒有話口──蕙娘打探他的口味，那是做妻子的體貼他，難道他還能不許桂皮漏嘴？

可要說桂皮對兩夫妻在後院不出聲的戰爭一無所知，那也有幾分小瞧他了。這小子，古靈精怪的，雖然好用，可也特別喜歡給他添亂。

「平時懶得和你計較，」他索性也就擺起了主子的架子。「你倒是把自己當塊材料了，自作主張，興頭得很啊！」

桂皮立刻就軟了下來，他精靈就精靈在這裡──從來不和主子抬槓。

一句話都不為自己分辯，他就認下了這私傳消息、偏幫主母的指控，也一字不提自己的動機，只是殷勤地為權仲白出主意。「您都有好久沒上臥雲院用晚飯了，要不然……」

權仲白搖了搖頭。「這不妥當，也有失厚道。」

「那就出門——」桂皮看主子神色，便把話嚥進肚子裡去了。「快到飯點了，您還是早些進去吧，女兒家都愛聽好話，多和少夫人陪幾句好，想來，少夫人也不會為難您的。」

一頭說，他一頭就一溜煙地出了院子。

權仲白哭笑不得，站在當地又想了想，也只好舉步進了內院。

焦清蕙果然已經坐在飯桌邊上等著他了。

這一回，小藥罐不見了，桌上菜色一如既往，看著好，吃起來的味道卻是可想而知。權仲白遊目四顧，他實在好奇得很——也是饞得厲害了，便多嘴問了一句。「海參妳一個人全吃完了？」

「這哪能呢。」蕙娘一臉柔和的笑意。「我是從不吃隔頓菜的，姑爺又不吃，這可怎生是好呢？自然也就只有……」

她拉長了聲調，見權仲白已經露出了一臉愕然的心痛表情，才噗哧一笑。「也就只有賞給綠松她們吃了嘛！」

綠松和石英、孔雀、雄黃這幾個服侍用飯的大丫頭，都給權仲白行禮，一個個紅光滿面、笑容可掬。「謝姑爺賞。」

孔雀最促狹，還意猶未盡地舔了舔唇兒。

權仲白自知失言，只好磨著牙，不說話。

蕙娘雙手托腮，溫柔又深情地盯著他瞧。「姑爺怎麼不動筷子？」

今晚還好，似乎沒有特別菜色加餐，這沒油沒鹽的飯菜，吃起來也不算難熬。權仲白在心底嘆了口氣，一邊動筷子，一邊拖蕙娘下水。「妳怎麼不吃？」

「石墨今晚給我做銀絲牛肉。」蕙娘一彎眼睛。「這是吃熱乎的菜，要冷了就不好吃了，可不是等姑爺回來，才趕著下鍋嗎？」

正說著，石墨已經端著一盤子香飄萬里，勾得人垂涎欲滴，紅白相間、軟嫩酥香的銀絲堆牛肉上了桌，最妙是油瀝得格外乾淨，看著一點都不犯膩乎。色與香之絕、之勾人，實在是言語難描。

蕙娘還說呢。「這是春華樓鍾師傅的拿手菜，可鍾師傅吃了石墨的手藝後，都誇說比他還強。」

她沒問「姑爺嚐不嚐」——偏偏就是今晚沒問！一邊說，一邊已經給自己挾了一筷子銀絲慢慢咀嚼，竟不去碰那紅彤彤、細而捲曲，上頭還掛了一層薄薄芡汁兒的牛肉。

權仲白再也忍不住，他大叫一聲，奪過盤子，一筷子就掃了半盤到碗裡。一頭是氣、一頭是餓、一頭是饞，越氣就越餓，越餓就更氣，一頭吃菜一頭扒飯，不到半晌，一碗飯已經見了底。魏晉佳公子把碗重重地頓在桌上，面上又是惱恨、又是挫敗、又是回味無窮，竟是難得狼狽如此。

一屋子人都笑了，丫頭們忍俊不禁，蕙娘淺笑盈盈，又親自起身給權仲白盛了一碗飯，她連眼色都不用使，幾個大丫鬟都魚貫退出了屋子，綠松還把門給順手掩了。西裡間一下就靜了下來，蕙娘就著銀絲吃了兩口飯，就把筷子給擱下了。

「你說你呀，」她的話裡又透起了那一點點居高臨下的和氣，可這和氣被責怪給包裹著，倒並不令人覺得受了輕視，反而有些別樣的親暱。「連個親疏都不會分，你心裡有人家，可人家安排的時候，就沒想到你累了一天，也想吃一碗還能入口的飯菜？」

肚子飽了，心情要不好也難，權仲白看了她一眼，沒說什麼。

蕙娘把剩下的半盤子牛肉也撥到權仲白碗裡，她聲音輕輕地說：「會惦記著你的口味，給你做些適口菜的人，是你的媳婦，可不是你的嫂子。」

這本來為了逼他就範的伎倆，被焦清蕙說出來，反倒像是一心一意為了體貼他、討他的好似的。可話是被焦清蕙給說盡了，權仲白能說什麼？他也只好認輸了。

「行，是我不好，我小瞧了妳行不行？」他又有點煩躁。「妳也是的，有話直說不行嗎？本來好來好去，一句話的事，現在倒鬧成這樣！」

沒等蕙娘噎他，他又趕快轉移話題。「不就是不願意自己說，想讓我和娘開口嗎？妳早和我開口，我也就早去說了……我去說就我去說，明兒就說，保證不把妳扯進來，行了吧？」

蕙娘白了他一眼，給權仲白搛了幾筷子銀絲。「吃你的吧……哪來那麼多話。這事不用你管，我自有主意。你就當不知道就行了，不許隨便說話。」

到了末尾，到底還是帶出了幾分頤指氣使。

權仲白恨恨地填了一口牛肉，真不想理她，又實在忍不住好奇。「不要我管，妳這麼逼著我幹麼？很有意思嗎？」

有意思，怎麼沒意思？蕙娘心裡想著，面上卻回答得很委屈。「立雪院就咱們兩個人，什麼事都要商量著辦。我就是要回敬一招，那也得你點頭不是？」

她話裡有話：一拍腦袋，就代咱們倆作了主的事，我可做不出來。

權仲白被她說得頭大如斗，真是真真切切地感到了佛家語所說的「眾苦逼迫、如毒蟲齧身」之苦，只覺得連銀絲牛肉都沒那樣好吃了。他要頂嘴，可一張口，看見蕙娘笑盈盈的樣子，又懶得頂嘴了。

一賭氣，碗一擱。「吃飽了！」便拔起腳來，怒氣沖沖地走了出去。

到得院子裡，被冷風一吹，忽然間所有怒火竟全都化為烏有，只餘一團大火燒過後的黑灰，被風吹一吹就散了。他站著想了想，便直出了內院，也不顧幾個護院、小廝焦急地直喊著，從角門裡出了良國公府。

不多時，身邊早又為各地來求診的患者給圍滿了……

第四十章

雖說權仲白給她討來了「免死金牌」，可蕙娘焉能當真？除非實在是被折騰得起不來的幾個早上，她還是和從前一樣，先去歇芳院給權夫人請安，兩個人再一道走到擁晴院去見太夫人。

權家女眷，生活得一向都很低調，除了權夫人偶然要出去赴宴之外，大少夫人和蕙娘平時無事，是不出門應酬的。連太夫人都不大和娘家往來——也是鎮海侯一向在南邊鎮守，她是遠嫁京城的緣故——這個老太太，平時過得和苦行僧一樣，三不五時就吃齋唸佛，就是平時的日子，也多有吃花素的，且並不像一般人家的老太太，比較喜歡熱鬧，酷愛將一家人捏合在一起。蕙娘過門也快一個月了，在擁晴院裡，除了分家出去的四老爺、五老爺帶著小輩回來請安之外，還沒有撞見過幾個外人。

五月五是大節氣，京城風俗，出嫁的女兒是要回娘家的。蕙娘因是新娘子，頭一年回門次數太多犯忌諱，再說四月裡才過門，因此這天在擁晴院，權夫人就和她商量。

「妳過門也這麼久了，還沒有進宮謝恩。雖然仲白進去過了，可終究有幾分失禮。宮中賞穿三品禮服，是莫大的臉面，端午節慶，宮中肯定有聚會，若請了妳，妳還是要親自進宮一趟謝恩才好。」

蕙娘還有什麼話說？她也是在宮中行走慣了的，自然答應下來。權夫人看了婆婆一眼，略作猶豫，又道：「年節下家裡忙，事情太多，我就不隨妳進去了，免得輩分放在這兒，宮裡的娘娘們還要格外招待，那就不是謝恩，是添亂了。」

太夫人眉頭一皺，但她沒有駁回權夫人的話，沈吟片刻，便叮囑蕙娘。「別的猶可，就是多年沒進宮，不熟悉宮禮，出錯了也不妨。可妳要知道，妳男人能夠自由出入宮闈，得到皇上、娘娘的看重，在宮中……」她頓了頓，似乎在斟酌用詞。

蕙娘發覺太夫人說話和權仲白有點像，都特別直率露骨。

「在宮中一直都是很吃香的，各宮妃嬪，想要得他協助的人很多。我們身為臣屬，後宮風雲，不能插手太深。妳只記住『不卑不亢、不偏不倚』這八個字，行走後宮，便不至於出太大的差錯了。千萬不要無端為仲白許諾什麼，他身分敏感，有些事，寧可得罪人，我們也不能插手。」

雖然不是功名中人，但高高在上，身分和一般醫生相比，簡直是雲泥之別，一方面固然是權仲白醫術、家世都很超群，另一方面，也是因為聖眷獨寵，權仲白幾乎就是他的唯一一個醫生。這樣的信任，在一般朝野百姓中，等於是對醫術的保證，可在後宮中意味著什麼，有時候還真說不清。

蕙娘眼神一沈。「媳婦一定小心行事。」

「寧妃也算是我們家的親戚。」權夫人插了一嘴。「稍微多說幾句話，倒也無妨。」

太夫人看兒媳一眼，不說話了。權夫人笑吟吟的，卻也不曾開口。屋內氣氛，一時有些尷尬。

蕙娘見時辰有些晚了，老太太又還沒有端茶送客的意思，便清了清嗓子，道：「說起來，這幾天沒見到雨娘和幾個弟弟。」

「雨娘在學繡花呢！」提到女兒，權夫人的笑意一下就更柔和了。「幼金最近要開蒙，光認字就認不過來了。剩下那兩個，來給我們請安的時候，妳還睡著呢！」

見蕙娘面色微紅，她笑得更開心了，連太夫人都露出一線笑意。「新娘子就是臉嫩，其實這有什麼的？誰沒年輕過呢！」

蕙娘不敢再和太夫人、夫人說這個話題了，她慌忙抓住了權夫人的上一個話尾巴。「雨娘學到哪一步了？我看著她還沒學到錯金法，上回在這裡，還認不出來扇套上的手法呢！」

權夫人和婆婆對視了一眼，她又是笑，又是嘆。「這個小妮子，最愛耍滑偷懶，繡活上我們都管得不嚴格，直到這幾年才開始抓的，怎麼說也要過得去不是？非但錯金法沒學，連亂針繡都才是初涉門堂呢！」

大家把話題岔開了，就談起最近思巧裳的衣服。「都說『北奪天工，南思巧裳』，其實現在兩邊在南北的分號都是越來越多了。思巧裳因為妳那條星砂裙子，去年在京城足足開了有三間分號，生意都很不錯。今年又出了個貼葉裙子，不過，好像是往吳家送了花色，就沒見往我們家來。」

商人們一向是最勢利的，權家作風低調，蕙娘身為新婦不能常常出門，送她又有何用？一般的花色，做個人情也就罷了，貼葉裙這樣的新鮮花樣，給蕙娘送了，只怕吳嘉娘就不會上身，可也不能兩頭瞞著……真是商人面、孩兒臉，都是說變就變、喜怒無常。

蕙娘滿不在乎，她隨手撣了撣自己的羅裙，權夫人和太夫人眼神落到她身上，究竟也忍不住帶了三分欣賞：權家四個兒子生得都不錯，權伯紅也算是個出眾的美男子了，大少夫人站在他身邊，免不得有些黯然失色。這個二少夫人，論起容貌來，真是一點都不比仲白差，更勝在很會打扮。今天這條天水碧羅裙，安安靜靜一條素色羅，坐在當地就像是一泓水，越發顯得她膚色勝雪，再配上玉色小衫，掐腰一握，新婦慣梳的百合髻……真是雅倩清爽，在這酷暑之中，更顯得「冰肌玉骨，自清涼無汗」。光是這份打扮的功夫，不是十多年富貴地裡薰陶，就實在是養不出來。

權瑞雨也算是很乾淨清爽、漂亮雅致的小姑娘了，她姊姊還要叮囑她「得了閒妳多瞧瞧二嫂的裝束，冷眼能學一點，將來走出去大家都只有誇的分」。她本來還真有心思學學呢，可沒想到二嫂過門第一天，兩個人就鬧了個滿擰。她是有一點脾氣的，這一個月來，雖然漸漸地心裡疙瘩也解開了，可見了二嫂啊，也就是客客氣氣問個好罷了，雙方都沒有更多的表示。

今早在擁晴院見到蕙娘的裝束，她心裡雖也喜歡，可又不好細問，只得自己在屋內亂翻，還問丫頭。「我記得我有好些天水碧的裙子、對襟衫的，這會兒都藏到哪兒去了？」

她丫頭還好奇呢。「去年您還說天水碧顏色太淡，讓都收起來呢……還真不知收到哪個箱子裡去了，得慢慢地找。」

權瑞雨撇了撇嘴，有些沒趣。「算啦，別找了，找到了也穿不出去……」

可想到二嫂端坐在母親下首，全身上下，只有腕間髮裡兩點金光點題，餘下通身竟無一點裝飾，純是玉色配綠色，真真是一打眼就覺得人比衣裳還白，又被衣裳襯托得更白……她又改了主意。「難道這顏色就許她穿？……妳還是找找吧！」

正跟這折騰呢，那邊有人來送東西了。是立雪院裡新來的陪嫁大丫鬟，穿得倒挺樸素的，一開口態度也很和氣。

「我們少夫人打發我送個荷包給姑娘玩，也不是什麼好東西，少夫人身邊專給她裁衣裳的瑪瑙得了閒無事做的，聽說您最近正學亂針繡，也許能用得上。」

這話一出口，連權瑞雨的丫鬟都知道厲害，她手裡還抱著一條天水碧紗裙呢，聽得都住了，見雨娘沒收，便直給她打眼色。

權瑞雨當沒看見，沈吟片刻，她還是矜持地取過了荷包。「代我謝謝二嫂。」

把丫頭給打發走了後，她拿著這荷包左右一看，也不禁嘖嘖連聲：這一片亂針法繡成的平湖秋月，連她都能看出來，是難得的佳作。

再把荷包由裡到外一翻，小姑娘頓時喜上眉梢：這個亂針繡，沒有鎖邊，內囊線頭還在，一抽就鬆了……隨意抽掉一、兩根線，自己在先生跟前細細地繡上了，誰能說那不是她做的？

連她丫頭都高興，總算是不用做繡活兒了！她很說了幾句二少夫人的好話。「看來，是早就想和您和好了。本來那也就是一句話說岔了的事，人家也想回應呢，話又被人堵了……」

權瑞雨第二天見到蕙娘，當著祖母和母親的面，她自然沒有道謝，但對嫂子的態度，就要親密得多了。「嫂子，妳這一身又配得好看，難得家常穿的葛布衣裙，看著都別出心裁呢，最難得的是涼快！怎麼搭配的，妳教教我！」

這倒是正經事，女兒家會打扮不會打扮，差得遠了呢！太夫人和夫人都說：「是該多和妳二嫂學著點。」

蕙娘也笑了，她仔細地打量了權瑞雨幾眼。「天氣熱，花紋就素淨點，大紅大綠的不上身了。可要怎麼打扮妳，我一時也說不上來……這樣吧，一會兒妳跟我回去，也到立雪院裡坐坐、看看，我讓丫頭們給妳參謀參謀。她們一整天閒著，就最愛打扮我取樂了。」

雨娘不敢就應，先看母親，見母親含笑微微點頭，她不用上課自然高興，卻還要拿捏架子。「我一會兒練幾頁字，練好了瞧瞧時辰，如有空就過去。」

權瑞雨回到屋裡，硬生生是多等了一個時辰，這才往立雪院過去。

蕙娘自然早在屋內等待了。

權瑞雨好奇地東張西望。「這屋裡可是大變樣了呢！」

從前這裡是二哥住所時，她覺得立雪院實在很大，大得擺個藥鋪用的櫃檯進來都塞不滿。可現在多了個嫂子，空間一下就顯得不夠了。屋裡滿滿當當，塞的都是各式小玩意兒，屋角的冰山被紗罩著，紗罩後頭有個小小的風箱，上頭還懸了一條細線，因做得小，看起來玲瓏可愛，權瑞雨一拉那線，便覺得一陣涼風透過冰山，吹得遍體生涼。最難得是風箱本身輕巧省力，聲音又小。

她不禁讚道：「真是想得巧！」

「不值錢的東西，就一個想頭難得罷了。」蕙娘滿不在意。「我這裡還有呢，妳要喜歡，就拿去玩玩，過了夏再給我送回來——其實這個冬天吃鍋子也好玩，對著一吹，火就旺起來了。」

她要送雨娘首飾、衣服，雨娘還未必要呢，這麼不值錢又透著巧勁兒的小物事，算是送進小姑娘心底了，她對蕙娘頓時已有幾分喜愛：二哥當時雖然不情願，可婚後和她處得也好，這都一個月了，還沒回香山去住。人嘛，如今看著也和氣，倒不像是焦家那個暴發戶出來的姑娘……

她甜甜地一笑。「那我偏了二嫂了！」

說著，蕙娘便喚了瑪瑙出來給她量身要裁衣，這個雨娘就推辭了。「家裡衣服都是有定制的，年年多少套，少了多了都不好。我平時不大出門，給我做了，我也穿不著。」

要指望一個小風箱就能把雨娘給賺過來，是天真了一點。蕙娘不以為忤，又拿脂粉出來和她評說。這事，權瑞雨很感興趣，兩姑嫂年紀相近，也有話說。她興致勃勃地和蕙娘研究了一個上午，到了吃午飯的當口，權仲白都回來了，雨娘還沒回去。

順理成章，權仲白就邀雨娘留下來一起吃飯。「我也有一段日子沒考察妳的功課了。」這一頓飯，被二哥提著問《養生秘旨》，權瑞雨真是吃得沒滋沒味的。才吃完飯，她就藉口要午睡，火燒屁股一樣地回了自己的綠雲院。

半個下午，權瑞雨都老實安生，等天色漸晚，料得兩個嫂子都去祖母那裡打過招呼了，她這才溜到擁晴院裡。

今天太夫人和權夫人都吃花素，權夫人正好先伺候婆婆用飯，她站著擺好了筷子，見權瑞雨才進來，便道：「還以為妳今天玩了一天，四處跑來跑去，難免中些暑氣，就不來了呢！」

「本來是不想來的。」權瑞雨答得很真誠。「可想蹭著您們吃小廚房的花素，我不就來了嗎？」

太夫人私底下對著孫女，嚴厲裡就帶了三分的疼愛。「妳這不誠心的素，吃得有一搭沒一搭的，吃了也沒效驗。」說著，還是讓孫女在身邊坐下，添了碗筷，又吩咐權夫人。「妳也坐著一起吃吧。」又問雨娘。「在立雪院玩得怎麼樣？」

「挺開心的！」瑞雨直言不諱。「就是中午飯吃得不開心，一個口味實在不大好，大師傅也不知怎麼著了，平時送到綠雲院的可不是這樣……我吃著沒味兒；還有一個，二哥回來了，老考我學問……」

她小嘴一翹一翹的，看來，是真有點委屈。「次次見面都考學，二哥淨會欺負人！」

太夫人和權夫人不禁對視了一眼，彼此都從對方眼中看到了一點玩味。

權夫人笑了。「妳二哥那是疼妳……妳別不知好歹，仔細他知道了，又給妳換太平方子。」

權瑞雨肩膀一縮，不敢再說了，才吃完飯，她就和一隻蝴蝶似的，輕盈地飛出了擁晴院。「功課可還多著呢！」

「這個小丫頭！」太夫人啼笑皆非。「精不死她，小小年紀，比她姊姊當年還精……妳這也養得不好，太活泛了，難免輕浮。」

權夫人叫苦連天。「您也知道，她那個性子，我哪裡約束得了？天生就一副算盤在心裡呢，撥一撥，能轉七、八十下……」

太夫人想想，也覺得好笑。「就是被人當槍呀，那也是一人一次，公平得很。這份心眼拿去讀書繡花，還有什麼不能成的？至於和現在這樣，三天打魚兩天曬網的，惹得先生隔三差五地告她的狀嗎？」

權夫人附和著數落了權瑞雨幾句，因老人家聲調裡帶了笑意，她也是一邊說一邊笑，笑完了，又和老人家感慨。「兩個都是人尖子，我瞧著是都挺好，您瞧著怎麼樣？」

「都還差著火候呢！」太夫人嘆了口氣。「林氏是急，焦氏是躁。心思都細緻了，可也都有不到的地方。」

對大少夫人，婆媳兩個是議論過多次的，權夫人蜻蜓點水，一帶而過。「是急了點，抬舉身邊的巫山做了通房，也抬舉得不大好，別的事情，倒沒什麼可挑剔的。焦氏這個躁……」

「司馬昭之心，路人皆知。」老太太慢悠悠地說。「所以他就一輩子都沒能篡位。焦氏有城府、有手段，這倒不假，要不然，她也不能幾天就輕輕鬆鬆地籠絡了瑞雨，就是雨娘心裡其實情願，那也還要有個下臺階不是？不過，她的心思實在是太明顯了一點，也實在是太急於展示自己的能力、太急於給嫂子添堵了。長嫂如母，大了她十多歲呢，一時虧待，要嘛忍了，要嘛直說，自己不好意思，就使丈夫去說。」

她歇了一口氣，慢慢地啜了一口茶。「一家子鬥得再厲害，當家人以和為貴的氣度不能丟。以仲白和長房的關係，他衝嫂子一張口，這事兒悄無聲息就過去了，只怕林氏還要衝弟妹賠不是。可看仲白的樣子，不像是不知道她請瑞雨的用意，卻還不發一語地隱隱配合……她這一巴掌是回得響亮痛快，拿捏仲白這個刺頭兒的手段是高明，可從做法上看，到底還是格局不夠，既不從容綿密，也沒能抓住真正的題芯。」

「您是說——」權夫人神色一動。

「這都一個月了，仲白不是個太內斂的人，他的性子挺容易摸出個輪廓來。」老太太悶哼了一聲。「讓她在達氏跟前行姊妹禮，仲白心裡有沒有想法？他和長房一向友好，新婦入門才不到一個月，就頓生齟齬。這就算是林氏有錯在先吧，以他有話直說、息事寧人的態度，哼，我看他肯定是想著讓焦氏開口，這一說，正好就帶她去香山住……焦氏不肯開口，他自己說也行。可焦氏這些路不走，非得要讓雨娘告狀，就算焦氏占理，他會不會覺得她得理不饒人？這肚子都沒大，兒子還沒生呢……林氏雖然十多年沒有生育，可卻還一直把伯紅的心給捏得牢牢的。唉，要不是實在是太久沒有消息，她也是亂了陣腳，這一次，未必會這麼著急，動作得這麼頻繁……」

權仲白襁褓間就被抱進了歇芳院，當時權伯紅四歲年紀，還離不得大人照看，他是在擁晴院裡長大的，老太太當然更偏長孫。這一番話，挑剔的是焦氏，開脫的是林氏。

權夫人即使有不同想法，也還是低頭應了是。她又問婆婆。「見過一次真章了，這會兒該怎麼辦？長房院子裡那個通房，可沒服避子湯……」

「都由他們去吧。」太夫人閉了閉眼，多少有些疲倦了。「妳和世安商量一下，大廚房裡該拔掉幾個刺頭了。主子們鬥得再厲害，那也是主子，做下人的有所傾向，那是難免的事，可忘形到這個地步，那就該賞鞭子了。仲白什麼身分？走到天涯海角，都有人捧著金羹玉膾求他用呢，如何在自己家裡反而受了這麼久的委屈？說出去，簡直就是笑話！」

權夫人其實對林氏最大的意見就是這一點。這麼多年嫂子做下來，就不知道權仲白看著不挑剔，其實最挑剔嗎？她挺為兒子委屈的——不過越是如此，她倒越要為林氏說句話。

「這……怕是打她的臉呢。」

「打臉就打臉！」太夫人一瞪眼。「她還能有二話不成？就有再多苦衷，這件事，她也辦得不很漂亮，自己沒落好，反而把焦氏給顯出來了，要不是焦氏自己——」

說到這裡，兩人都是一怔，彼此交換了一個眼色，雙雙都輕輕地「咦」了一聲，又嘶了一口涼氣。

第四十一章

大廚房動作很迅速，從第二天起，送到立雪院的飯菜就已經換了口味，較蕙娘幾次在權夫人、太夫人屋裡嚐的點心相比，廚藝還要更上一層樓，可以嚐得出來，是用過心思的。

權仲白熬了將近一個月，終於能吃上一口熱飯，雖說心頭還有些憋氣，但對廚房的表現也還是很滿意的。倒是蕙娘，嚐了一口燴三鮮，就又擱了筷子，只盛了一碗火腿雞皮湯，喝了一口，覺得味兒還算不錯，就著這湯配了小半碗飯，便再吃不下去了。

養得這麼矜貴，叫人總不免有幾分不以為然，權仲白掃了她一眼，要說什麼，又把話給嚥了回去——這幾天，他在屋裡，話明顯少了。

他話多的時候，蕙娘真是嫌他嫌得厲害，他一開口，她就免不得生氣，可現在權仲白話少了，她也不大得勁。「你有話就說嘛，難道你說一句話，我還會吃了你？」

「照我看。」權仲白也被她激得實話實說。「妳遲早還是得設個小廚房。」

其實平心而論，大少夫人也就是在味道上作點文章，廚房用料，那還是貨真價實。這些飯菜不要說端出去給老百姓吃，就是一般的富戶人家，嚐著也頂多覺得口味有些平淡，稍微一放低標準，吃得也就開開心心了。可在蕙娘口中，這樣的東西如何能入得了口？權仲白因自己口刁，他自己吃得也不開心，到後來是沒什麼立場來說蕙娘。可現在，權家大廚房是拿出真本事來賠罪了，他吃得開開心心了，蕙娘還是這愁眉不展的樣子，在二公子看來，就不免有些刺眼了。

他頓了頓，又道：「當時妳要是自己去和大嫂說、和娘說，現在小廚房恐怕都建起來了。既吃不下大廚房的飯菜，又不肯開這個口，除了餓著，妳能怎樣？」

「這燴三鮮火候過了，難道還是我的錯呀？」蕙娘本能地就堵了權仲白一句，她又端起飯碗，愁眉不展地對著一桌子佳餚發呆，到末了，還是石墨端來一盤現炒的家常豆腐，蕙娘才又動了筷子。

權仲白一聳肩。「要不然說妳矯情呢？妳這幸好是沒進宮，進了宮不到三個月，活活餓死妳。」

宮禁森嚴，除了皇后、太后這樣的主位，有資格時常點菜，受寵的妃嬪能在自己宮裡設個茶水房，偷偷摸摸地熬些點心來吃之外，一般的妃嬪主位，也就只能吃著那些用鐵盤溫著，不溫不火、韻味全失的口味菜了，這一點，蕙娘心裡還是有數的，她竟無話可回。見權仲白有點得意，又很不甘心。「我自知身分低下、天資愚笨，哪裡配進宮呢？也就是因為不用進宮，所以才養得這麼矯情嬌貴，難伺候嘛！」

這話似乎是自嘲，又似乎是反諷，夾槍帶棒兜頭倒下來，裡頭明顯是蘊含了有幾層意思，可權仲白一點都不想去揣摩，他倒是忽然想起來一事。「對了，端午宮中納涼祛暑，按例白日小小朝賀一下，晚上是要開夜宴的。妳白天不用過去，但晚上肯定會請妳——上回進宮，幾個主位都問著妳。進了宮，要謹言慎行，不論是坤寧宮還是景仁宮、咸福宮，凡是有皇子的娘娘，一律不要過於親近。」

在這種事上，蕙娘是不會隨意譏諷權仲白的，她點了點頭。「你就放心吧，不會隨意許諾什麼，讓你難做的。」

「並不是說許諾。」權仲白眉頭一擰。「這麼和妳說吧，這大半年來，宮裡風雲詭譎，大事小情從不曾間斷，已經有人在給以後鋪路了……妳這些年來很少進宮，有些來龍去脈並不清楚，不要自以為能摸透那些人精子的用意，又或者，還能反過來用她們一用。她們占著身分的便宜，過河拆橋反咬一口，那是常有的事，要不想撕破臉，根本就無法回敬。越摻和得多只能越吃虧，所以最好的辦法，還是敬而遠之。」

這可囑，粗聽起來，和長輩們的說話幾乎沒什麼兩樣，可再一細聽，蕙娘就覺得，太夫人、權夫人、權仲白，三個人根本是三種態度。太夫人還是想著要不偏不倚——不偏不倚，就是要廣結善緣，和大家都保持不錯的關係；權夫人更傾向於皇后、楊寧妃一派，這也自然，楊家少奶奶是她親女兒；可權仲白呢，這一番話，條理清晰、鞭辟入裡，竟和他從前那瀟灑浪蕩的作風一點都不一樣，透了這麼的別有洞見。他是時常能夠接觸內宮的那個人，掌握的資料最全、最權威，他對自己強調的，卻是不分親疏，一律敬而遠之。

蕙娘覺得自己有點看不懂了：對一般家族來說，內部不管爭得多厲害，對外要保持一致，這份覺悟大部分人都還是有的，可權家卻似乎不是這樣。太夫人更看好牛淑妃一派，權夫人看好皇后，權仲白呢……感覺似乎誰都不看好，巴不得能不進宮最好。

她若有所思地點了點頭，看似自己沈吟去了。權仲白見她不說話了，便自己去吃飯——口中說蕙娘矯情，可他的筷子，卻也時常落到石墨端上來的那盤子家常豆腐裡。

又過了一會兒，蕙娘開了口。「最近宮裡是不是出了什麼事？」

她出其不意、單刀直入，語氣還很肯定，權仲白被她嚇了一跳，雖沒說話，可臉上神色已經作了最好的回答。蕙娘看他一眼，不禁輕輕地嘆了口氣。

還好，此人雖有諸多毛病，但總算還不是全無腦筋，宮中的事，他的口風還是很嚴的。在這點上，自己倒能撤去一些擔心。

不過，要承認權仲白居然還有些優點，這也真夠為難人的了。蕙娘又嘆了口氣，她收拾起了自己在權仲白跟前，往往不知不覺就會流露出來的高傲態度——她知道，這從容微笑下頭的居高臨下總能將權仲白惹惱，也就是因為如此，她才總是如此樂此不疲。

「姑爺。」蕙娘直起身子，正正經經、誠誠懇懇地望向權仲白。「我知道，你心底未必看得起我，怕是覺得我從小嬌生慣養，被慣得分不出好歹，為人處事，總要高人一頭……」

權仲白雖未說話，神色間卻隱有認同之感，大有「原來妳自己也很清楚」的意思。

蕙娘深吸了一口氣，繼續說：「就是我對姑爺，也不是找不出可以挑剔的地方……但不論如何，這是我們二房兩夫妻的事，除非姑爺你能退親休妻，否則這輩子總是要和我綁在一起了。在府裡，我們兩個夫妻一體，一榮俱榮、一損俱損，你無須擔心我會胳膊肘往外拐，做下對你不利的事兒。」

她頓了頓，本想話說到這裡就盡了，但想到幾次話裡藏機，權仲白的反應都不大好，便索性說到盡頭。「要擔心這一點的人，應該是我才對。」

見權仲白要說話，她搖了搖頭，自己續道：「小到府內，我們二人是夫妻一體，大到府外，整個權家榮辱相連。從前你沒有娶妻，大嫂又沒有誥命，很難進宮請安，娘輩分高，平時也忙，不進宮都是說得通的。宮中妃嬪就是為了避嫌，也不可能無緣無故對你示好。可現在不一樣了，我是新婦進門，也沒有什麼家事好忙，又有三品誥命——我看這賞禮服，也就是打個鋪墊，正經的封賞也許不久就會下來了。宮中來人相請，要托詞不去，那就太傲慢了。既然一定要進宮，對宮中形勢，我心中是一定要有數的。」她難得這樣長篇大套、心平氣和地對權仲白說話，話中也沒有埋伏筆，沒有「意在言外」。

權仲白倒是有些受寵若驚，他沈吟了片刻，便道：「三品誥命，我可以為妳辭了。我身上也不是沒有帶過散勳銜，但有了官銜，就有好多俗事要辦。到底終究都是給辭了，妳帶了誥命，逢年過節必須進宮，這一點，不大好。」

他平時說話做事，真是率性得不得了，什麼話都敢說，什麼事都敢做。這樣的人固然風流瀟灑，可也給人留下了難以信任的印象。唯獨此時說起宮事，竟是胸有成竹，雙眼神光閃閃，一望即知，心底是有分寸的。蕙娘心中，又驚又喜：權仲白要是真蠢成平時那個樣子，世子之位即使不是無望，也要費極大的精神……難怪，難怪良國公夫婦為他說了自己。看來，他其實也不是不懂，真正的要緊關節上，還是拎得很清楚的。

「我聽姑爺的。」她乾脆地說。「誥命嘛，虛的，能不進宮正好。宮中風雲詭譎，稍微一沾手，就很容易被捲進漩渦之中，眼下，我還沒心思攪和這樣的事。」

兩人自從成親以來，一向是你要往東，我要向西，就連房事，也都是爭著在上，現在忽然和氣說話，兩個人都有點不習慣。尤其是權仲白，一和蕙娘在一處，只覺得百般煩惱都咬上身來，忽然間，蕙娘倒什麼都聽他的了！

這人就是這麼賤，蕙娘要一開始就是這麼百依百順，權仲白即使再魏晉風流，也少不得是要肆意拿捏著她。宮中事有什麼好分說的？妳就是什麼都不知道最好，什麼都不知道，宮裡的娘娘們也就不會爭先恐後來招攬妳了！可蕙娘平時硬成那樣，現在忽然一軟，他熨貼之餘，也覺得蕙娘說得有理。宮中如今情勢微妙複雜，如是一般人，不知道比知道更好，可焦清蕙不管怎麼說，是閣老府的承嗣女，格局能力應該都還是有的。有些事不告訴她，她自己亂猜亂辦，反而容易壞事。

「茲事體大。」思來想去，權仲白到底還是吐出一口氣，語氣裡竟帶了幾分厭倦和疲憊。「就是家裡，也只有最核心的幾個人知道了一點風聲，我都沒告訴全……」

「別人有別人的親戚。」蕙娘柔聲說。「我家裡人口簡單，老祖父這幾年就要退下來了。姑爺不必有何顧慮。」

這都是實打實的大實話，此時此刻，權仲白以人情、以事理，都不能不對蕙娘坦白少許。蕙娘說得不錯，起碼作為他的妻子，要代表他進宮應酬交際的，家裡人知道的那些，她也不能不知道吧？但……

他不禁陷入沈吟，首次以一種全新的眼光去看蕙娘——她無疑很美、很清雅，可在他心裡，她一直是張揚、多刺、尖利而強勢的。即使焦清蕙能在長輩跟前擺出一副溫婉柔和的模樣來，可本性如此，在他心裡，她是一個……一個最好能敬而遠之的人。他沒想到蕙娘也有如此通情達理的一刻，她幾乎是可以溝通、可以說理的！

「我還未有那樣信妳。」也就是因為這一點感觸，權仲白居然坦白直言。換作從前，他可絕不會出口：和焦清蕙吵，他吵不過，若將這種形同主動開戰的話說出口，豈非自取其辱？

蕙娘卻絲毫未曾動氣，她甚至還笑了。

「挺好的。」她往後一靠，輕聲細語。「姑爺要是從一開始就信我，那我還要擔心呢……進門一個月了，我焦清蕙做人做事怎麼樣，你心裡也有數。將來遲早有一天，姑爺必須用得上我的助力，與其等到那時，你再來博取我的信任，倒不如現在開誠布公。別事不論，宮事上，你信我會幫你，我也信你不會隨意行事，一個衝動，就給權家惹來滅頂之災……一榮俱榮、一損俱損，你要是倒了，最慘的人還不是我？」

這個焦清蕙，他簡直都要不認得了！她要從一開始就是這個樣子……權仲白沒有往下想了：人生應如何，同想如何，本來往往是南轅北轍。他是如此，焦清蕙又為何不是如此？

權仲白默然許久，才輕輕地吐出了幾個字——

「十年內，皇后是肯定不行了，恐怕東宮儲位，也是危若累卵，後宮之中，將有一番翻天覆地的變化。」

如此石破天驚的消息，竟未能換來蕙娘的一絲驚異，她鎮定逾恆，只是靜靜地望著權仲白，等他往下去說。權仲白見此，心底亦不由得嘆息一聲。

焦閣老全心全意調教出來的守灶女，的確與尋常女兒迥然有異。

「妳也知道，定國侯太夫人從近二十年起，就很少出來應酬了。」權仲白說起皇后母親、太子外祖母的病情，都是這樣隨隨便便的，好像在說個老農的病情。「前三十幾年，朝野間修仙煉丹風潮很盛，太夫人就曾經服食過金丹妙藥。或許就是因為這個，自從過了中年，太夫人就時常頭暈作嘔，脈象快慢不定，眼珠渾濁昏黃。當時就以為拖不過幾年了，不過，人吃五穀雜糧，沒有不生病的，想必眾人也不曾多作在意……」

他頓了一頓，又說：「但就我猜測，恐怕太夫人在女兒入選太子妃之前，就已經有精神恍惚、失眠致幻的症狀了，只是孫家為了自己的目的，自然是拚了命的隱瞞。而當年太夫人又還沒有完全失常，在人前也還能撐得住架子，是以孫家一路都走得很順，封妃封后的，都是水到渠成。也就是到了前朝末年，朝野風起雲湧的時候，太夫人才漸漸地就認不得人了……後來受到老侯爺去世刺激，她已經完全失常，三天一小鬧、五天一大鬧，當著孫家人的面不好說，但實際上……已經成了個武瘋子。只能靠藥物控制她的神志，令她嗜睡乏力，才能使家裡有片刻安寧，但這種藥物，藥力很凶，也是以毒攻毒的下下手段。長期吃下去，到後來病人耐藥了、抗藥了，反而更加痛苦萬狀。」

這件事，孫家瞞得很好，外頭人竟沒有一點消息，蕙娘也是第一次知道就中內情，她的眉頭慢慢地就蹙起來了。「你前些時候進宮過夜……是皇后，還是太子，難道也出現了類似的症狀？」

一點就透，如此敏銳……權仲白吐了一口氣。「是皇后。自從一年前太子出事開始，皇后精神就極度緊繃，成夜成夜地睡不好，四月裡，和她母親一樣，也是失眠譫妄、煩亂不堪，足足有七、八天沒有合眼，又挺著不說，到後來連皇上都驚動了。進宮用了藥，睡一覺起來，她好得多了。」

說到一年前發生在太子身上的事，蕙娘也一時無語。才多大的孩子，就被宮人攛掇著沈迷美色，腎水大泄，整日無精打采。這極機密的事，蕙娘所知雖不詳盡，卻也是知道的。

見蕙娘面露沈思之色，他補充了一句。「我知道的就是這麼多，但我笨……你們聰明，猜得出的，肯定不只這些。」

這是肯定的事。孫太夫人三、四十歲出的毛病，現在精神恍惚，幾乎全瘋。皇后恰好也在這三十多歲的年紀開始失眠，如果調養不好，終有一天也許會走到孫太夫人這一步。即使只有萬一的可能，太子身上也帶了這病根子，那該怎麼辦？這種事是能開玩笑的嗎？萬乘之尊，一旦失常，恐怕天下都要大亂了！再說，太子本來身子就不好，元陽未固時已經失了腎水，這件事蕙娘是知道的，因老太爺肯定要關注這種國運傳承的大事。東宮之位，實際上已經危若累卵、搖搖欲墜，只看什麼時候才會倒了。

「皇次子、皇三子，一個占了序齒（注），可出生時起就聽說元氣虧損……」她望了權仲白一眼，見權仲白微微點頭，便續道：「身體也不好。皇三子年紀雖然小，但比較壯實……」

毋庸多言，權家上層是肯定要比她早知道這些訊息的，從權夫人的意思來看，她更看好寧妃。太夫人呢……她也未必不看好，可恐怕和權仲白一樣，「還未十分信她」。

蕙娘眯了眯眼睛。「紙包不住火，即使太夫人病情能夠瞞住，皇后的病是瞞不過人的。後宮中只怕是風起雲湧，不論是淑妃還是寧妃，心裡都有一點想法了吧？」

「皇三子雖然看著壯實，」權仲白淡淡地說。「但皇上身子不好，他的孩子孱弱的也居多，皇三子也有胎裡帶來的病根子，剛過滿歲，就有嗽喘的毛病，和皇上幾乎是一脈相承……」

而究竟哪個皇子身體更康健，更有痊癒的希望，那不就得看權仲白的一句話了？雖說這身強體健只是儲位之爭的第一步，除此之外，還得看皇子的能力、後臺，可一個病秧子就算條件再好，皇上又能放心把國家交到他手上？

蕙娘斷然道：「我明白姑爺的意思了，現在只能靜觀其變，皇上不開口，你是不能輕易表態的。」

和聰明人說話，的確是省時省力。權仲白不禁嘆了口氣，他略帶惆悵地說：「妳錯啦……是爹、娘不開口，我們一句話都不能多說。這種事，牽連太廣了，為一方說一句話，那就是把另一方往死了得罪。這一次入宮，三位有臉面的主子，肯定都會往死裡拉攏妳，妳可要穩住，任憑是誰開口，妳都絕不能有一絲傾向。」也不知是否今日談得還算愉快，他煩躁地發起了牢騷，一開腔居然爆了粗話。「他娘的，爭來爭去，煩死人了！怪不得這群人百病叢生，真是活該！」罵了這麼一句，才又說：「尤其寧妃，也算我們親戚，她的處境最為危險。妳和她，最好連話都別多說幾句。」

這和權夫人的指示，簡直又背道而馳，即使是蕙娘也有點頭疼了，但她沒有多問，只是強忍著揉一揉額角的衝動。「放心吧，我明白該怎麼做，不會讓姑爺為難的。」

權仲白「嗯」了一聲，便不再說話了。

兩人相對而坐，大眼瞪著小眼，現在宮事話說盡了，反而都有了幾分尷尬：要重新針鋒相對起來，似乎略嫌幼稚；可不針鋒相對，似乎又無話可說。

權仲白乾咳了一聲，站起身來。「妳不是吃不慣家裡的菜嗎？正好，今早有個病者拿了一籃子蓮藕給我，也別費力巴哈地往院子裡自己買菜了，讓妳那丫頭晚上做個藕吃吧。一會兒出去，我讓人給妳拎進來。」

說著，見清蕙並不搭理他，只是捧臉沈思，倒覺得輕鬆了點，便自己舉步出了屋子。

蕙娘自己伏案想了許久，只覺得這件事，越想越有味道，好似整個權家，終於對她拎起

注：序齒，依年齡的長幼排定先後次序。

了面紗一角，讓她隱隱約約地覷見了父慈子孝、兄熙弟和背後的盤根錯節。等她拿定了主意，回過神來一伸懶腰，便見石墨一臉躊躇，站在一邊，似乎欲說又不敢。

「姑娘。」見蕙娘望向自己，石墨竟叫出了蕙娘的老稱謂。「您也知道，咱們一向是只吃杭州的花下藕的，這送來的藕槍實在是太嫩了，燉湯也不行，炒著您肯定也不愛吃……」看來，她是真的被逼得為難了，竟是眼淚汪汪的。「就那麼一個小爐子，要做桂花糖藕也不能……」

蕙娘不禁失笑。「那就別做，妳們自己分著吃了唄！」

「這可不行！」石墨很堅持。「少爺頭回給您送菜呢，這不但得做，還得做得好吃，您才能多吃。您多吃了，才能——」

她沒往下說，可眼睫一瞬一瞬的，也等於都說了：主子必須多吃，才能討得姑爺的好！

蕙娘不禁輕輕地哼了一聲，可想到大廚房送來的那些菜色，也有些興味索然。她往後一靠，想了想，便吩咐石墨。「那妳就去大廚房借個灶，說姑爺給了一籃子藕，我們吃不了那麼多，做好了，讓給各房都送去一點。臥雲院那裡，妳讓綠松親自給送過去。」

石墨有幾分興奮，她脆聲應了。「哎！」又有點擔心。「姑爺知道了，會不會……」

蕙娘笑了。「讓妳做，妳就做。」她慢悠悠地說：「傻丫頭，這麼做，還不是就為了想看看，姑爺究竟會不會不高興？」

第四十二章

果然，才是第二天早上，宮中就打發了小太監出來，邀太夫人、權夫人、大少夫人、二少夫人四位女眷入宮赴宴。

正好阜陽侯夫人來看權夫人，和她談起來也好笑。「這麼多年，妳們就沒有進去過，她們倒是一直都沒忘了喊一聲。這樣的面子，也就是你們這樣的人家才有了。」

權夫人和元配的親戚，關係處得很好，尤其張夫人因為同她年紀相近，兩人一直是很投緣的，有些話就可以說得露骨一點。「要是從前，那還是祖宗留下來的老面子，這十幾年間，待我們好，其實也都是因為仲白。」

阜陽侯夫人聽見權仲白這麼有臉面，如何不高興？她笑著衝權夫人邀功。「我這個媒人做得如何？往年妳還要進去應酬，今年就能放心把媳婦派進去了，換作是別家的大姑娘，可沒有她這麼能幹。」

自己人就坐在下頭，阜陽侯夫人便如此赤裸裸地誇她，蕙娘臉皮再厚，也有點受不住了，她嫣紅了臉，作羞澀狀。

大少夫人見了便笑道：「傻弟妹，這有什麼不好意思的？妳要本事不到，娘會放心讓妳獨個兒進宮才怪。」

張夫人聽見，更加有興致。「妯娌和睦，好、好！我連作三次大媒，前兩次都算了，這最後一次，是作得真好！」

自從大廚房幾個下人被發作了出去，臥雲院對立雪院就更加和氣了。大少夫人還是和從前一樣，時常打發人來問立雪院缺不缺這、缺不缺那，把立雪院當作了客人待。可私底下卻沒有再動手腳，她現在待蕙娘，幾乎說得上是客氣、模範得過了分。就連昨天蕙娘打發人送了一盤桂花藕過去，也沒能換來一句硬話。

今兒早上，大少夫人還在長輩跟前誇她呢。

「難得做點好吃的，還想著長輩，真是孝順！」

她客氣，蕙娘自然要比她更客氣。

「平日裡二少爺在立雪院外頭看診，進進出出人多口雜，事情也多，多虧了大哥大嫂裡裡外外地照拂提點，十幾年下來，給家裡添了多少麻煩？這病者送的藕，雖是送給二少爺的，但其實就是送給咱們一家子的。大家吃著好，就不枉他的一片心了。」

連太夫人都聽得微微點頭。

「這說的是這個道理，仲白看病雖是好事，可也給家下人添了事。何止大哥大嫂，就連妳爹、妳娘，有時候出門都受影響。焦氏這件事，辦得不錯。」

太夫人都誇蕙娘了，長輩們在這件事上的態度，那是不用說了。不過，大少夫人看起來還是那樣輕鬆愉快，對第一次交手的結果，她似乎一點都沒放在心上。今兒個要不是阜陽侯夫人過來，她早都收拾包裹，回娘家小住去了：端午回門，的確也是她們這些名門媳婦難得放鬆的時候了。

阜陽侯夫人自然不知道這些彎彎繞繞的，吃著石墨親手做的桂花糖藕，她讚不絕口。

「真是爽口不膩，藕嫩，糯米也選得好。」

蕙娘肯定順杆子往上獻殷勤。「您要是喜歡，回頭就把方子給您送去。這是南邊富春茶樓的方子，我們自己再改良過了，更適合京城人的口味。」

人生在世，無非也就是吃喝玩樂，權家、張家都是富貴人家，在功名利祿上似乎也沒有什麼可以追求的了，無非就是一心享樂而已。張夫人笑道：「好！上回妳說要給我裁衣服，這都一個多月了，我天天在家等著，妳也沒派丫頭上門來。」

大家都笑了，蕙娘忙說：「這陣子忙嘛！姨母要不嫌棄，我這就讓她過來！」

「就是說著玩的，我這麼大年紀了，還打扮什麼勁兒呢？」張夫人也就是要蕙娘一個態度，她笑眉笑眼的。「倒是吃上頭更用心些，回頭，妳抄些食譜給我，我回去也正好換換口味。」

說定了明日她來接蕙娘一道進宮，張夫人也就起身告辭了。

權夫人見天色不早，便道：「正好一起過去擁晴院。」

一行三人一頭走，大少夫人就一頭和蕙娘開玩笑。「弟妹，妳把方子送給姨母，說給就給，真是大方。我們吃著也好呢，妳又不提送方子的事了。」

「大嫂要想吃了，同我一說，丫頭們自然就去做了。」蕙娘笑著說。「原滋原味，比照著食譜做出來的，肯定更好吃一點，又何必送方子呢？大嫂怪我小氣，可真是錯怪了。要把方子給了您，您就未必好意思和我開口了不是？」

兩個妯娌年紀差得雖然大，可妳一言我一語的彼此打趣，就像是說相聲一樣，聽得權夫人微微笑。

大少夫人就向她求援。「娘，您瞧弟妹這麼說，我本來要開口的話，又被堵回去了。這會兒再提這事，倒顯得我是有些順杆子往上爬呢！」

「妳是說……」權夫人神色一動。

一邊聊，三人一邊已經進了擁晴院，都分別給太夫人問了好，又和已經過來的權季青、權瑞雨打了招呼，幾個人各自歸座，大少夫人才笑咪咪地往下說：「弟妹身邊手藝人多，我早就惦記上了。大廚房的口味，雖不能說不好，可這些年來，已經都吃得膩煩了。既然這桂花糖藕大家吃著都好，最近大廚房又缺人，倒不如就由弟妹出兩個人，把這漏給補上了，豈不是兩全其美？以後我要再想吃什麼點心，我也不用煩弟妹了，派人去大廚房說一聲可不就完事了？」

這句話說出來，蕙娘的眸子不禁微微一瞇，連權夫人都有些詫異。

倒是權瑞雨毫無機心，歡呼道：「呀！那敢情好！我也正想說呢，嫂子，妳這藕怎麼做的？真是又輕又嫩又甜又香，我吃著說不出的好，最難得是沒澆汁都那麼好吃！比起來，從前吃的，都嫌膩了！」

「那是藕好。」蕙娘笑著說了一句，對大少夫人的提議，並不說好，也不說不好，只是望著長輩等她們發話。

權夫人和婆婆對視了一眼，兩個人都笑了，太夫人輕描淡寫地道：「那是人家的陪嫁丫頭，去大廚房做廚娘，一天做這麼七、八個人的飯，從早忙到晚，不嫌累得慌？我看妳還是厚著臉些，以後想吃特製的點心，妳就往立雪院遞個話，嫂子的面子放在這兒，難道焦氏還能說不？」

蕙娘自然免不得再和大少夫人虛情假意一番，對這個結果，她是有點吃驚的。甚至對大少夫人主動開口，她都有些想不明白。但大少夫人一閃即逝的放鬆，倒是逃不過她的眼睛。

再看看權瑞雨、權季青，這時候就看得出高下了。權瑞雨是把精明藏得淺，面上的古靈精怪下，看得出也是一片茫然：兩房第一次交火，擺明了長輩們偏向二房。現在大廚房出缺，二房願意派人補上，也作了前置文章，鋪墊都鋪墊得夠了。大房認輸也認得非常痛快，甚至反過來為二房鋪路，也算是很有風度了。這時候順理成章，二少夫人從廚房入手，一點點就把家事分過來管了……可長輩們才誇完二少夫人，又否了大少夫人的提議，看得出，還是兩人一致商量的結果，這的確是有些令人費解了。

權季青呢，儘管也就比瑞雨大了三歲，可態度穩重，還是老樣子，一雙含笑的眼，似乎什麼都看清楚了，但自然也什麼都不會表示過來。遇見蕙娘的眼神，還是善意地微微一笑，似乎有些話能從態度裡傳遞出來，可蕙娘和他不夠熟悉，他的潛臺詞，她只能讀出幾層。

等晚上權仲白從外頭回來——他這是又受了推不得的請託，出外給名門世族之家扶脈去了，蕙娘就和他閒聊一樣地，把阜陽侯夫人來訪的事說了。

「姨母挺照顧妳的嘛。」權仲白看得出是很累了，雖不至於直打呵欠，回答得卻也很敷衍。「糖藕方子，給了就給了，妳不至於捨不得吧？」

這個人，對於她昨天把糖藕分送各院的事，居然還表示一點讚賞……而且看得出來，並不是故作反話，蕙娘又有點看不出他的底細了。這個權神醫，究竟是裝糊塗，還是真糊塗，她竟拿不準。

真要糊塗，那也說得通，大少夫人在飲食上拿捏立雪院，他吃得是也不高興，可看她把不快露得太明顯，他倒擰起脾氣了，堅持「妳吃不好，那就自己去說」，估計心裡也想著，一家人沒什麼話是不能說的，一旦由他去說，自己就變成媳婦兒的槍了……可一個能把宮中紛擾局勢看得這麼明白，在昭明末年風雲詭譎的大皇子與太子的黨爭中，一個人力挽狂瀾硬生生地把權家從魯王那邊洗脫出來，拉成了太子黨中堅的人物，他可能這麼糊塗嗎？

若是假糊塗，她送藕，自然會觸怒權仲白：剛逼退了大房一步，自己就上前去占位置了，是有些著急。可他又和沒事人一樣，好像根本就看不懂送點心的下一步是什麼似的……

蕙娘也沒有再往下說了，她一個晚上都沒有睡好，一時想想兩重婆婆，一時又想到大少夫人反常的熱情，再想想權季青絲毫都不意外的神情、權仲白的態度……

她覺得，這個良國公府，恐怕比她想的還要更有意思。

蕙娘已經有六、七年沒有進宮了，打從昭明二十五年年初選秀起，為了避嫌，她就再也沒進過宮廷一步。當時朝中紛爭不少，先帝身體也不好，哪還有心思打焦家的主意？自然也就不愛聽琴了。要說起來，如今後宮中的主位們，她真正熟悉的，也就是那位即將倒臺的皇后了。蕙娘對她的作風，倒是很熟悉的。昔年先帝拿不定主意，還想把她許配給魯王為藩王嬪的時候，當時還是太子妃的孫氏就多次向太后進言，把蕙娘從長相到家世，都誇得和一朵花一樣，更是時常請她進宮獻藝，誇獎她的琴藝「為吾輩第一」。那時候，孫氏過門還沒有幾年，年紀尚輕，可那精緻細膩的妝容、沈穩親切的風度，已經給她留下深刻印象。

也就是因為如此，這次進宮見到皇后，她的確是吃驚的。雖然知道皇后這幾年來心裡苦得很，可蕙娘是真沒想到，後宮之主的位置居然這麼不好坐，才短短六年時間，皇后居然已經蒼老成這個樣子了……

端午是大節氣，宮中女眷沒有不出席的，連兩個還在襁褓中的皇子都被帶了出來，做了兩個錦繡堆出的五毒艾虎大包袱在養娘手中抱著。東宮倒沒在內宮，他跟著皇上，在前廷和大臣們飲宴。內宮則席開數桌，有眾妃嬪的娘家誥命，也有近年來當紅的官宦夫人。只今年焦家沒人過來：畢竟是寡婦了，大節下的，一般不出門給人添堵。

蕙娘因權仲白沒有官職，本該在最下首坐著，可阜陽侯夫人疼她，便令她坐在自己身邊，因向太后、皇后笑道：「就讓她服侍我用飯，您們就別給派宮女啦！」要尋常說這話，眾人也都還會保持矜持，可張夫人打趣的是權二少夫人，眾人都給面子，都笑了。

太后一邊笑，一邊把蕙娘叫到身邊，慈愛地道：「也有這些年沒見妳了……倒是生得更美啦！怪道妳才出孝呢，妳婆婆就進宮說情請大媒了。真是有眼光，再晚一步，妳還不知被誰家求了去呢！」

連太妃，平時最淡泊的人，都拉著蕙娘的手。「成了親更漂亮！上回妳相公進宮給我扶脈，我還說呢，自從有了媳婦，人看著氣色更好了……」

兩位長輩雖然和氣，可也不是隨隨便便一個誥命，都能像這樣被當作自家晚輩對待的——就是自家晚輩，那也是恩威並施，一邊敲打一邊勉勵。似蕙娘這樣，雖然在宮中赴宴，可為一群妃嬪明著誇、暗著誇，好話都要聽出耳油來的，也是少見，的確是出鋒頭。

太妃誇完了，就輪到皇后來拉關係了，她才說了幾句話，那邊宮人就引了吳太太來見，身為尚書太太，她肯定也是受邀進宮的。

不過，為了等選秀，硬生生把女兒拖到這個年紀，最後還被宮中涮了一把：吳興嘉沒說親，宮裡就不提選秀；吳興嘉一訂親，宮中就忙起了選秀的事兒，日子還就定在她婚期後頭……吳太太還肯進宮赴宴，脾氣也算是極好的了。

在諸位娘娘跟前，她當然沒有了平時的矜持冷豔，給太后、太妃都下跪磕了頭，便要來給皇后行禮，卻正好，皇后拉著蕙娘，剛讓她在自己身邊坐著說話呢！因吳太太進來，這話頭自然被耽擱住了，可她卻一直握著蕙娘的手，不令她起身離開。

這，雙方就都有點尷尬了。皇后是神思恍惚、漫不經心——手還沒鬆呢。吳太太呢，總不能等蕙娘把皇后給掙脫了，自行走開之後再來行禮吧？可在蕙娘，受一個長輩的禮，按老輩兒的話來說，那是要折福折壽的……雖說她未必就信，可當著眾人的面，也沒有誰會就這麼大剌剌地受了吳太太的禮。

蕙娘便將無措尷尬給擺在了面上，她先看了吳太太一眼，又求助一樣地看了看太后和太妃——這兩位長輩笑咪咪地，太后去逗皇次子，太妃去看皇三子，竟似乎誰都沒注意到這裡……就連牛淑妃、楊寧妃等有品級，可以出言提醒皇后的紅人，也似乎忽然間忙起來。

蕙娘只好又抱歉似地看了看吳太太，一邊輕輕地往外抽著手，可皇后又攥得緊……等吳太太咬著牙，插燭一樣地往下拜時，她終於將手退了出來，起身退到一邊——卻到底還是遲了那麼半步，終究算是受過了吳太太的半個禮……

等吳太太行完禮站起身來了，皇后這才忽然間回過神來，歉然地對吳太太笑道：「這陣子都睡得不好，剛才有些頭暈，就走神兒了。您說了什麼？能再說一遍嗎？」

一國之母要裝糊塗，吳太太還能怎麼樣？可即使當了這麼多年的官太太，按說城府應該已經極深，她的神色還是眼見著就陰沈下來，只勉強說了句。「臣妾祝娘娘福壽安康。」

連皇后笑著回了幾句勉勵的話，她都只是簡短答應，便向牛淑妃走了過去。最後連宴席都還沒有開始呢，她就頭暈目眩，忽感不適，只好自己告辭了。

焦、吳不和，天下皆知，有蕙娘在這裡，除非是壓根兒無求於權仲白的，誰還會對吳太太特別熱情？

就連吳興嘉的夫家姑母太后娘娘，都只是笑著說了一句。「吳太太也太較真兒啦！」便不提此事，只欣然合掌道：「人都到齊了，也好開席了吧——是了，怎麼不見琦玉？今年端午宴，不是她舉辦的嗎？可到現在連個人影都沒見，別是又預備了什麼節目吧？」

牛琦玉是宮中新封的美人，此女也算是出身名門，可冊封美人之前，卻是無聲無息的，很多人家到現在都不知道皇上是什麼時候把她納入後宮的。她的作風也相當低調，四太太幾次進宮，都沒有見過她的真容，只知道「據說是極美貌的，和寧妃比，也絲毫都不遜色」。

蕙娘還是第一次見到楊寧妃——這個江南美人，一進京就把「這姑娘真是美，幾乎能和焦家蕙娘比肩」，變作了「焦家蕙娘真是美，恐怕三宮六院美女如雲，也就只有楊寧妃和她一比了」。就連四太太，也是多番誇獎過她的美貌的。如今一見面，果然覺得名不虛傳，這個楊寧妃，真是美得很。有她坐在屋裡，皇后就不必說了，就連牛淑妃，看著都格外顯出了憔悴和蠢笨。

一個人生得美，路走得往往就會更順。楊寧妃的父親就是楊閣老，她雖是庶女出身，可一進宮就是太子嬪。進宮沒幾個月改朝換代，得封寧嬪，在整個後宮長達六年的空白之後，牛淑妃打響了繼位後的頭炮，可寧嬪也沒有落後，緊隨著淑妃誕育了皇三子，一起為東宮添了兩個兄弟。可牛淑妃除了提拔起來一個娘家妹妹做美人之外，本身地位，幾乎毫無寸進。寧妃就不一樣了，皇三子的滿月宴上，她被晉封了一級，現在也算是貨真價實的宮中主位了。才只六年時間，她已經從父親為靠山，變成了父親的靠山……

這位紅得發紫的新晉妃嬪，卻一點都沒有架子，聽見太后這一問，便嘻笑著說：「噯，前頭開宴更晚，她被皇上叫出去了，還不知什麼時候才回來呢！」

雖然皇上叫走的是牛美人而不是她，可寧妃卻是笑語嫣然，似乎一點都不妒忌。

太后聞言，也是欣然一笑。「那就算了，我們不等她了！」

就連牛淑妃、皇后，都沒有露出絲毫不滿之色，就更別提其餘的妃嬪了。只有太妃神色微微一黯，看來是有些不高興的：為了固寵，連自己的差事都不顧了！

作為長輩，也的確有不滿的理由。不過，她身邊的安王和她說了幾句話，太妃一聽就又笑了，顯然也沒有和牛美人計較的意思。

蕙娘跟在姨母身邊，座位不錯，她很輕鬆地就將眾人反應，全都盡收眼底，再結合皇次子身世的一些傳聞，她對這個牛美人就更有幾分好奇了。以當今皇上的性子，能在承平朝後宮立足的女人，都不會太簡單的，牛美人以其低微的出身，非但已經穩穩地站住了腳，而且看局勢，似乎和哪一方的關係也都並不差。有才有貌，有運氣有手腕……

再看了兩個錦繡大包袱一眼，蕙娘不禁又輕輕地笑了。

看來，承平朝後宮的鬥爭，可以說是方興未艾，才開了個頭兒呢！兩個正主兒，都還在梳理羽毛、積攢精力，為即將到來的連番大戰，做著最後的準備——這對於權仲白、對她焦清蕙來說，已可算是再好也不過的消息了。

不過……

想到權夫人的叮囑，蕙娘忽然間就明白了她的用意，她亦不得不佩服權夫人的高瞻遠矚，只是心頭又湧起了一波新的疑雲：權夫人這麼幫二兒子，甚至比良國公還盡心盡力，難道她就沒有為自己的親生兒子做過一點打算？

「是了，還未請問娘娘。」她就主動問楊寧妃。「怎麼今兒沒見瑞雲進宮？」

權瑞雲是她的大姑子，也是楊閣老的兒媳婦，不管焦、楊關係多尷尬，蕙娘關心她一句，那也是做嫂子的本分。

「九哥沒有功名。」楊寧妃微微一怔，便笑著說。「她進了宮，也沒坐的地方，今兒人多呢，就不讓她進來了。」

蕙娘點頭一笑，便不再說話了，她給阜陽侯夫人斟茶。「這茶水都冷了，我給您換一杯……」

縱觀一席，雖說她也和眾位主位談笑風生，可要說自己主動搭腔，也就是和楊寧妃搭了這麼一句話。

第四十三章

端午節當天，權家眾人各有各的忙，雖說權夫人、太夫人不回娘家，可大少夫人不在，良國公要進宮朝賀，蕙娘下午又要入宮，除了中午聚在一起吃頓飯之外，便沒有大肆慶祝。

等到五月初六，大少夫人也回來了，眾人也都得空了，權夫人這才在後院香洲中安排酒宴，正好兩進敞軒，以碧紗幮相隔分了男女，女眷們以權夫人為首，四夫人、五夫人為次，三人同太夫人坐了一張方桌，其餘小輩們以回娘家探親的瑞雲為首，瑞雨居次，還有一班堂姑娘在下首圍坐一張大圓桌，蕙娘同大少夫人就只在碧紗幮邊上有一張小桌，兩人也都不大坐，只站著服侍長輩們用飯。

隔著水有一班家養的小戲，扭扭捏捏地唱：「嫋晴絲吹來閒庭院……」吳儂軟語，真是一點不比京裡出名的女班春合班唱得差。一家子女眷們聽得都很入神，太夫人笑著說了一句。「這套〈步步嬌〉，次次聽都唱得好，老四也真是費了心思調教這班小蹄子們。」

一邊說，一邊權夫人就想起來問大少夫人。「我昨兒恍惚聽說，伯紅近日也是給她們寫了新曲，可學得了沒有？若學得了，唱一段也是好的。」

大少夫人正站著親自給四夫人斟酒呢，聽婆婆這麼一問，她忙笑著說：「這我也不知道，他最近忙得很。您也知道，端午櫃上事多……隨常出門，都是天擦黑就出去，天黑了再回來。您要聽，就叫他進來問問？」

說著，便有人出去把權伯紅叫進來了。權伯紅聽見母親要聽崑曲，他「哎呀」一聲，很抱歉地說：「那都是年節前後，家中無事時鑽研著解悶的，自從三月忙起來，好幾個月沒沾邊了，曲子都還沒送過去呢！」說著，就親自執壺，給太夫人、四夫人等敬酒。

四夫人笑道：「不要緊，我們家那位倒是又折騰了好些新唱段，您要聽，一會兒遞話出去，她們準唱。」又讓大少夫人和蕙娘。「妳們也都坐下來安生吃著吧，有底下人在，耽誤不了我們取樂的。」

大少夫人莞爾一笑，和四夫人開玩笑。「一年能服侍您幾回呢？您連殷勤都不讓我獻，可見，心底是嫌棄我的。」

四夫人「哎呀」一聲，笑得眼睛一瞇一瞇的。「中頤還是這樣愛開玩笑。」

林中頤是大少夫人的閨名——僅從四夫人的語氣來看，她和大少夫人的關係，顯然不錯。

比起照管了十多年家務，在場面上顯得從容不迫、瀟灑自如的大少夫人，蕙娘就要沈默得多了，她雖也不曾入座，可發話的時間不多，主要還是看顧著小一輩弟妹。

權瑞雨倒是很樂於和她說話。「二嫂，我記得你們娘家自己也有一班戲的，聽著我們家這一齣，唱得怎麼樣？」

這個小妮子，拿了立雪院的東西，得了機會，還是要挑著她出頭，真和文娘一樣，是巴不得見她出乖露醜了。蕙娘啼笑皆非，一推三六五。「那都是祖父有事待客、無事消閒時用的。我除了節慶，也很少聽戲。」

瑞雨眉眼彎彎。「我聽說吳家的興嘉姊姊，就很懂得這唱詞啊、唱腔什麼的，時常點撥春合班，都說，春合班的崑曲唱得未必比吉慶班差，我倒沒聽過，也就只能請教二嫂了。」她一撇嘴，帶了些嬌嗔。「沒想到二嫂在這件事上，倒沒有吳家姊姊風雅。」

一桌人都笑了，唯獨大姑奶奶瑞雲嗔怪地瞪了妹妹一眼。

蕙娘也微微地笑。「我和她不一樣，她身分尊貴，這些事是一定要學的，我學的東西，可俗了呢，不配拿來說嘴的。」

話說到這一步，瑞雨也不會再往下逗她了，她噗哧一聲，把場面圓了回來。「我和您開玩笑呢！我瞧著您呀，那是樣樣都比人強，沒想到竟也有不如人的地方，倒覺得您比平時都更可親了呢！」

圍繞一個戲字，都能作出這些文章，要是文娘敢對嫂子這麼說話，蕙娘早就一巴掌抽過去了。不過，當人兒媳婦的，在這種細枝末節上，犯不著事事都要壓小姑子一頭，蕙娘只是笑，不作聲。

倒是權瑞雲哼了一聲，輕聲道：「咦？妳倒挺會說話的，一句話，又貶了吳姑娘，又貶了妳二嫂，妳就不想想妳自己，妳是學識滿腹、會編戲、會寫詩呢，還是同妳二嫂一樣，能彈琴、會管家？倒有一樣拿得出手，妳再來臧否人家，我也就服妳了！」

她隨常不大開口，在夫家也是笑面迎人，沒想到回了娘家，說話這麼不客氣，一桌子小姑娘，本來都妳看著我、我看著妳，偷偷地笑呢，權瑞雲這麼一開腔，全都靜下來了。

四夫人隔著桌子笑道：「說什麼呢？怎麼都不說話了？」

蕙娘忙道：「大姑娘讓二姑娘專心聽戲……這一段『雨香雲片，才到夢兒邊』，一唱三嘆，頭腹尾俱全，歸韻乾淨——確實唱得好！」

權家這班小戲，平時應該是由四老爺教著，四夫人也是懂行的，蕙娘一開口，她就笑了。「喲，是個行家！這一段，是我們家那位新教出來的，一字一句都摳得死緊呢，妳倒是聽出來了。一會兒妳四叔知道，怕不要樂得多喝幾杯酒！」

對於戲曲詩詞，權貴人家的態度是很微妙的。男子漢大丈夫，那都是有正經事要做的，平日裡沈溺於錦繡文章裡，固然也是椿清雅的事，可太過沈迷，那就有無行文人的嫌疑了。女眷們呢，不能不懂，也不能太懂，不懂則俗，太懂則浮，雨娘這問的，蕙娘怎麼答都是錯，屋內氣氛本來有少許尷尬，被四夫人這一席話才打過圓場。

眾人安靜下來，等小唱們唱完了一段，權夫人拎著酒壺站起身來，大少夫人和蕙娘忙一左一右，一個執壺、一個捧杯，眾人都避席而起。

老太太笑道：「好了，一家人，那麼客氣做什麼？妳還是坐吧！」

「往年都是林氏執壺，我捧杯子，今年多了一個捧杯的，怎麼都要敬您一杯。」權夫人很堅持，太夫人也只好吃了一杯酒，權夫人就命正好也進來敬酒的權季青。「代我給兩位嬸子、姊姊妹妹們都敬一杯。」

權季青應了一聲，他笑著要從大少夫人那兒接酒壺，大少夫人偏拿在手上不放，笑道——

「四弟，上回你哥哥要考你功課，你居然偷溜出去，累他空等半天，你不自罰三杯，我是不給你酒壺的。」

她的年紀，幾乎是權季青的兩倍，權季青同她說話，就像是同母親說話一樣自然而親暱。「我哪裡是偷溜出去呢？那天分明是姊夫找我有事，不信您問大姊。大哥要考我，我哪還有二話，這不是等著挨板子嗎？今晚我就上你們院子裡去！」

「明晚再來吧。」大少夫人笑了。「你哥哥今晚也有事，一會兒就出去了。」

兩人正說著，良國公進來了，一時眾人紛紛離席，老太太就把他趕出去。「有你在，大家都拘束得很。」

一時權家幾兄弟都進來敬過酒，小唱們曲兒也唱完了幾折，下去補妝換戲服了。太夫人帶著瑞雨、瑞雲與幾個小孫女在橋上閒步，一群小姑娘四散開來，不是同丫頭們說笑，就是尋自己的兄弟、堂兄弟說話。

蕙娘這才和大少夫人正經地坐下來吃飯，兩個人都站著好一會兒了——大少夫人是真忙，蕙娘是要跟著陪站。

兩人也都吃得挺香甜的，至少，大少夫人是吃得挺愉快，她還和蕙娘感慨。「這是今年有弟妹幫忙，不然，往年最怕開家宴，能從四更忙到四更，腳打後腦勺……以後兩個人一起管著，我也就能閒下來了。」

蕙娘真覺得權家人行事很特別，似乎總有一條暗湧，是她所沒能涉入的，幾乎人人的行動，都無法用她眼中的常理來衡量。她和權瑞雨本來沒有一點衝突，頂多就是小姑娘有些看不慣她的派頭，可以她精靈的性子，不會不知道得罪一個有可能上位為主母的嫂子有多不明智，前幾天還好好的呢，今兒個忽然就和吃了槍藥一樣，一開口就衝著她。而最該衝著她的大少夫人呢，她一進門，她就急急忙忙地出了兩招，一句話、一碗菜，手段都算不上太高明，雖實用，卻少了從容氣度，可等她抽回一巴掌之後，她像是被打醒了、打服了，態度驟變，一下就又從惡嫂子，變作了好嫂子，非但為她鋪路，而且話裡話外處處示好，就連現在兩個人頭對頭吃飯的時候，沒個外人在呢，她也還是如此熱誠。

一時看不懂，最好的辦法就是以不變應萬變。蕙娘對大嫂，面子上一向是很客氣的。「我懂得什麼呢？自小嬌生慣養的，也就是幫些閒篇兒，正經大事，還是得靠大嫂掌舵呢！」

大少夫人笑得更愉快了。「噯，什麼掌舵不掌舵的，我也是勉強支應。」

她就像是對權季青一樣，和氣中又透著親熱，彷彿隔了輩兒似地關切蕙娘。「其實我早想說了，妳這一個月，真瘦了不少。雖然長輩們在前，給妳設個小廚房終究是打眼了，但往廚房裡安排幾個人手，真就是一句話的事。要不然，妳私底下再同娘開開口？這麼小一件事，萬沒有不答應的道理。我這裡還留著兩個缺呢，到時候，各房吃著了好東西，也念妳的好，妳自己又能多吃些好的，也慢慢將養回來。兩全其美，何樂而不為呢？」

蕙娘從來都不否認她的挑剔，能享用最上等的，她為什麼要屈居第二等？從大廚房入手，一則是順著大少夫人的步調，把抽她的這一巴掌力道再調整得大一點；二來也是一拍兩響，多少改善自己的飲食，免得長年累月，都吃不上合心意的飯菜：在家吃金喝銀的，到了婆家卻要餓著肚子……這話傳回娘家，休說老太爺，就連文娘都會笑話她！

可大少夫人這麼熱衷，那就有點說不過去了。蕙娘笑了笑。「是瘦了點，卻也不是吃不慣，吃得挺習慣的。是太忙了……從前在家的時候，沒這麼忙。」

大少夫人很有涵義地笑了笑。「嗯，新婚嘛，以後慣了就沒那麼辛苦了。」

蕙娘紅了臉。「嫂子您取笑我——」

兩個人一頭吃一頭說，倒是說得很投機，一時吃過了，大少夫人走去陪四夫人說話，蕙娘站在當地遊目四顧，她想找雨娘說幾句話——剛才下了小姑娘的面子，甭管權瑞雨是不是自找的，可就看在太夫人、夫人對她的寵愛上，她也得給個甜棗，哄哄小姑娘。

環視一圈，卻見瑞雨和瑞雲兩姊妹在花蔭下喁喁低語，權瑞雨臉上有幾點晶瑩，眼睛也是腫的，看著似乎是哭過——這也就罷了，連權瑞雲的神色都很陰沈傷感，蕙娘頓時就更納悶了：小姑娘被姊姊說幾句，說哭了也是常事。可權瑞雲的作風，她是見識過的，不是什麼大事，不至於大庭廣眾之下，如此喜怒形於色吧？

她轉到石舫側面，靠著欄杆站了一會兒，倒覺得午後清風徐徐，暑意為之一解，要比屋內搧出來那帶著潮氣的涼風舒服得多。簷外驕陽似火、金波粼粼，越顯得簷下一片蔭涼，倒是將大半天站著伺候人的悶氣為之一消。蕙娘的心緒，也幾乎要隨著這涼風飛了起來……

焦家的端午，過得可比權家的端午逍遙多了，一家人團聚著，也不分男女桌，十二、三歲娉娉婷婷的小戲子，就在桌前，也不梳頭畫臉，穿著一身青衣，嫋嫋娜娜，一口蘇州腔軟得能酥了骨頭，唱起嫋晴絲來，不知比權家家班高明多少。老太爺和父親，一人一張羅漢床，愛歪著歪著，愛坐著坐著，自己就坐在祖父、父親中間，懶洋洋地摩挲著懷中的貓兒，一個音唱得不好，連文娘都聽得出來……

「二嫂。」

忽然有人從身後招呼她，輕輕的腳步聲，也從軒內近了廊上，蕙娘猛然回過神來，一回頭，卻見是權季青站在月洞門邊上，含笑同她招呼。她也點頭笑了笑，眼神越過他的肩頭，還未說話，權季青就說——

「二哥吃過飯就回立雪院了。」

權仲白要是不進宮，一般一天總要號上幾個脈的，今天能陪家裡人吃這麼一頓無味的酒，已經算是很有耐心了。蕙娘笑著點了點頭，打趣權季青。「四弟還不回去讀書？明晚要考察功課呢！」

「二嫂也來打趣我。」權季青的眼神就像是一泓水，被笑意吹得微微地皺起了波紋，他和權仲白輪廓相似，可同風流橫溢的二哥比，要內斂得多，也更沈穩一些。「剛才吃飯，雨娘說了幾句不合適的話，您別和她計較。」

沒等蕙娘開口，他就將眼神調向了一水之隔、花蔭下的兩姊妹，語調也有幾分沈重。「她快訂親了，小姑娘家，心裡裝著事多，情緒就容易上頭……」

蕙娘心中，不禁輕輕一動：權季青這個人，挺耐人尋味的嘛！權叔墨是不著家，一門心思在武事上使勁；他倒是好，兩頭示好，兩頭都不得罪……這哪裡是給雨娘解釋來的？倒是明知道權仲白根本不關心家裡的事兒，她一個新媳婦局面還沒打開，給她送消息來的！

「也到了該訂親的年紀了。」她不動聲色。「難道家裡還能委屈了她不成？噯，總是小姑娘心思，陰晴不定罷。」

「倒也不好這樣說。」權季青嘆了口氣。「誰讓宮裡局勢，變得太快……」

蕙娘不禁有幾分愕然，權季青微微一笑，他沒有再往下談論這個話題，而是淺笑著道：「是啦，二嫂那天送來的桂花糖藕，真是好吃，我雖然年紀小、輩分低，可偏巧就貪嘴得很，您要是還瞧得起我，我倒要托個臉面，問您要個方子。」

「那我還就不給了。」蕙娘心中再動，她同權季青開了一句玩笑。「想吃就過來我院子裡，同你二哥多親近親近，免得他一天到頭都是扶脈，也無聊得很！我這裡別的沒有，好吃的點心倒多得很，平時捨不得拿給你二哥吃，有客人來，才捨得拿出來。你二哥托賴你的面子，也能多享些口福。」

權季青不禁失笑，他衝軒內一個丫鬟招了招手，拿著一盅茶來，在自己手上轉來轉去的，卻並不喝。「二嫂口齒靈便，真是比二哥機靈得多了……不過嘛，我這個人務實得很，二哥平時又不大在家裡住，我去了也是撲空，還是要個方子，想吃了隨時就能做，豈不是好？」

兩人說的是點心，可又都知道這談的明明不是點心。蕙娘覺得自己要比片刻前明白得多了，只是現在也不方便細想。她正要說話，見權夫人含笑遙遙向自己招手，便忙衝著權季青點頭一笑，拋下他走到權夫人身邊去了。

老太太怕是身子疲乏，已經回院子裡午睡去了，權夫人卻還是有興致的，她在水陰面站著餵鴛鴦，見到蕙娘過來，才拍了拍手，把一手的小米都拍給水禽吃了，自己衝蕙娘笑道：「今天累著了吧？其實妳們也是的，實在太謹慎了，就坐下吃著又何妨呢？都是老親戚了，誰還在乎這點面子上的事。」

話雖如此，可見蕙娘跟在大少夫人身後，低眉順眼做小伏低，顯然也令她很欣慰：相府千金，從小享福慣了。在長輩跟前，能立得住一時的規矩不算什麼，能立得住一個月、兩個月、一年、兩年的規矩，那才是本事。蕙娘過門一個多月，晨昏定省有疏忽，雖然情有可原，但終究是個缺憾，她今日加意表現，多少也有將功補過的意思，從權夫人的眉眼來看哪，她還是滿意的。

「我也是跟著大嫂。」蕙娘笑著說。「沒有大嫂站著，我反而坐著的道理。大嫂不累，我自然也就不累。」

「妳大嫂也累。」權夫人輕輕地嘆了口氣。「家裡事多，她一個人又要管家，又要管她的小家，恐怕就是這樣，才……」

她沒往下說，但蕙娘也明白她的意思，她沒接話砢磣（注）大少夫人，只是含蓄地笑。

權夫人看她一眼，自己也笑了，又換了個話題。「沒讓妳的陪房進大廚房呢，我知道妳心裡是有些納悶的。其實，這的確不是多大的事兒，妳從小養得嬌貴，家裡人心裡都是明白的，也都能理解，難道娘家能寵妳，夫家就不能寵了？娶妳進門，又不是讓妳吃苦的。」

她頓了頓，疼愛地拍了拍蕙娘的手背。「可妳也看到了，妳男人在京城，實在是蠟燭兩頭燒……一來，城裡百姓都知道他心慈，他在城裡，有病的都往我們這裡湧，就不是大病，因我們這裡是不收錢，還送藥呢，他們就是拖幾天也願讓仲白瞧。二來，有些身分的人家，誰沒有個老太太、老太爺的？今天這裡犯不舒服，明天那裡犯個疼，怎麼體現孝心呢？一般醫生可顯不出來，找仲白的人就更多了。更別說還有宮中的那些主位、親朋好友介紹過來的病號……他就渾身是鐵，能支持幾天？也所以，雖然家就在京城，我們也還是讓他長年住在香山，那裡地方大，他辦事方便，離城遠，一些可找可不找的病號就不找他了，他也能清靜一

注：砢磣，音ㄎㄜ ㄔㄣˇ，指揭發他人的短處，使其難堪。

點。這次喜事，在府裡住了有一個來月，我看他已經累著了。過完端午，家裡就打算把他放回香山去。」

有過權季青的提示，蕙娘心裡已經多少有點數了，即使這一切都在算中，她也還是有些淡淡的失落：老爺子真是真知灼見！即使有這樣多特別的伏筆，即使為了給她更硬氣的背景，連拜見牌位，公婆都特別安排，但上位之路，哪有那麼簡單？終究，也還是要拚個子嗣。在誕育麟兒之前，別說是權力核心了，她距離府裡的主流勢力，都還有一大段路要走。

「不過，」權夫人又說。「香山園子，是仲白自己的產業，我們也不能隨意插手，迫他帶妳過去。妳也知道他的性子，牽著不走、打著倒退……」她笑了。「該怎麼讓他自己願意把妳帶過去，那就得妳來做點功夫了。」

蕙娘微微一怔，她瞧了婆婆一眼，見權夫人雖然嘴巴在笑，可眼睛卻是一片寧靜，忽然間，她什麼都明白了。大嫂林氏、權瑞雨、權季青，甚至是權仲白的種種反應，倒都有合理的解釋。

同她當時想的，倒也差不離嘛……

「哎。」她這一笑，倒是笑到了眼睛裡。「媳婦兒明白該怎麼做的，夫唱婦隨嘛！相公要去香山，我這個做媳婦的，當然也要跟著過去啦！」

看得出來，權夫人有點詫異，可對她的詫異，蕙娘暗地裡是不屑一顧的：不就是擺布權仲白嗎？活像這竟是樁難事似的……那也就是兩句話的事！

第四十四章

蕙娘還真只用了兩句話，就讓權神醫恨不得把她當下就塞到包袱裡往香山丟！

第二天中午，等權仲白回來吃午飯，石墨把一碟子快炒響螺片放到桌上之後，蕙娘就和他商量。「今兒娘同我說，預備把你打發到香山去住，說是你在家裡，平時病人過來問診得太多，實在是太辛苦了。」

「一般的病人，倒是不怕的。」權仲白不大在意，給自己盛了一碗湯。「最怕是那些一身富貴病的貴人，又懶又饞又怕死，次次扶脈都像是開茶話會，每句話都要打機鋒……」

蕙娘並不說話，只是搬起碗來數米粒，數著數著，權仲白也不說話了，他抬起頭看了蕙娘一眼，一邊眉毛抬起來，天然生就的風流態度，使這滿是疑慮的一瞄，變作了極有風情的凝睇。

「怎麼？」二公子問，他忽然明白過來了——唇邊頓時躍上了愉悅的笑，倒是將這俊朗的容顏點得亮了，好似一尊玉雕塑被陽光一照，那幾乎凝固的輕鬱化開了、鮮活了，這分明是個極自由的單身漢才會有的笑。「哎，我雖然去香山了，但三不五時還是要回府的！」

看來，他還真沒打算把自己帶回香山去……想來也是，蕙娘知道他在立雪院住得不舒服，裡裡外外，都是她的陪嫁，人多、物事多，她又老挑他……能夠脫身去香山，權仲白哪會那麼高風亮節，把她這個大敵給帶回自己的心腹要地去？

她沒說話，只是輕輕地吁了一口氣，肩膀鬆弛下來了，唇邊也亮開了一朵笑。「噢，我還當我要同你過去呢……這倒是正好。」就快活地搛了一片茭白，放進口中慢慢地咀嚼，雖說眉頭還是不免輕蹙一下，但相較從前的反應來說，今天的焦清蕙，已經算是心情極好的了，看得出來，她是收斂了自己那處處高人一等的作派的。

焦清蕙要是放下臉來，和自己大吵大鬧，一定要隨到香山去，權仲白說不準還不會那麼吃驚。他雖然不愛管事，但不代表他覺不出好歹。焦清蕙擺明了看不起他，之所以時而會放下架子衝他嬌聲軟語，無非是因為她新婦過門，肯定想要儘快生育，才能立穩腳跟——這也是人之常情。

自己說去了香山之後，還會時常回府，雖說是真話，可以她大小姐的性子，肯定不會往實裡去信。權仲白的眉頭不禁悄悄地擰了起來：她這是抓小放大，更想留在這處處不合她心意的立雪院裡，倒不想和他去香山……

自然，她也可能是欲擒故縱，拿準了自己不願讓她得意的心思，越是想跟他過去，就越是裝著不願意過去。可權仲白現在看事情的角度，又和從前不同了：焦清蕙性子高傲、睚眥必報，有一點縫兒她就要擠進去占一腳，雖說他忙，可桂皮還是和他說了幾嘴巴，就是這桂花糖藕，她都送出花頭來了，險些順理成章，就把自己的人安排到大廚房裡去。留她在府裡，只怕自己再回來的時候，管事的人就已經姓焦了！

管事少夫人都姓焦了，世子那還能是她的大伯嗎……

「我說了不帶妳去嗎？」他毫無障礙地就把自己的態度給翻了一頁，見焦清蕙眉峰一挑，便搶著堵了一句。「我還沒把話說完呢，妳就插嘴！我說，三不五時，我還是要回府住一晚的，立雪院裡的東西，妳別搬空了，起碼四季衣物要留兩套在這裡。嫁雞隨雞、嫁狗隨狗，我知道妳看不起香山地方偏僻，不想過去吃苦，可誰叫妳就嫁了我這麼個沒出息的山野村夫呢？」

蕙娘氣得一拍筷子，站起身就高聲叫綠松。「死哪兒去了？聽到沒有，少爺叫咱們快些收拾包袱呢！」

一邊說，一邊自己就把角落裡的大立櫃開了，往外抱那些棉布衣裳，頓時激起一陣粉塵，權仲白也吃不下去了——菜上全落了棉絮，這還怎麼下口啊？

一如既往，他要保持風度，是不會和蕙娘計較的，只是悻悻然地「哼」了一聲，也和蕙娘賭氣。「是要趕快收拾了，明兒一早我們就去香山，要再晚一天，還不知多了多少病人！」

說著就出了屋子，心情愉快地去外院扶他的脈——只是下午時，居然罕見地命桂皮到大廚房去要了點心。

立雪院就是千好萬好，第一不好：要時常在婆婆跟前立規矩，在這裡住著，她就是權家的二媳婦，什麼事都輪不到她出頭作主；第二不好：這裡離大少夫人實在是有點近，臥雲院和立雪院就隔了一座假山，兩邊下人又都很多，後罩房乾脆就連成了一片，消息不走漏都難。大少夫人畢竟占據了多年的主場，容易傳話，方便的暫時還是她，不是蕙娘。香山再偏僻，起碼地方大一點，不必住得這麼憋屈，所以蕙娘的心情還是滿不錯的。

她把東裡間讓給丫頭們整頓行李。「大家具肯定是不帶過去的，四季衣服給姑爺留出幾套，我們禮服留幾套，常服留幾套，意思意思也就夠了。首飾嘛，全都帶過去吧，這一去起碼是一年多，在院子裡放著，進進出出還要多了一重小心。」

這樣說，就是要整院子全都搬遷到香山。大家都知道，那邊地方大、天高皇帝遠，起碼這些陪嫁丫頭的日子，會比在府中好過一點。打從孔雀開始，一個個丫頭們都是容光煥發，就連石英，面上都帶了微微的笑。只有綠松還是同以前一樣，沈靜溫文……這也是因為她正陪著蕙娘在權家花園裡散步。

國公府占地大，人口又不算太多，比起動輒七、八十口人的公侯府邸來說，權家主子滿打滿算也就是十口多一點兒，又都各有各忙，雖說下人如雲，但平時園中靜謐無人，哪個丫鬟閒來無事，也不會隨意出門走動。

蕙娘和綠松繞了假山一周，就在端午那天開席的石舫裡坐了，綠松給蕙娘將四面窗戶打開，雖是酷暑，可涼風徐徐，透著那麼的明亮敞淨，蕙娘手裡拿了一片荷葉，慢慢地撕著往欄杆下丟，引得游魚上來唼喋。

綠松見了，也不禁微微一笑。「您最近，心緒倒是越來越輕鬆了。」

「大家都過了一招，現在正是安心拚肚皮的時候。」蕙娘懶洋洋地說。「飽食終日、無所事事……我肯定是輕鬆的。倒是妳，要忙起來了，我預備把妳留在立雪院看家。」

綠松眉頭頓時一跳，她的心跳，也不禁就跟著微微快了起來：姑娘做事，從來都不是一時興起，沒準兒眼下埋的伏筆，要到兩、三年後才應出來……

極為難得的，她有一絲惶惑——這究竟是姑娘對她的試探，還是她真已經打定了主意……可以她對姑娘的瞭解，說真的，這可不像是個能容人的性子……

「我想跟著姑娘去香山。」綠松難得地倔強，她瞅著自己的腳尖兒，肩膀繃得緊緊的。「自我進府跟在姑娘身邊起，就沒離開過您，您這樣，別人還以為我做錯事了……」

「別人心裡怕是羨慕妳都來不及呢！」蕙娘輕輕地說。「從孔雀起，但凡有幾分姿色的，誰不想留下來？也就是妳這個傻ㄚ頭，要留妳，妳還不願意——不成，我說讓妳留，妳就得留。」

她的語氣帶了幾分霸道，可綠松聽著，心頭卻是一鬆：她知道，自己這一次，是又答到了姑娘的心坎裡去，沒讓姑娘失望。

「孔雀也是到年紀了。」她輕聲說。「您還沒讓她家裡給說親，心裡有想法，也是很自然的事……」

再說，孔雀、綠松、香花、方解，也都的確長得很漂亮。

「這些細枝末節，先不說了。」蕙娘漫無目的地撕扯著荷葉。「本以為祖父瞧走了眼，那一位竟是個粗人，頭一次出招就處處都落了下乘，頂上兩個精細人，是忍無可忍，把我找來救場的……現在看來，她倒也的確精細得很，竟是示敵以弱，把我給對比得粗疏了。」

「您也的確是過火了一點。」綠松輕聲細語。「按老爺子的意思，您也沒必要在妯娌鬥爭上用太多心思……」

「妳畢竟少在府中走動，這就不懂了。」蕙娘說。「她那樣行事，其實根本就是故意營造出種種氛圍：大房已經盡失歡心，我一進來，就有人給鋪了青雲梯，我就只管往上走就行了……」

她興致盎然，換了個姿勢，玉指從容剝出一粒粒青蓮子，也不拔蓮心，就這樣往口中放。

綠松嘆了口氣。「又染得一手都是綠綠的……」

「照我看。」蕙娘不理她。「她本也沒打算這麼快出招的，還是那天參拜宗祠時的那句話，讓她坐不住了。這一招因勢利導，用得好。公婆如此加意提拔，大嫂手段低俗，如此下三濫的招數都用出來了。順理成章，我自然是表現得越強硬越好，越快樹立起威嚴，也就越快接過家務，為長輩們分憂。

「可在長輩們眼中，她一向行事得體謹慎，出這一招，雖然有點自跌身分，可也不至於就把印象全都抹黑了吧？她表現既然好，只是偶然失手，那我就成了捉住把柄窮追不捨的壞人了。長輩們的心意恐怕還是搖擺不定，所慮者兩個：一，長房不能生育；二，權仲白不中用，府內家事全看我的手段。看來，我的手段不對長輩們的口味，所以，才沒把人給安排進大廚房去。因勢利導、投石問路……她到底是給自己掙出一點騰挪的時間、一個最後一搏的機會。」蕙娘輕聲說。「短短幾天內，這幾步棋走得滴水不漏，的確是個人才。」

「這麼說，」綠松不禁一挑眉頭。「您居然是在她手上吃了個小虧——」

「誰說我吃虧了？」蕙娘有點不高興，她橫了綠松一眼。「就算心裡有別的期望，可我們去香山，那終究是遲早的事。妳看權仲白那個性子，在府裡能住得了多久？沒有兒子，我肯定要跟他過去……這道題，我就是答得再好、再謙沖和氣，又有什麼用？難道我就不去香山，在府裡管家了？在外頭住得久了，不是外人，也就成了外人了。不讓府裡的人都嘗嘗我的巴掌，以後回來，難道還要從頭做起？這一巴掌，倒是周瑜打黃蓋，她巴望我打得狠一點，我也就真的把她的臉給打腫了。她開心，我也開心……」她也忍不住噗哧一笑。「大嫂這個人，是挺不簡單的。」

綠松實在也是個精細人，她是吃虧在沒有蕙娘身分高，暫時都只能守在立雪院裡。現在蕙娘成婚了，當著權仲白，又有很多事不方便說。現在蕙娘稍微點撥兩句，她立刻就跟上了局勢。「那位也是怕，她怕長輩們是真的已經對她絕望，娶您進來，稍加考察之後，就要扶您上位了。難怪，這手段來得這麼急……她這是絕境一搏，也難為了還能安排得如此細密——這側面不是又證實了自己的實力可圈可點，的確有資格做個權家主母？您也不能太掉以輕心了，若那通房能生個子嗣出來……這個局，勝負還真難說清楚。」

「權仲白雖然本事是有的，」蕙娘淡淡地說。「可那個豬一樣的性子，根本是二房的最大軟肋。要我是長輩們，長房能生，早就讓長房擔正了。大哥雖然聲名不顯，但看著人起碼比權仲白精明一點，大嫂嘛，娶得也不錯。」她問。「妳猜，要是他們把這位置給爭去了，大嫂會怎麼對付我？」

「這就說不清了。」綠松輕聲說。「您就吃虧在這個嫁妝，實在是太豪奢了，一份嫁妝趕得上一族的家產，不分家出去，難處；分家出去了，以姑爺的性子，只怕就不會再在京裡待著了吧。到時候，大少爺拿什麼身分來節制她……」

「要是我，先拚著，就是偷人借種，也生一個兒子出來，再把這麼個刺頭二弟媳給……」蕙娘做了個手勢，似笑非笑。「這麼一來，什麼難題全都迎刃而解，要留了個子嗣，嫁妝都不用退，真是下半輩子作夢都要笑醒了……」

綠松呼吸一窒，她幾乎是恐懼地望了蕙娘一眼，字斟句酌。「您的意思是……」

「我知道這是瞞不過妳的。」蕙娘閒話家常一般地說。「五姨娘的事，別人不知道，妳知道得最清楚——有人要毒我不假，不過那麼巧妙的局，她那頭腦，是安排不出來的。」

五姨娘小戶出身，手段粗淺，也就是仗著肚皮爭氣，太太、三姨娘性子都好，才得意了一時而已。說到手腕，連綠松都看不起她。

可大少夫人就不一樣了，大戶人家出身，說靠山有靠山、說家世有家世、說手段有手段，要不是姑娘點撥分析，連綠松都看不明白她的用計心路，如此縝密的思維、無賴的手段，哪裡是個姨娘可比的？就說動機，恐怕全家上下，也就是長房的殺人動機最強烈、最迫切了……

她的呼吸急促了起來，這才明白蕙娘把她留下的動靜。「姑娘就放心吧，我一定牢牢地看住臥雲院……這件事讓別人來做，我也的確不放心！」

蕙娘滿意地一笑，她給綠松分析府裡局勢。「最近宮中風起雲湧，眼看就要有大變化了。今年年底就要選秀，因為我進了門，家裡勢力膨脹，說不準是存了把瑞雨送進宮裡的心思。小姑娘可能收到了一點消息，她似乎不大情願，對我很有些遷怒，平時和綠雲院來往的時候，妳要小心一點。」

「這是您——」綠松問。

「四少爺暗示了我幾句，」蕙娘有些好笑。「線索這麼明顯：我沒得罪她，她忽然衝我、婚事、宮中的局勢……他一提我也就猜出來了。這個四少爺，也是個妙人，兩頭都示好，我看著比三少爺還有出息一點。以後妳在府裡，有什麼事想要打聽，稍微露一、兩句話，看看他的反應。」

「我知道該怎麼做的。」綠松笑了。「您就放心吧……也好，雙方過了一招，也都知道底細了，現在比的也不是手腕，倒是天命。您在香山，她在府裡，大家都放心得多了，少生出多少事來。」

「所以說，老人家會安排。」蕙娘也露出欽服之色。「真是一點都沒有痕跡，只一句話，就引得她心急如焚，又試了她、又試了我。現在第一科考完，該考第二科了……反正，不論是誰高中狀元，還不都得衝著她們磕頭？」她嘴唇微翹。「的確是內宅裡浸淫了多少年……綠松，我們兩個這些年來，學的都是對外，這家裡的學問，還得多上點心，衝行家取取經啊！」

「我覺得您應付得就不錯。」綠松闔上窗頁，引著蕙娘出了香洲。「老爺子說得對，現在沒必要太花心思在這個上頭。抓大放小，就是他知道您的做法，也都會點頭的……」

「去香山也好，」蕙娘閉了閉眼，也嘆了口氣。「免得在這個地方，連說個私房話，都要跑這大老遠……」

雖說新婚第一年，不好沒事常回娘家，娘家人自己也要多少知道些避諱，不好常常派人和新娘子通消息，但綠松猜得沒錯，知道蕙娘要跟著姑爺去香山住，老爺子還是有辦法傳達自己的態度。

因權仲白的園子設了沒有幾年，在京中人俱以「藥圃」呼之，蕙娘當時已經不能隨意出門，她雖然到過香山，卻並未見識過這院子的面貌，一路悶在車裡，恍惚聽說進了山門，卻又走了許久，才停車要換轎子。她正打算讓石英過來給她講講香山園子的布局呢——過來得急，她沒顧得上問石英這個，之前事情也多，也覺得是小事，竟忘了這茬。

可才一下車，她便罕見地微微露出了驚容：在這車馬院裡，整整齊齊地停了一溜馬車，從形制裝潢來看，都極為眼熟……馬廄裡嘶鳴聲聲，看來也是幾乎滿員了。她踮著腳往院門外看了一眼：這馬車隊竟長得院子裡都歇不下了，一路排到了車馬院外頭，還有老長幾排呢……

「這是怎麼搞的？」權仲白的馬也進了敞院，他看起來也很吃驚。「我不記得最近有這麼多藥材要進來啊！」

自然早有幾個管事迎了過來，其中一位看著最年長的主事者掃了蕙娘一眼，顯得有幾分怯懦，又透著那麼一、兩分討好。「回稟少爺、少夫人，這也是今早才到的——是閣老大人給少夫人送節禮來了。一莊子小廝帶過來的車先生們，都正往裡搬呢……桂皮和張奶公就是去忙活這個了，才沒過來迎接……」

這「節禮」一開始竟會被權仲白誤認為是一批大宗藥材……其規模究竟有多巨大，那還用說嗎？權仲白望了蕙娘一眼，即使是他也有點吃不消了。「這……焦清蕙，妳——」

清蕙自己其實也有點沒回過神來，可聽見這個「妳」字，她眉毛頓時一蹙。

權仲白頓了頓，自己識趣地改口。「咱爺爺，這也有點太寵妳了吧……」

「我們家就這麼幾個人，」蕙娘肯定不能給老太爺坍臺。「不寵我，祖父寵誰呢？」

一邊說著，兩人一邊換了轎，蕙娘一路瀏覽風光，又走了許久，才到權仲白日常起居的一處院子。桂皮、焦梅和權仲白的奶公張管事都迎上來請安，還有從焦家押車過來的幾個管事也過來和蕙娘問好，蕙娘也問了家裡人好，就拿了禮單在手裡看著，聽權仲白問焦家人——

「這都什麼東西啊？我看一庫房還未必都裝得下！」

「聽說姑爺愛吃些海貨，」焦家管事便笑道。「我們姑娘陪嫁裡沒有陪吃食，這原是家裡給想漏了，老太爺索性多預備些乾海貨，您們小夫妻吃個一、二十年都是管夠。還有些時鮮吃食、姑娘日常起居用的雜物，當時沒帶過來的。再有就是一些青瓷馬桶、陶土管道，也順帶著就帶過來了，老太爺說，您們這裡附近就是河，一路挖出去也沒有人家，您什麼時候方便了，就只管說一聲，不到半個月，保准就給鋪好了。」他給權仲白行了一禮，又說：「老太爺還說，回門那天他忘記同您說了：『咱們家姑娘，從小看得金貴些，請姑爺多包涵則個，她要花錢，就讓她花吧，反正她有錢！這鋪水管的銀子就只管朝她支，要花完了，娘家還有，開個口就行了！』。」

連蕙娘都不禁又嘆又笑：這個老爺子！口口聲聲動心忍性，卻見不得孫女受那麼一點委屈……這節禮不必送國公府，他老人家沒了顧忌，倒頑皮起來了。

剛要開口岔開，不令管事再代老爺子發威敲打姑爺，權仲白已經有點聽不下去了——這也是因為老太爺說得有點不像話，又不是親身在這裡，才能打斷長輩的傳話。

他輕輕地咳嗽了一聲。「別的東西收了也就收了，下水那一套，我們這兒就有，應當還比你們那兒好些，那幾車就拉回去吧，免得放著也是浪費。」

這一句話說得好，焦家管事有點被噎著了，遂拿眼去看蕙娘，蕙娘也是又驚又喜，她輕輕地擺了擺手，令他不再說話，便拉著權仲白。「人家頭回過來，你還不帶我到處看看？」

在管事跟前，權仲白要給她做面子的，他「嗯」了一聲，便帶著蕙娘進了裡屋。才一進去，蕙娘就甩開他，快步進了淨房——片刻後，她又旋風般地轉了出來，難得地笑靨如花，一點兒心機都不帶。「你這個人怎麼這麼討厭！挺能藏拙的嘛！竟一句話都沒提！」

竟是三句話後頭都帶了嘆號，襯著棋盤格西洋布衫子，她看起來竟是難得的稚氣，倒有了些少女該有的、在她身上卻極為罕見的嬌憨……

「我可不比——」權仲白有點吃驚，他才要刺蕙娘一句，蕙娘已經直把他往外推。「人家用官房呢，就你沒眼色！扶你的脈去吧，下午都用不著你了！免得啊，你人在這裡，心卻早飄到了外頭的扶脈房去！」

女兒家專用的顛倒黑白、反咬一口，焦清蕙平時是不輕易動用的，可一經施展，居然也這麼熟練老道。權仲白要為自己辯駁，可又覺得太較真，要不辯駁吧，又氣悶。正躊躇間，蕙娘已經又捲進淨房去，不由分說，「啪」地一聲闔了門扉，便算是蓋棺論定，為權仲白的「罪行」給下了釘腳。他要不出去扶脈，似乎還真辜負了這個罪名……

權公子呆了片刻，摸了摸後腦勺，想一想，居然也就搖頭失笑，轉身出門，扶脈去也。

第四十五章

在立雪院，連蕙娘的東西都沒能鋪陳開一半，要說住得順心順意，就連權仲白都不會相信。在香山別院，地方就要闊大得多了。因為過來得急，權仲白也沒給蕙娘劃出院子來，蕙娘順理成章，就歇在了他的屋子裡。她先洗去一身疲憊塵埃：她素性好潔，在良國公府用木桶洗浴，心裡總是帶了些疑慮的，就是洗頭都不舒坦。等她從淨房裡出來，幾個大丫頭，也就把屋子塞得滿滿當當的，和從前一樣，孔雀捧首飾，香花給梳頭，天青拿衣服，石英拿著一盒玉容膏，蕙娘挑了一點兒，手指慢慢地在臉上打著轉，一邊聽石英說——

「上回過來，只是開了幾間倉庫放東西，並且在園子裡走了幾步，並不知道屋內還有上下水道，桂皮居然連一句也都不提，他這是成心向著他家少爺呢……」

蕙娘今天心情是真好，她倒為桂皮說了幾句話。「妳要是他，妳肯定也向著自己主子……權仲白能夠鎮住我的次數，可也就只有這麼幾回了，他還能胡亂露了底？再說，恐怕權仲白也不讓他說，要知道了，我肯定纏著他到香山來。妳覺得我來香山，他高興嗎？」

紙包不住火，雖然在底下人跟前，夫妻兩個都儘量為對方留點面子，但是這些大丫頭，哪個不是鬼靈鬼精的？有些事，瞞得過閻王，瞞不過小鬼。蕙娘和姑爺關係究竟怎麼樣，幾個大丫頭也是漸漸有數，都知道該怎麼說話。

石英一撇嘴。「高興不高興，那不也由不得姑爺嗎……」她和綠松不一樣，綠松常逆著蕙娘的脾氣，可石英卻總是順著毛拍馬屁。

蕙娘笑了。「哎呀，這怎麼說話呢！」

她擺了擺手，見屋內已經把自己的起居物什都鋪陳開了，連蕙娘慣用的幾件家具都已經被妥善安置進來，那張貴妃椅就安安穩穩地擺在窗下，打從石板地下，還能隱約覺出冷水流過的叮咚之聲，窗外是瑪瑙看著幾個婆子往東西廂擺她的衣箱、妝奩……就是蕙娘，一時都也覺得：要能在這裡安安穩穩住上一輩子，就是回不回良國公府，又有什麼要緊呢？

她梳洗過了，又有人進來擺了午飯，石墨親自捧了一個食盒進來。「今兒有大灶了，給您下功夫做了幾道菜……」

蕙娘實在並不小氣，儘管這不是姑爺的本意，可權仲白讓她高興了，她也讓他高興。「妳去問問姑爺進不進來吃飯？他要不進來，妳也給他做兩道菜送去，捏著他的口味，上心一點兒。」

好來好往，權仲白才到香山，事情很多，他沒有回屋吃午飯，可等蕙娘吃過午飯，小憩片刻起身時，桂皮已經在外屋等著了。他給蕙娘帶了一筒紙。「這是咱們這沖粹園的圖紙安排，當時就是按照這張圖給照樣建起來的——請少夫人過目。」

「這就把老底兜給我瞧了？」蕙娘問桂皮。「帶這張圖紙，是你自己的意思呀，還是你們少爺的意思？」

「少爺哪管那麼多啊！」桂皮立刻邀功賣好。「少爺才回咱們自個兒的地方，滿心都是他的那些藥、那些個病號。這是誰的意思，少夫人明察秋毫，心底是最清楚的……」

「這就算是扯平了。」蕙娘用手指遙遙點了點桂皮。「要不然，石英非得削你不可。」

石英本來正站在蕙娘身邊，和她一道看圖紙呢，聽見主子這麼一說，她哼了一聲，看也不看桂皮，轉身就掀簾子出了屋。桂皮偷偷地看著她的背影，又衝蕙娘伸了伸舌頭，樣子促狹，惹人發笑。

蕙娘卻不再搭理他了，她細細地看了半日——雖說面上若無其事，但心底是夠吃驚的了：這個沖粹園，那真不是一般的大啊……

世家大族，即使家財萬億，可行事有一定的規矩在，也不是愛幹什麼就能幹什麼的。焦家錢夠多了，多得能把京城的土地買下一半來，可闔老府也就是那麼點地方，要不是焦家人口少，還未必夠住呢！香山有一大片是皇家禁苑，一側山麓則遍布名寺古剎，照蕙娘想來，給權仲白剩的地應當是不多了，可看這總圖上的幾個數字，這沖粹園單單是山腳下的一片建築園林，那就有七、八頃了……更別說後山上那一片老林子！先帝是幾乎把禁苑都劃了一半給他，單單只是這個園子，就幾乎可以說是獨步京畿了：京都人家，即使有錢有身分，可為免犯忌諱，誰家在京郊的園子，那也沒有過三頃地的。

「這是當時先帝賞給我們家少爺的。」她雖然沒說話，可桂皮怎麼看不明白？他面有得色，主動為蕙娘解釋。「當時先帝要賞少爺爵位，少爺沒要，賞官位，少爺也沒要，賞了文散勳，少爺受是受了，可受得不大高興。先帝就說，賞錢少爺肯定也不稀罕，就賞少爺一塊地吧！就在香山皇家禁苑裡給少爺劃了一塊出來，給少爺『培育新藥、鑽研杏林之術，收治天下病者，行善積德……』。」

皇家特賞，難怪權家人雖然個頂個的精明，但對這園子，也是口口聲聲，一口一個「二少爺自己的地方」。就是想吃，這塊肉也不是他們能吞進嗓子裡去的。蕙娘輕輕地點了點頭，桂皮又為她解說——

「從前這裡沒有家眷，便也不分內院、外院，那是香山正經山門，其實從這裡進來，那就是我們專用的一條路了。今兒少夫人是從正門進來的，車馬院換了轎子，順著這條青石板路進來，就是少爺住的院子了。少爺剛才還說，這裡離外頭近，要是少夫人嫌吵、嫌人來人往的亂，裡頭還有十多處亭臺樓閣，都是空鎖著的，那裡是花園，風景好，少夫人愛住哪一處，就住哪一處……」

蕙娘當沒聽到，她的手指滑到了園子東南面，見那處屋舍井然排列密實，便道：「這是收治病人的地方？你少爺平時都在哪裡扶脈？」

「從大路這裡再拐個彎，走上一段路，這些年來漸漸也有些人家了，做的多半都是在此排號等待的病人的生意。」桂皮就和她介紹。「少爺說，其實真沒錢，根本就到不了香山，這些人都是家境殷實、見聞廣博的，才能知道有少爺、知道有香山這一處地方。所以我們平時是不隨便讓人進園子的。少爺有了空閒，一天喊些號進來扶脈，開了藥他們就不能在園子裡待著了。只有些病情稀奇古怪，必須動刀子、下鍪子的，在這一處居住。」

他指給蕙娘看了，又說：「其餘就都是少爺藏藥、研習醫理的地方了，沒有少爺點頭，一般人也不能進去。」

見蕙娘沈思不語，桂皮很有涵義地看了她一眼，他獻殷勤道：「可要是少夫人想看，那自然是另當別論的。」

「你就貧嘴吧！」蕙娘又指了一處。「那這裡就是藥圃了？地方不大啊！」

「是暖房和涼房，」桂皮看了忙說。「種的是一些不適合京裡隨常氣候的藥材，少爺要研究藥性用的。真正的藥園其實還在後山呢，那裡周圍都有高牆圍著，羽林軍把守，不然，這些年來早都被偷挖光了。」

蕙娘漸漸地也就都看明白了，她就奇怪一點——「怎麼這圖上竟連一處名字都沒寫？這園子叫沖粹園，還有呢？這院子叫什麼？藥圃又叫什麼？」

「少爺不耐煩取名字……也不耐煩請人來取，說做作。」桂皮囁嚅著說。「給編了號，這院子，在編號裡是甲一號……那倉庫是乙一、乙二……」

連丫頭們都忍不住了——石英不知什麼時候也回了屋子，正在蕙娘身邊看圖紙呢，她都笑了。「少夫人，這姑爺也是的……」

蕙娘還能說什麼？她嘆了口氣，自己也忍不住笑了幾聲。「算了，今天就先看看圖吧，明天我再逛了。雖然我也沒才，可到底還能想出些比甲一號好聽的名字。」

看完了，就又問桂皮一些生活上的瑣事、平時下人們都住在何處、如何開飯等等，因就得知此處占地闊大，所有的近百下人在沖粹園西面都有住處，就這樣，一排屋舍還沒有住滿呢！那邊往城郊村子裡過去方便，平時園中吃用的菜肉也從那裡送來，又有多少個廚娘、怎麼開餐等等，都說得一清二楚。

蕙娘倒也不禁誇了他一句。「難怪就你在你少爺身邊最得意，確實也就數你能幹。」

想桂皮，首先，京裡權貴的來龍去脈、親戚關係，他必須能記得一清二楚，誰是能回絕的、誰是能婉拒的、誰是不能得罪可以通傳進去驚動權仲白的，這心裡都必須要有數，才不至於捅出樓子來，這一闖禍，不說挨罵了，說不準都是要挨板子的。其次，他必須很會說話，才能應付各種形形色色的求診人：一個人家裡要有病人，他的心情一般是不大好的，話說得不好，很容易就得罪人。從焦家和他接觸的那一次來看，桂皮的確是挺會說話的，就是蕙娘，事後聽家下人說起來，也都無法生出怨言。

就這兩件事，已經能讓一個能力一般的管事焦頭爛額了，可桂皮不但辦得清楚利索，連蕙娘要過問園中佈置他都料到了，準備得色色妥當，有問必答不說，數字都是明白的，緣由都是清楚的，準備都是做好的……一個人可以藏拙，卻絕不能硬充精明，能幹還是平庸，真是幾件事就看出來了。

桂皮嘿嘿地笑，他摸了摸後腦勺。「其實也糊塗著呢，這都多大的人了，還連個媳婦都說不上，還指著少夫人給我作主呢！」

這話有點過露了，石英悄無聲息又出了屋子。蕙娘被逗得直笑，她故意不搭理桂皮的話茬兒，而是吩咐他。「現在我過來，人口多了，有些事少不得要改一改。我記得這裡原有一個廚房，就是給內院做飯的，只是你們多年沒用……」

於是讓桂皮找了權仲白的奶公、沖粹園大管事過來，和他商量著分派了一番，首先將她身邊帶來的幾十個陪嫁丫頭全找了下處：這些姑娘家必須住在內院，不能到園外居住，在園外住著的是她的若干戶陪嫁。因在府內沒有差事，除了給她管陪嫁莊子、鋪子的，也都全被蕙娘帶到了香山來。這些人就在園外那一排屋舍中安家，還有立刻將內院大廚房打開清掃，在內院附近開出了一個庫房，專放各色乾貨等等，這些事有的底下人已經匆忙預備好了，有的還要蕙娘定奪。一屋子進進出出，都是來回事、領事的管事。

石英不顧面紅，也時常進來回話。「幾個掌廚的師傅都安頓下來了，只要柴米油鹽到了，今晚就能上灶。您家常常用的那些家什已經給安排在附近的……甲二院了，首飾箱子給卸在東廂，連孔雀妹妹的鋪蓋都給鋪好了，她正開封點數呢……」正說著，隔著窗子就能望見，孔雀關門落鎖，已經把東廂房的窗戶給上了板。「還有瑪瑙、香花……都去自己安頓了，今晚就讓她們來服侍您吧。方解也去開琴箱了，今天肯定就忙這事。還有我讓螢石去給您選練拳的屋子，怕是一會兒就能得回話……」

有這麼一群能人裡外奔走安排，等到太陽將西斜的時候，蕙娘居然已經大體安頓了下來，新廚房裡，也已經鋪排開了陣勢。蕙娘慰問了張奶公幾句——這位中年管事，見她如此清爽俐落，隨口發落安排，都妥當得挑不出毛病，早都已經激動得熱淚盈眶，就差沒有「納頭便拜、口稱大王」了！她親自將他送到屋門口後，又折回來，笑著衝桂皮道：「你也是忙了一天了，今晚卻還不放你閒。我娘家過來送東西的人多，現在都還沒回城呢，張奶公要忙我們自己的吃飯，我就把這些人交給你了……該怎麼陪，你心裡是有數的。」

桂皮眨了眨眼，居然還很知道體貼蕙娘。「少爺心裡不裝這些事，還要少夫人為他做面子，真是辛苦您了。」

蕙娘的唇角，不禁輕輕一笑。「精不死你？倒要謝謝你賞識我呢！」

她在貴妃椅上坐下了，自然有人給她遞上剛泡好的茶。

「這是後山取來的野泉水，倒也清洌。您嚐嚐，要覺得好，就不用問老太爺要水了。」

蕙娘把腳放上榻，輕輕地吹了吹茶面，瞇著眼睛望了水面一眼，又含了一口，半日方才道：「不錯，勝在新鮮，以後就先用這眼泉吧。」

她喝了小半盅茶，偶然一抬眼，見桂皮居然還未離去，而是眼巴巴地盯著她看，倒不禁奇了。「你怎麼還不走？」

桂皮撲通一聲，給蕙娘跪下了，他哭喪著臉，竭力作出可憐相來。「少夫人，小的這年紀也耽擱不得了。少爺又是不上心的性子，這親事還得您來作主……」

他還要給蕙娘磕頭——蕙娘也是被桂皮給逗樂了。「這件事，不是你和我說，你爹娘不方便進來，也該託個媒人來說。不然，我的人就這麼不值錢？你隨口問上一句，我就給你了？想得你倒美！」

桂皮眼睛一亮，頓時明白蕙娘意思。「小的謝少夫人成全！小的這就回去託人！」說著，這才一溜煙出了屋子。石英滿面殷紅，躲在屋裡不肯出來見人，只讓瑪瑙、香花過來服侍蕙娘。蕙娘指揮她們挪了幾處家具，等太陽西斜後，令人去請權仲白回來吃晚飯。

因為他在京裡住了有一個多月，香山這裡的病患陸續已經遷移過去，只有少許消息靈通的才提前回來等候，今天權仲白倒沒有扶脈，而是自己在忙些別的事。折騰一天，他也有幾分疲倦了，聽蕙娘來叫，便回去用飯，一路上心裡也有了準備：自己這個院子，恐怕是又要被焦清蕙給盤踞消化，變作她的巢穴了。

他沒有想錯，甲一號的變化的確不小，首先，屋裡處處都亮了燈火，就連東西廂房裡都隱隱有燈光、人聲傳出，院子裡已經在天棚底下擺出了一桌冷盤來，隔著玻璃窗看進去，從東稍間到西稍間，屋裡都一下滿當起來。尤其是他的臥室，裡頭現在是擺了好些焦清蕙的愛物，就連竹床上，放的也不是一床薄被了，而是焦清蕙愛蓋的白夏布被子……

這樣的變化再來一次，感慨依然在，可卻的確要淡些。權仲白在院子裡站住腳，望著掀簾子出來，面上盈盈帶笑的焦清蕙，也不禁在心底嘆了口氣。

焦清蕙身穿一件對襟團花玉色短衫，膚色卻要比衣裳還白，雖然還有些討厭的盛氣依然凌人，可她的笑，要比在國公府立雪院裡那氣人的、冰冷的笑鮮明活潑得多了……唉，她究竟是生得很美的。

忽然間，他有點不好意思過去，他想要掉頭就走，從這甚至是燙人的熱鬧裡逃出去——可這又實在是有幾分懦弱了。

「洗過手沒有呀？」焦清蕙已經半是嫌棄、半是玩笑地問：「可不要摸過了髒東西，就坐上桌吃飯了。」

她說到飲食，態度是從來都沒有這麼積極的，甚至還摁著權仲白的肩膀，令他坐到小方桌邊上。「今兒也讓你見識見識，什麼才叫做真正的手藝！」

雖說最親密的事都做過了，可權仲白還是頭一次覺得這麼不自在……雖然時值盛夏，按說不會再有摩擦致電的事發生，可焦清蕙的纖纖玉指，好像還是帶了刺，刺得他從脊背往下，一路是又麻又癢又痛……這感覺微妙難言，雖並不會太不舒服，可卻令他很不舒服。

「我——」他才要說話，焦清蕙已經在他對面落坐，她搛了一筷子涼拌三絲送到權仲白碗裡，見他並不動手，只是望著她瞧，倒被逗笑了，噗哧一聲，笑得鼻尖都起皺了。

「傻子！」她說。「發什麼呆？動筷子呀！」

權仲白還能說什麼？他本來也根本不知道要說什麼，只好握住那沈甸甸的烏木鑲銀筷，將新婚妻子好意為他預備的美食送入了口中。

第四十六章

這一下筷子，稍微一嚼，權仲白頓時就忘卻了那若有若無的彆扭意緒，他驚喜地略微一瞪眼。「這是南邊的手藝吧？唔……我吃著像是閩菜，怎麼，這紅的是山楂？虧也想得出來，鹹鮮味兒帶了點酸，倒是不用點米醋了。」

天色已黑，院子裡高高地挑了雪亮的玻璃宮燈，天棚罩得嚴嚴實實的，雖是夏日，可連一點蚊蟲都沒有，只有夜風一陣陣送來清涼，合著月色，將院內裝點得猶如白晝。即使沒有冰山，也是「水殿風來暗香滿，自清涼無汗」。蕙娘看權仲白，頭一回順眼了一點：只聽桂皮說他講究，在國公府裡吃了這麼一個多月的溫呑菜，除了還知道肯定石墨的手藝之外，他是半句臧否的話都沒有。一個人要連吃喝玩樂都不講究，功名利祿都不追求，只曉得扶他的脈，就是在醫術上造詣非凡，可和這樣的人生活在一起，又有什麼趣兒呢？

「這也都是石墨琢磨出來的。」她難得地起了談天的心思。「你也知道，我們焦家人口刁，能應承我們的外點，大師傅們都是格外用了心思的，就是祖父自己帶出來的幾位大師傅，也都是易牙妙手，各有各的絕招。可石墨就能從他們那裡將絕活偷過來不說，還緊扣我的口味又做改善。涼拌三絲把里脊肉絲換作山楂皮兒釀的細凍，不但特別清雅、酸甜開胃，而且很適合三姨娘茹素的時候換換口，也算是她的得意菜色了。」

權仲白「唔」了一聲，沒有吝惜誇獎。「妳身邊這些丫鬟，真是個個本事都不凡，連一道涼菜，都能做出這些花頭。」

「這就算不凡了？」蕙娘似笑非笑。「今天畢竟還是倉促了，連乾貨都一點也來不及發，用的也是廚房裡現有的那些材料。烹飪這種事，七分材料三分工，今兒你吃著好，過幾天再做一道涼拌三絲，一樣的人來做，你吃著就更好了。」

權先生已經轉攻水晶肴肉了，他吃得開心，聽蕙娘這麼一說，卻仍不禁要道：「妳這樣，吃得也實在是太精緻了，至於這麼講究嗎？我看能有這樣廚藝，就是一般市面上買來的菜肉，做著也都挺適口的。」

蕙娘眉一挑。「那要這樣說，就是一般的廚藝，一般的菜肉，又有什麼不適口的呢？我看你今天胃口，倒比前幾天更好，至於這麼講究嗎？」

她對住文娘、嘉娘等輩，因為氣場全然壓制，一向反倒是從容有餘，不論是威壓還是懷柔，都透著那麼淡定大氣。在老太爺跟前，又因為祖孫感情深厚、略無猜疑，往往是相顧怡然，絕無針鋒相對的時候。可對著權仲白，蕙娘一天不刺他幾句，她自己都不大舒服。好在權先生涵養好，一般都講理，不管是詭辯、正辯，只要能把他繞進去了，他也不會隨意動怒，還是挺能沈下來和蕙娘說理的。

「這能一樣嗎？」不至於動怒，可一點情緒的波動還是會有的，權仲白才要說話，丫頭們正好來上熱菜，八個冷盤八個熱炒，用料幾乎都沒有太名貴的，全是家常菜色。蕙娘奢侈之說，幾乎不攻自破，他噎了一會兒，只好又轉移矛頭。「今天這盤銀絲牛肉，我看就不如在府裡吃的那一頓好吃。難道妳也要說這是材料的關係？用一個小風爐，在廊上炒出來的，肯定還是更看手藝。手藝好，就是材料一般，那也能化腐朽為神奇的。」

蕙娘不禁甜甜一笑。「吃得出優劣，這就對了。你當那盤銀絲牛肉，牛肉是哪裡來的？」

「就這一塊肉，妳也要回娘家去要?!」權仲白不禁提高了聲調。「妳這也太小氣了吧？難怪妳……難怪爺爺送了這麼多東西。這才頭個下馬威，就回娘家去告狀，妳還是三歲小孩啊？」

「我又不是神仙。」蕙娘一邊吃一邊和他辯。「不上市場去買肉，難道還能變出來一塊生肉不成？我的陪嫁，自然是去我們娘家相熟的店鋪裡買。他們要往我娘家傳話，那是他們的事，再說，要不是受了委屈，他們又有什麼話能傳？你只知道好吃，可不知道裡頭差別大著呢！索性告訴你吧，今兒這一份肉，應該是在城裡隨意一個肉檔採買的，要不是採買得不經心，就是這肉買回來沒有當天烹飪，已經隔了一天，不那麼新鮮了。你在立雪院吃到的那盤肉，是京城市面上能買到的最佳，口外來的牛羊，吃的全是當年的青草，每天現殺現賣，不是老主顧去，要買都買不到，可這要比起我們家自已吃的那種，還要差了等呢！真要不能將就，我連眼前這幾盤子菜都吃不下了。」

權仲白也真是吃過見過，可聽焦清蕙這一套一套的，連一盤牛肉都能作出這偌大的學問來，他也有點暈了。「這也太精細了吧？妳在家別事不幹，就專鑽研這些個驕奢淫逸的講究了？」

「沒有這些個驕奢淫逸的講究，」焦清蕙似笑非笑。「就是家財萬貫，那也是白富。就是掙出一座金山銀山來了，吃還是吃那些，穿還是穿那些，銀子白放著不花出去，難道就很有意思了？這錢要不能讓你開心，你還要它幹麼呢？」

「那妳也不能就光顧著開心啊，」權仲白又堵不上她的話口；焦家錢，來得光明正大，焦清蕙花錢，花得也光明正大。再說，她這根本也不是拿錢往水裡扔，那才真叫驕奢淫逸，她就是嬌，嬌得理直氣壯，嬌出了花頭，嬌得讓他好看不慣，可要挑她的毛病，卻又挑不出來──半個票號都陪過來了，就是要花錢，那也不是花他的錢，他還有什麼好說的？可要不說，他又真氣悶得很，只好悻悻然地道：「甭管妳出門不出門，總不能只有這花錢的本事吧？」

「能把錢花好，可是一門不小的本事，」蕙娘一翹唇角。「可你這又不懂了。我身邊這麼多丫頭管事，難道都是白養著的？該怎麼把我的錢花得讓我開心，那是她們的活計。你見過哪戶人家的奶奶、太太，是要自己為自己操心著花錢的？」

這其實還真不少，即使是豪門巨富之家，日子過得和焦清蕙一樣講究精緻的可也沒有多少。權仲白不願長蕙娘的志氣威風，又道：「既然不是妳的活計，那妳平時都做什麼？」

「那可就多了！」蕙娘處處堵他，堵得自己心情大好，越說越高興，她托著腮，促狹地衝權仲白飛了一眼，拉長了聲音。「可——我不高興告訴你！」

權仲白一翻白眼，要尋一句話來回她，又覺得罵人而讓人聽懂，實在不大好意思，思來想去半天，竟是一句吳語冒出來，他惡狠狠地道：「作伐死傣呀！（作不死妳啊！）」

「作，絲作伐死寧額，郎中。（作，是作不死人的，大夫。）」蕙娘回得比他還快。「傣哎絲看病的，哪誒尬啊伐曉得？（你也是看病的，怎麼這也不曉得？）」

這下，權大夫真是連吃飯都吃不香了，他渾身都打了個哆嗦，好在天色暗，自己掩飾住了，只得瞪住蕙娘，有點狼狽。「妳怎麼連蘇州話都會講？」

「各地方言裡，北方的不必說了，終究是官話一類。」蕙娘難得地也有點得意。「可要連吳語都不會說、不會講，以後怎麼和南邊人打交道？我們娘家的產業，又不僅僅在京城一地。現在又有哪門子生意，他們南邊人不來插一腳呀？」

「照這樣說，」權仲白將信將疑的，看著蕙娘的眼神都不一樣了。「天下這樣多方言，妳還全都又會聽、又會說？我這些年親自走過的地方可多了，到現在也只能誇口能聽懂九成，要開口，那可難了。」

「那也不是，窮地方就不學了嘛。」蕙娘也沒充大。「會學他們吳越官話，還是因為要和南邊人做生意。下江話也能聽能說，閩語、粵語、川蜀官話，那就只能聽，說不了多少了。」

下江話是江淮方言，揚州鹽商富甲天下，焦家和他們有生意往來，絲毫都不出奇。饒是如此，她一個嬌滴滴的小姑娘，出沒出過京城都是兩說，能有這樣的本事，已經足夠讓人驚異了。權仲白不禁大起好奇之意，只覺得焦清蕙似乎也沒那麼可惡了。「那妳都還會別的什麼，說來聽聽？」

他此時已經吃過飯了，蕙娘倒還在喝湯，被權仲白這一問打斷了，放下勺子時，還有一滴醇白的鯽魚湯掛在唇上，她伸出淡紅色的舌尖，輕輕一捲，就把湯汁給捲進去了，權仲白別過頭去，又不敢看她，又實在好奇得想要多看看她。

蕙娘卻一無所覺，她要說話，又忍住了，自己想想，也不知為什麼，便噗哧一笑。「寧嘎港了哉，伐高興告訴你，誒悶？（人家說了呀，不高興告訴你，還問？）」

委婉曲折，竟是又祭出了吳語……權仲白真想求她別再說了，他趕忙放下筷子，催促蕙娘。「不問就不問，快吃吧！一頓飯要吃多久？再吃下去，夜露上來了，要犯胃氣的。」

當晚吃過飯，兩個人先後洗漱，這回淨房內是都再不用留人了。蕙娘從淨房裡出來的時候，見丫頭們都已經退出屋子，只有權仲白靠在竹床上看病案，他專心得很，聽到自己出來，並未抬頭，修長的食指，還是飛快地翻閱著一張又一張的書頁。她也就並未叫人，而是自己坐在梳妝檯前，開了這個瓶子，又去啟那個盒子，縱使她手腳輕盈，也免不得這兒碰碰、那兒撞撞，等塗完臉頰，捲起袖子來抹手時，偶然一抬頭，便在鏡子裡撞見了權仲白的眼。

兩個人成親一個多月，該做的事沒有少做，可頭一晚大家都著急，蕙娘且還餓得頭暈眼花，看世界都是模糊的，哪裡還會記得羞赧？嗣後敦倫，那都是規規矩矩，連床門都關起來，有時候她連權仲白的臉都看不清楚，黑天黑地的，膽子自然也大了。可不知怎麼，在這雪亮的燈下，也才只露出一條臂膀而已，從鏡子裡瞧見權仲白的眉眼，他尚且還沒有什麼表情，就只是盯著她看呢，她……她居然有點臉紅了……

「看什麼看！」蕙娘哪裡會含羞帶怯？她一把扯住衣襟，回頭凶了權仲白一眼。「不許看！」

色厲內荏，卻是誰都看得出來。權仲白笑起來。「我不看、我不看，是沒什麼好看的。」

他又低下頭去翻病案，一腿屈起來，一腿放在地上，半趿著蕙娘給他親手做的逍遙鞋……那上頭繡的青竹葉，費了她幾天的待嫁辰光呢。這不成體統的動作，帶開了睡衫，淡青羅衣露出一線溝壑，權仲白是先洗過澡的，他沒有束髮，半長的髮散下肩頭，落在衣襟上，髮的黑、衣的青、膚的白……

蕙娘看在眼裡，氣不打一處來。「也不許不看！」

又不許看，又不許不看……這話說出口，就是蕙娘自己，也都覺得有點強詞奪理了。就是在床笫之間，她也都沒被權仲白逼得這麼狼狽過……

權仲白哪會放過她？他幸災樂禍地笑了，笑得這麼體貼、這麼寬容、這麼不以為意，笑得蕙娘心火更旺，才要開口，他便說了——

「我知道、我知道，不許笑——也不許不笑！」

「你——」蕙娘恨得拿起螺黛擲他，深青色的香料好沒準頭，沒丟到二公子，倒是擊在宮燈上，把玻璃燈籠給帶得好一陣晃，黃蠟沒頂住，燭芯一觸玻璃壁，「嗤」的一聲便滅了。權仲白只好合上醫案，站起身要就著桌上那一點點如豆的油燈，給宮燈換蠟。可才站起身，蕙娘又拈起一小塊粉衝他丟來，粉塊落入燈盤，這寬敞而清涼的屋子，也就陷入了一片黑暗之中，只得窗外一點月色鋪在竹床上，可很快地，這月色也不知被誰一拉簾子，給遮了去了……

窸窸窣窣一陣悶響，誰也沒有說話，即使有些忍不住的聲音，那也是咬著唇堵不住，從鼻子裡逃出來的。蕙娘這會兒話倒是反常的少，還沒有竹床響：這東西就是做得再牢固，也終究還是竹子，為重量一壓，吱呀之聲，自然是在所難免。先還只是偶然一響，到後來，竟是搖曳之聲，響作一片，好似能給晃得散架了似的。

有人的聲音都像是在哭。「哎呀，怎麼這麼吵……你、你……你……窗子還沒關全呢！」

這院子裡東西廂房都住了人的……別人不說，就是孔雀，恐怕還在東廂房裡盤點首飾呢！「去……去……嗯……去……」那嬌媚的聲音便咬著唇喘著氣，勉勉強強地說。「去床上……」

年輕夫妻，臉皮是薄的，二公子也沒有異議。竹床不響了，可蕙娘的聲音竟又一下子抽高了。「唉，你、你幹麼……出……拔出去——呀！」

「不必出去，也能行的。」二公子今晚很有夫主的風範，雖說也有些氣促，可實在是風度從容、體貼大方。「環住我的脖子。」

「怎、怎麼弄的！你——哎！你——」這聲音到了後來，氣促而緊，竟是語不成聲，帶出了哭調。

二公子偷偷地笑。「真沒想到，原來我們少奶奶也有不懂的事。」

說也奇怪，兩人行動，可屋內卻只有一人的腳步聲，蕙娘連聲音都沒有了，只有一點點嚶嚶的、顫動的鼻音，待到許久以後，床上重又起了動靜，她才喘著氣，惡狠狠地咒：「死郎中，倷麼良心！（死大夫，你沒良心！）」

原以為自己遮掩得好，沒想到居然還是早被看破，權神醫陣腳大亂，動作更快更猛。

「哎——你！」

不知哪裡伸出的手，一把扯動了金鉤，簾子墜下來，遮去了得意的笑聲，室內的聲響一下就模糊了起來。驚呼聲、喘息聲、水聲人聲，混著夜風被送出來，再傳進東西廂房的時候，就變作了一曲模糊的江南小調。要聽，聽不分明的，可不要聽時，它卻一直響在耳邊，響得人心頭好癢……

第二天一大早，幾個大丫鬟眼圈都是黑的，都不敢看權仲白。小夫妻兩個也都有點不好意思，只是蕙娘掌得住，權仲白掌不住。

他匆匆吃完早飯——倒是比在府裡要多吃了好些——便站起來。「我去扶脈廳那裡。」

蕙娘忙叫住他。「今日還讓個管事過來，帶我看看園子。」她說起來，自己都忍不住笑。「你就是再不喜歡詩詞歌賦，好歹也給那些亭臺樓閣取些藥名，什麼甲一號、甲二號的，能像話嗎？」

「詩詞格律，我是一點都不懂。」權仲白一點都沒有不好意思，看起來似乎也一點都不引以為遺憾。「妳要是看不慣，那就只管改了吧。我讓奶公陪妳，什麼事，妳和他商量著辦就行了。」

才說完，因石英正好進來——才看到姑爺，她就忙低下頭去不敢直視——二公子再待不住了，拔起腳就走，蕙娘是喊都喊不回來了。

「這個人！」她啼笑皆非，才吃了一口早飯，見一屋子丫頭都看著自己，也有點赧然。「都愣著幹什麼呀？還不快些做事去？」

人群頓時就散開了，石英小心翼翼地，上來和蕙娘商量。「以後，還是別留人在院子裡上夜了……」

蕙娘終究是臉紅了——這個石英，就是進諫，都進諫得這麼委婉，要是綠松在，肯定不會這麼說話。

「妳就放心吧，」她咬牙切齒。「以後會把窗子關好的！」

石英面紅耳赤。「奴婢不是這個意思……」不過，看得出來，一屋子四散的大丫頭，都因為蕙娘的這句話而鬆了一口氣。

被這麼接二連三地打了岔，蕙娘的早飯吃得也是沒滋沒味的，她又咬了一口小銀絲卷，便放下筷子，若有所思地梭巡著一屋子花紅柳綠的大丫頭們。

這批丫頭，是當年精選出來，預備著日後和她一道接管家務的，沒有哪個人沒一手絕活，也沒有哪個人是真正的實心眼。

現在，她們也都先先後後，到了該說人家的年紀，自然而然「柳眼梅腮，已覺春心動」，開始想男人了……

第四十七章

雖說已經有一段日子了，但權仲白多年修行童子功法，哪裡是蕙娘可以輕辱？據他自己說起「若是從小練起，一心一意不生邪念，越是往後，就越是一日千里。配合一套拳術，強身健體、練精還氣，是最為純粹出眾的功法。武林中人有一輩子元陽不泄的，就是古稀之年，身體也依然柔軟如少年時，髮鬚烏黑，神滿氣足，就活過百歲也不是空談」。

這麼厲害的一套功法，三十年修行……蕙娘就有些功夫底子，次次也都被折騰得很乏力，第一次逛沖粹園，她本來還想自己步行的，可料得體力欠佳，也只好要了一頂二抬無頂的小轎子：就是這個轎子，也是從她自己的陪嫁裡找出來的，沖粹園裡只有給病號用的擔架，除此之外「少爺出門不是騎馬就是坐車，在園子裡一般都是步行」。

話雖如此，可這麼偌大的地方，太夫人、夫人難道就不會過來小住上幾日？就算香山路遠，權夫人家務繁忙不得過來，太夫人是有空的，這是一時沒有想起，又或者是權仲白實在不會做人，不懂得開口邀請？身為奶公，張管事就算不勸主子，起碼自己預備幾頂轎子，以備不時之需，這樣的意識是要有的……

蕙娘對張奶公很客氣，雖然身分所限，不能賞張奶公坐轎子，但還是令兩個丫頭上去攙他。「要走一段路呢，奶公小心腳下。」

她心裡對張奶公滿意不滿意，那是一回事。可誰都能看得出來，張奶公對她是很滿意的，蕙娘身分越高、娘家越硬、陪嫁越多、手腕越好、生得越美，張奶公看她就越高興，她說的哪一句話，他都是發自內心的「是是是，少夫人考慮得周到」。

好在還沒有喜得神志不清，介紹起沖粹園的各種景致，還是說得頭頭是道的，領著蕙娘說：「您從這角門進來，假山後頭開始看，一路繞出來是最省力的。」

蕙娘看過圖紙，對這座占據廣闊、身兼多用的園林，也有了一定的認識。實際上，沖粹園的幾大塊地來源各自不同，靠近後山山腳的建築，是當年皇家靜宜園的一部分，建築精美，品質過硬，權仲白接手之後，只是做了小規模的翻修，把過分違制的建築、裝飾拆除，但大部分造景是保留了下來，這也就是兩人居住甲一號的所在了，那裡往後，處處風景都很宜人，按張奶公的話說「逛到哪裡，就在園子裡用中飯了」。

沖粹園靠近香山山門的一大塊地，現在被權仲白用來收治病人，充做一個私人養濟坊的，其實還是當年良國公府裡出資買下的一塊地方。權仲白在這裡行醫是有年頭的，只是後來得了皇家賞賜，這才一併算進了沖粹園裡，重新又寫了地契——張奶公特別和蕙娘強調「上頭就寫了少爺一個人的名字」。

比起蕙娘的陪嫁，權仲白身為神醫，卻是只有名頭，自己名下沒有多少財產，他多少有些幫主子撐場面的意思。蕙娘聽了只是笑，這是張奶公和她說，要換作權仲白自己炫耀，她少不得要拍拍手，作大驚狀地回他「真了不起」。

至於沖粹園山門等物，那就是承平年間陸續新建的了，因是皇家賞賜，這是由宗人府出面建造的，也就是前段時間才全部完工。前後花費了足足有七年的時間，才將沖粹園打造成如今這副模樣。可這畢竟是值得的，就是從蕙娘的眼睛裡看出去，也覺得此地清幽雅致，幾有步移景換之感，要挑毛病，也就是園內人氣冷落，過分幽靜，往往老半天也看不到一個人：單單是居住區，還不算後山呢，就是五、六頃地，又在香山腳下，屋舍之間隔著的樹林子，那真是樹林子，而不是城裡那有七、八株樹就能冒稱的「梅林」、「杏林」，這裡的甲三號院子，就真坐落在一處杏林裡，如非張奶公帶著，蕙娘都根本找不到路進去——又因為畢竟無人居住，建築雖然清潔，可一點人氣都沒有，就是當院什麼時候跑出一隻大山貓來，蕙娘都不會奇怪。

「地方太大，人過分少，那也不好。」蕙娘在轎子上看了一陣，也不禁嘆了口氣。「這麼多好地方，白白地放著，確實是可惜了。」

張奶公不禁面色一喜，他正要說話，蕙娘掃了他一眼，又道——

「連個好名字都沒有，匾額全是空的。這好歹也是先帝賞的呢，姑爺就這麼糟蹋了，難道不怕先帝知道了不高興？」

「少爺就那個性子。」張奶公人要比桂皮耿直很多，也因為身分的緣故，他不用趕著討蕙娘的好，還是執拗地繞回了原來的話題。「當時少爺也說，先帝賞賜的地方太大了，其實根本就用不上。還是家裡太夫人、老爺說了『以後自己開枝散葉，人口也多，住不過來的日子都有呢』。」

蕙娘就是再能生，要生到住滿沖粹園，那也是不可能的任務。她輕輕地笑了笑，並未回應，而是隨口道：「杏林春暖，其實這裡才應該是正院，既然姑爺懶得取名，好歹，也該勒個匾額上去，見賢思齊嘛！見到杏林，難道不想著董奉、郭東這樣的先賢嗎？」

她隨隨便便，說來都是掌故，張奶公傻眼了，只有蕙娘身邊的白雲能接得上話。「如用先賢姓名，未免過犯了，姑娘想著，易穀院如何？」

「這裡又沒人賣穀子。」蕙娘笑了。「就鐫上『當年臥虎處』，倒更有意思一點。」

哪有人這樣取名的？張奶公和白雲、石英看起來都不大喜歡，但也無法違逆蕙娘的意思。

大家出了臥虎處，張奶公又指點給蕙娘看。「藏著藥材的一排院子，自有高牆，又有兩座假山就中分隔，那處儘管人來人往，但內院是很少受到騷擾的。」

說著，便沿著假山一路行走，取其蔭涼，蕙娘坐得高，果然隱約可以見到假山後頭的紅牆。張奶公又引著她，時不時進居處流覽一番，又帶她到沖粹園心去看過了一號池。「在扶脈處那裡還有一個小小的活湖水，那就是二號池了。因為有這兩座天然小湖，園內才架設了上下水道。少爺說，這樣方便沖洗，病房就更乾淨了。」

一號池、二號池……蕙娘無話可說了。她隨意取了兩個名字，張奶公都一一記下，回去就要找人勒石鐫匾。又帶著她從橋上長廊，逛到園子西北面，在那處的甲七號高樓用了午飯，蕙娘小睡了兩個時辰起來，體力回復，便多半是徒步行走，又將園內景色細細地賞玩了半日，連後山都上去過瞧了一眼，等夕陽西下紅霞滿天時，她對自己的這半片山頭，已經有了初步的認識。

「人還是太少了些。」她隨口和張奶公談天。「園裡原來的下人，只怕每天就忙著掃地了……可人要太多了，主子太少，這也不像話。雖說您這幾天肯定是加意打掃過的，但還是有好些地方，看著簡直就像是野地，要有個歹人進來了，隨處一藏，真是要找見也難……」見張奶公一邊應是，一邊帶她往甲一號的方向走，蕙娘眉頭稍微一皺。「這就要回去了？可東北面還沒有全走完吧？」

張奶公肯定沒想到她居然對園子已經有了概念，這麼彎彎繞繞、回環曲折地走了一天，心裡那張地圖還是很清楚的，他只好又折回來。「那處也無甚好看的，少夫人日後想起來了再瞧一眼，也就是了，實不必這飯點前後的，還要過去。一來一回，也好遠呢。」

蕙娘看了他一眼，不動聲色。「要做事，就做到盡嘛。」

她一反今日和氣的作風，只淡淡說了這一句話，便衝著隨在背後的女轎伕們一點頭，上了轎子，慢慢地靠到椅背上，雙眼似閉非閉，不再開腔了。

主子都擺譜了，張奶公有什麼辦法？他領著小轎，從青石甬道一路碎步過去，轉折熟稔、腳步生風……蕙娘在轎上留心看了：今天走了這麼一天，就是這一段路，最為乾淨。

最乾淨的路，當然是最經常被使用的那一條。蕙娘一路穿過了茂密生長，已經開了半池的荷花地「蓮子滿」，又過了一片在晚風中瑟瑟然作響的竹林，一路穿花拂柳，終於遠遠見到一大片枝繁葉茂、綠葉成蔭的樹林子，從這裡再往上去，就算是香山的後山坡了。蕙娘在轎子上，視野高，能隱約望見樹林掩映之間，有一處小小的屋舍，她命人把轎子抬過去，「這一處，倒也挺清幽的，將來有誰要進園子裡小住調養，我看就滿可以住在這裡。」

正說著，隨著轎子抬近，她的眉頭不禁突地一皺，就是幾個丫頭，也都大有不豫之色。白雲正要說話，被蕙娘望了一眼，便噤住不講。

蕙娘自己和張奶公閒話。「這一片種的都是桃樹？得有上百棵了吧？」

「是不到一百株。」張奶公走得額前帶汗，不住地拿袖口去抹。「種得密，看起來多，其實也就是七、八十。全是碧桃樹，到開花的時候，千重花瓣彼此相疊，從山上看過來，一整個林子就像是一朵大花，這是早就有的一處景，後山上還有『笑簪千芳』的碑呢。」

「噢。」蕙娘輕輕地說。「這一處院子，有名字嗎？」

張奶公瞟了蕙娘一眼，他的態度低沈下來了——都走到這兒，也沒什麼好再迴避的了。「這是先少夫人的墳塋，那幾間屋子也就是祭祀用的地方，是後來新建的……倒有名字，少爺說那叫歸憩林。」

他今天不願帶蕙娘過來，無非是害怕掃興的意思。新婦剛剛入住，就要見到舊婦墳地，意頭終究並不大好。再說，這麼多亭臺樓閣都沒有名字，可唯獨這條路是最清潔乾淨的，這片林子是有名字的，此地主人思懷故人之心，還用再多渲染嗎？

蕙娘倒是很鎮定，她看不出一點不快，還好奇地向張奶公打聽。「按說，家裡也是有祖墳的……」

如此識得大體，並不拈酸吃醋，蕙娘一句話沒自誇，可張奶公對她的態度一下子便又親熱了幾分。他仔仔細細地告訴清蕙。「先頭少夫人過門的時候已經重病，這您是清楚的。雖說行過禮，那就是我們權家的人了，可她一沒能洞房，二沒能參拜祖祠，據高人指點，即使葬回祖墳，究竟名不正言不順，恐怕在九泉也要遭人排擠。老爺、夫人的意思，也說先少夫人沒有子女，少年早夭，就進了祖墳，這樣沒福，也不能葬在好地方……倒不如歸葬香山，還能年年受些香火。再說，也不至於死離故鄉，葬去千里之外。」

看來，張奶公也是聽說過「吾家規矩、生者為大」的，話裡話外，還是在告訴蕙娘：達氏命薄得很，您犯不著和她爭風吃醋……

幾人正說話間，轎子已經靠近了桃林，蕙娘命人住轎。「既然來了，不可不為姊姊上一炷香。」

張奶公急得直咂嘴。「這個時辰了，陽氣弱，沒有上墳的道理啊……」

作好作歹，也沒攔住蕙娘的腳步。幾人直入桃林，順著一條乾淨整潔的青石小道進了墓園，只見夕陽下，一隴黃土，又有一個石碑，只刻了少夫人的娘家姓氏、生卒年月，並以權仲白口吻落了「夫權某」款。墳前供了些鮮花素果，看著像是幾天前換上的，除此外，倒無甚特別之物。既沒有「卿卿此愛、永世不渝」之類的表白，也沒有「斷腸人某某」的哀傷。

蕙娘洗過手，要了香來，給達氏福身行過了禮，算是全了禮，又因她拜了，跟從的幾個丫頭也免不得要拜一拜，算是將事做到十分。

蕙娘便在邊上站著，環顧四野，半天，才和張奶公笑道：「這處地方，風水很好呀，靠山面水的，是塊清靜的所在。」

張奶公現在對蕙娘，幾乎是十分滿意、十分臣服！不愧是閣老府出來的千金，真是心胸闊大，與別個不同。他笑著附和蕙娘。「是少爺親自挑的。也是巧，先少夫人對桃花的喜愛，那是出了名的。」

這位達氏，和蕙娘的年紀差得有五、六歲，兩人雖然同在京城，可等蕙娘可以出門赴宴的時候，她是早已經香消玉殞，達家也是風流雲散，倒得只剩一個空架子了。社交場上沒有人對這樣的人家有任何興趣，蕙娘對這位達家三姑娘，也是所知甚少。

她「唔」了一聲。「這還是第一次聽說……說起來，連姊姊的閨名，也都還沒人告訴我呢！」

「先少夫人那一代走的是貞字輩。」張奶公言無不盡。「她小名珠娘，正好是桃花三月裡生的，小時候又要吃桃花粥養顏，達家從前在別業裡種了好幾畝桃花呢，全是各地搜羅來的異種……唷，那也是十多年前的事了。」

蕙娘眼神一閃，她微微一笑，倒沒再接張奶公的腔了。

從歸憩林出來，天色已經真的晚了，張奶公便自己告辭，出園子回家去了。

兩個轎娘抬著蕙娘一路往回走，腳步都有些著急。

蕙娘一路都沒有說話，等到了蓮子滿，才令住轎。「都回去吃飯吧，也抬了一天，累著妳們了。」

她的女轎班就有七、八人，全是壯健如牛、性子老實的僕婦，空了一個多月，正是著慌時候，被蕙娘狠狠用了一日，倒都舒坦了，給蕙娘磕過頭，便怡然退出。蕙娘帶著幾個丫鬟，從石橋上慢慢地踱過去，在鐵青色將黑未黑的天色裡，只覺得四周連一點燈火都沒有，白日裡再美的景色，到了黃昏，也就褪成了一泓黑，即使有兩個老嬤嬤前導提燈，可這暮色也依然壓得人喘不上氣來。

一行人都識看臉色，幾個丫鬟沒有誰敢作聲的。白雲走在蕙娘身邊，還要比其餘同僚都多一層心事，她只絕不敢說破，恐怕姑娘原本沒想起來的，被這麼一提，反而想起來了。可卻又禁不住為姑娘心酸不平，這一條路，她是走得分外的忐忑。

「至寶含沖粹，清虛映浦灣。」走了許久，蕙娘才輕聲說。「素輝明蕩漾，圓彩色玢1瑞。他還說對詩詞歌賦全無興趣？這麼冷僻的典都用，真是過分謙虛了。」

姑娘幾乎過目不忘，這首詩縱然冷僻，一時未能想起，可一旦聽說先頭少夫人的閨名，還有什麼不明白的？「珠還合浦」（注），多有名的典故，全唐詩裡題詠此事的也就這一首詩

注：珠還合浦，比喻東西失而復得或人去而復回。

而已，讀後漢書的時候，先生給姑娘提過一嘴巴「影搖波里月，光動水中山，也還算有些珍珠身分」，當時自己就在一邊旁聽……

珠還合浦、歸憩蚌母。這個沖粹園建成的時候，先少夫人是早已經長眠地下了，可……

第四十八章

權仲白當天晚上沒有回來吃飯，蕙娘也是進了屋子才知道：孫家來人，說是太夫人彌留！

權神醫還能有什麼辦法？人都回了甲一號了，換一身衣服就又進城。香山和京城相距怎麼也有四、五十里，今天晚上，他肯定是趕不回來了。

她猜得不錯，權仲白一去就是三、四天，桂皮天天打發手底下的小么兒給香山報信：少爺去孫家、少爺回國公府、娘娘聽說了太夫人的喪事，傷心之下身子不好，少爺又進宮了……

這幾天，沖粹園裡都很冷清，就只有蕙娘一個人帶了她的丫頭們。到了晚上，除了甲一號附近的幾個院子，周圍放眼望去，全是黑燈瞎火，樓臺陰霾中。瑪瑙膽子小，這幾天都不敢一個人睡，非得同石墨她們擠。就是蕙娘，也覺得沖粹園什麼都好，就是僻處城郊，實在是太冷清了一點。

但她畢竟不是瑪瑙，就算寂寞，也不會表現出來，白日裡她也沒多大工夫寂寞：現在人在沖粹園，自己的一畝三分地上，她帶來的那麼大攤子，也可以從容鋪開了。

焦梅怎麼說都算是焦家曾經的二號人物，跟著她陪嫁過來之後，一、兩個月工夫，一直投閒置散，甚至連國公府都沒得住，只能在外頭賃房。這當然損不著他的家底，可無論如何，是有些屈才了。因此，蕙娘才進沖粹園不久，他就自動自發，把陪嫁大管事的身分給擔起來了，不過是一、兩天工夫，來自全國各地最上等的時鮮，也就一一送進了沖粹園的內廚房，大師傅們安頓下來開始上崗了，內廚房的柴米油鹽齊備了，山泉水汲來了、乾貨發了、小雞崽抓了，上等的牲畜肉，也從蕙娘的陪嫁莊子裡往城裡送了。權仲白不在也好，這幾天，蕙娘就像是回到了娘家，重又過起了出嫁前的精緻生活，雖還有少許委屈，但這畢竟也不是不能講究的。

不過，焦梅這樣的人才，畢竟也不能老打發內院女眷起居的瑣事。蕙娘把他找來吃茶，劈頭就問：「宜春票號逐年送來的帳本，你看過沒有？」

焦家是宜春票號的大股東，按說是可以插手票號運作的，但多年來雙方形成默契，焦閣老有時候連帳本都懶得過目，只令蕙娘閒來解悶，反正宜春票號送多少過來，焦家就收多少。但現在這股份跟著蕙娘陪嫁到了權家，事態肯定有所變化。這麼多年經營下來，宜春票號變作了天下分號無處無之的龐然大物，焦閣老那是身分夠，無須彈壓，可國公府嘛，雖然底蘊深厚，畢竟不比老閣老，一天還在位，一天就能把所有不該有的想法全都壓得煙消雲散。新官上任，這三把火該怎麼放，是要有點講究的。宜春票號那邊，又何嘗不是在等著蕙娘出招？雖說照樣還是殷勤地給送這送那，但蕙娘和她身邊的大丫頭們，哪個能輕易糊弄？比起當年未嫁時，畢竟態度還是有差別了。

「這倒未曾看過。」焦梅現在對蕙娘就非常恭敬，儘管蕙娘讓他坐，可他都不敢坐，堅持要站著回話。「您也知道，老太爺手下，什麼都是有譜兒的，宜春票號的帳，按理是陳帳房來看，陳帳房看完了，給內院四太太看……」

「母親哪裡耐煩看這個？」蕙娘說。「送到內院，那都是給我看的。」陳帳房是老太爺的心腹，自然不可稍離，蕙娘沈吟了一下，便讓人去。「把雄黃叫過來吧！」

雄黃很快就進了屋子，她今日是刻意打扮過的，穿得分外齊整，俏麗的面容上，隱隱有興奮之意閃過：養兵千日，只叫她做些服侍的活計，不但屈才，雄黃自己心裡也忐忑不安，如今，也到了用她的時候了！

「每年票號送帳都在秋後，」蕙娘說。「但去年秋後送來的帳，我看出了幾處不對。誰知家裡又是大事小事地耽擱著，也就沒心思去計較這個。」

石英業已奉上數本帳冊，蕙娘隨意翻開，指著畫紅圈的地方對雄黃道：「這幾處帳目都是有出入的，帳都沒做平……妳代我到山西他們總行，問一問這究竟是怎麼回事？我想，他們要還懂得做人，詳加解釋原委之外，是肯定會讓妳去看底帳的。」

雄黃接過帳冊，自己已經翻閱了起來，見焦梅在場，她略作猶豫，還是開口問：「姑娘，這都是多年來彼此默契，將一些不方便的開銷做進帳裡……」

「不是說我們就這麼守財奴。」蕙娘說。「他們掌櫃的一支也有他們的難處，幾千兩銀子進出，不是什麼大事。可從前都能將帳做平，為什麼去年沒有做平？」

焦梅幫蕙娘解釋。「份子易主，有些話就是要開口，也得有個話口兒，這帳做在去年，比做在今年更妥當一點，起碼有您父親幫著解釋一、兩句。再說，他們也得稱量稱量少夫人的斤兩，才知道將來怎麼和咱們這邊處著不是？」

能在焦家做到二管事的人，必定是有他的本事在的，蕙娘輕輕地點了點頭。「這一趟山西，你陪著雄黃過去。儘量爭取，讓她多看一些細帳，雄黃專心看帳——」她瞥了焦梅一眼，不輕不重地說：「你就專心看人咯。」

這等於是把宜春票號的事務，交到焦梅手上了。他臉上頓時掠過了一層興奮的光彩，給蕙娘跪下了。「必定不讓主子失望！」

「張弛有道，也不要太過分了。」蕙娘說。「連祖父都對他們以禮相待，你要是胡擺架子被我知道了，我是不依的。」

她頓了頓，又說：「沖粹園的樣子，你也看到了，張奶公自己在家裡還有別的管事，也是因為二房實在無人，才過來管管沖粹園，他終究還是要回去的。以姑爺的性子來說，沖粹園還得我幫著他管，這個人肯定不能是你，你還有好多別的事要做呢，須得是一個適合總務的人才……你回去醞釀一番，覺得誰好，便私底下告訴我知道。」一扭臉，又命雄黃。「去和妳的姊姊妹妹們也都說說，覺得誰適合幹什麼的，都能和我支一嘴，免得家裡人背地裡也催得著急。」

這種陰私勾當，被蕙娘一語叫破，儘管她似笑非笑，似乎並不著惱，可幾個丫頭都有些戰戰兢兢的，彼此對視了一眼，均都不敢多加分辯，而是老老實實地道：「奴婢一定量力而行，為主子分憂……」

焦梅卻根本都不在乎主子臉上的嘲諷：這都是題中應有之義，主子再能為，也得透過她的心腹來辦事。尤其現在權家，勢單力薄，大房護食護得厲害，自己人要再不能抱團，要站穩腳跟都難。她讓丫頭們舉賢薦能推薦自己人，實際上就是要把陪嫁們團成一個球。事前略施敲打，又有什麼好稀奇的？

「還有一事要請少夫人的示下。」他本要起身，忽然又想起這事，便忙道：「少爺身邊的桂皮，還在府裡的時候，家裡就已經請了大媒上門提親了。因初來乍到，石英又是少夫人的使喚人，小的也沒給準話，還要請少夫人為石英把上這一關呢！」

蕙娘先未說話，只是拿眼一看，眾位丫頭頓時會意，全都魚貫退出了屋子，她這才拿腳點了點腳踏。「坐。」

焦梅這下是不敢不坐，他恭恭敬敬地坐在了低矮的腳踏子上，盤著腿和蕙娘交代桂皮的家底。「也是家裡的家生子兒，爹娘都是有臉面的管事，他是老生兒子，前頭幾個兄長都成婚生子了，現在家中各處做事，還沒有太當紅的，可本事也都不小。爹娘倒是退下來在家歇著了，一家子都是悶頭做事的性子，及不上桂皮的機靈。」

「你看著人緣怎麼樣？在府裡親戚多不多？」蕙娘唇邊，不禁掛上淡笑。「我看，一家子的機靈，怕是都被他給奪走了。」

「人緣還行，幾兄弟都是有名的肯幹、會做事、話不多，親戚卻不多，幾兄弟都是外聘。」焦梅說。「只有和張奶公有些關係，桂皮的母親是少爺養娘的堂妹。」

「你看，」蕙娘笑了。「早說了，會給你說一門比從前更好的親事，現在你可信我了？」

以桂皮的為人和受寵程度來看，將來不論權仲白走到哪一步，他混個管家一把手，都是大有希望的。石英能越過綠松配上這麼個人才，對焦梅來說，已經是喜出望外了。他給蕙娘磕了頭，又一次請罪。「悔不該當年過分糊塗，給少夫人添了堵……」

蕙娘隨意安撫了幾句。「這件事，我會和少爺說的，你就安心去山西吧。」就把焦梅給打發了下去。

待到下午，幾個丫鬟陸陸續續，都扭扭捏捏地給蕙娘推薦了幾個名字，全是陪嫁裡的關係戶——倒也還都很知道進退，實在是量才舉薦，這個適合管廚房、那個適合管花木——還沒有誰那麼大膽，挑明了就是衝著大管家的位置來的。

倒是石英，當天晚上竟是擬了一張表出來，除了跳掉焦梅和自己家人不做安排之外，跟蕙娘過來的那幾十戶陪嫁，全都按才具多寡做了分類、簡介，又有人物背景簡介，簡直就像是弄出了一本沖粹園年鑑。她順便還為蕙娘推薦了個人合適的職位，同蕙娘手裡綠松寫的那本冊子相對照，兩人只有幾個人的安排，並不一致。

會辦事是一重學問，會用人是另一重學問，用人用得好，自己不知能省多少力。蕙娘對著兩張單子參詳了片刻，只覺得就是她自己，怕都不能做更合適的安排了。但她並不立刻公布，而是足足擱置了四、五天，將焦梅、雄黃一行人都擱置得去了山西，權仲白也回了香山，她才拿出來和權仲白商量。

「奶公管生意慣了，辦家事有些生疏，現在我來了沖粹園，他可以專心回藥鋪做事，不必兩頭兼顧。你看看我這樣安排好不好？」

事關自己的生活，權神醫也不可能撒手不問，他拿過花名冊翻看了幾下，見蕙娘沒管病區人事，便失去興趣。「妳覺得好就行了。」

幾天獨眠在山野地裡，那麼大的後院就住了幾十口人，清靜是清靜到了極致，可也真有些怕人，蕙娘今天看權仲白就特別順眼，她難得體貼。「總算捨得從城裡回來了，累著了吧？讓螢石給你捏捏肩膀？」

權仲白搓了搓臉——就不說，蕙娘也能看出來，他的確是很疲憊的。「算了，我一會兒自己舒展舒展筋骨就舒坦了。」

有興致抬舉你，你還不領情！蕙娘「嗯」了一聲，還是耐著性子。「那就梳洗了歇息一會兒，正好吃晚飯了。」

要不然怎會說溫柔鄉是英雄塚？要在從前，權仲白再煩累，也是會叫兩個病者進來號脈的，這樣他自己心裡也舒服一點。可現在嘛，堂屋裡清涼幽靜，色色樣樣都是齊全的，竹床上擱了涼被，八仙桌上擺了甜碗子，青瓷碗壁上蒙了一層細細的霧氣，看著都解暑。丫頭們已經捧出了成套全新、散發著香味的居家便服。

他梳洗出來，換了衣服，才真覺得疲憊了。雖說多年工夫，作息還是不亂的，並不願睡，可到底還是撲倒在竹床上，渾然忘卻了「儀態」二字。

蕙娘瞥他一眼，知道他不願讓丫鬟近身，便自己拿了美人拳，沒大好氣地給權仲白敲肩膀。「這幾天都沒好好休息吧？」

「能合眼就不錯了。」權仲白呻吟一樣地抱怨。「孫太夫人去世前就起碼折騰了有兩個通宵，後來皇后聽到消息，悲痛過度又昏過去了，這又折騰了一、兩天。才回家睡了一晚上呢，幾戶人家又都病了……唉，真煩死人了，吃飽了閒得慌，有一點事，就都各顯神通地折騰！」

「這麼說，孫太夫人是自然過身？」蕙娘的動作不由得一住，權仲白卻並不答話，弓起背責難地抖了抖肩膀，她只好多捶幾下，以示會意，這才把二公子的回話給換出來了——

「是自然過身啊，哪裡會是不自然呢？那是皇上的岳母，除我之外，太醫都還要過來號脈的呢！」

他的語調有幾分嘲諷，可蕙娘卻不禁輕輕地嘶了一口涼氣。「這……皇上是起疑了？」

「吃過藥的。」權仲白說。「他們號不出什麼不對，這也是該走的程序，談不上起疑沒起疑。反正人過身之前，還明白過來一會兒，同孫夫人說了很多話，還說孫夫人『這麼多年，太不容易』，令幾妯娌兄弟『以後都聽你大嫂的話』。孫夫人哭得和什麼一樣，現在都不能理事，孫家正忙著辦丁憂呢，除了侯爺在外，一家人全回來了，皇上居然也都准了。」

這輕描淡寫的幾句話，簡直不知蘊含了多少政治博弈，哪一句話都是經得起重重推敲的。可權仲白的語氣卻無比煩厭，蕙娘也沒有再往下問，她轉開了話題。「對了，桂皮和你提起過沒有？他也到了該成家的年紀了……」

便把桂皮和石英的婚事給交代了一下，權仲白這回倒來了興致。「石英就是妳身邊那個管事的丫頭吧？生得略矮的那個？」

見蕙娘點了頭，他有點吃驚。「桂皮這小子，眼光素來是高的，妳身邊陪嫁裡俏麗的不少，怎麼，他倒看上這一個了？」

「她爹是跟我陪嫁過來的大管事。」蕙娘也沒有瞞權仲白。「宜春票號那邊就是他在走動……人家可不比你，一生下來就色色俱全，也要懂得為自己打算嘛！」

這也沒什麼不能明說的，畢竟關係就擺在這裡。少爺身邊的近人、少奶奶身邊的近人彼此結合，是大家得益的好事，小夫妻之間的關係也會隨著這種聯姻的增多越發緊密。但權仲白卻覺得很沒意思，他又塌了下去，哼哼兩聲，不說話了。

「再說，石英人才也不錯啊！」蕙娘不免也為石英分辯兩句。「在我身邊，她也算是很能說得上話了。看你這個樣子，好像她生得不好，那就一無是處了一樣。」

權仲白沒搭理這個話茬兒，他伏在竹床上出了一回神，忽然問蕙娘。「可我記得妳屋裡主事的倒並不是她……是妳留在立雪院看家的那個……叫什麼來著？」

「綠松。」蕙娘抿著唇笑了。「你這回在立雪院，住得還可心吧？她安頓得好不好？」

權仲白卻一下子翻身坐起，讓蕙娘的美人拳給落了空。他面上一片嚴肅，竟是罕見地將風流全都斂去，換上了嚴霜一樣的凜冽。

「醜話說在前頭，」二公子說。「我這輩子就沒打算抬舉通房、收容什麼妾室。焦清蕙，妳要是懷了什麼心思、打著什麼鋪墊，還是趁早死心，免得鬧得大家都不愉快！別的什麼事都可以商量，但這件事，我是絕不會改！」

聽其責難語調、觀其炯炯雙目，二公子非但態度堅決，並且對蕙娘擅自就打了伏筆，他是很不滿的……

蕙娘真第一次覺得，權仲白實在是太有趣了，她忍不住噗哧一笑，起了逗弄權仲白的心思。「那，你是讓我做桂家少奶奶那樣的妒婦嘍？姑爺，我對你挺好的呀，怎麼你淨想著害我？」

權仲白的眸色，失望地一沈，他搖了搖頭，態度顯而易見地就冷淡了下來，不但冷淡，甚至還透著些難言的疏遠。「楊三世妹實在是極難得的奇女子，她的故事，妳知道多少？未曾謀面卻隨意臧否，焦清蕙，妳好沒風度。」

竟是第一次，他如此直接地指責了蕙娘的舉止！

——未完，待續，請看文創風104《豪門守灶女》3

春濃花開

重生報仇雪恨＋豪門世家宅鬥

步步為營　佈局精巧／禾晏

同人不同命，同樣重生，

怎麼她就是比別人心酸又辛苦?!

獲2010年第一屆晉江文學城&悅讀紀合辦

「女性原創網路小說大賽」**古代組第一名**

文創風074 上

可恨哪！
只因愛了個虛情假意的男人，
她葬送了自己的性命，
雖獲重生，卻有家不能回，
有仇不能報，有子不能認……

文創風075 中

可笑哪！
四年結髮夫妻，他對她始終冷冷淡淡，
末了還見死不救；
如今她只是換了個好皮囊，
才見幾次面，他竟這般溫柔體貼……

＊隨書附贈上、中卷封面圖精緻書卡共二張

文創風076 下

可歎哪！
再世為人竟又再次出嫁，
而且是嫁入同一個家門，
不同的是，
這次她絕不再委屈自己了……

＊隨書附贈下卷封面圖精緻書卡

風 文創 103

豪門守灶女 2

國家圖書館出版品預行編目資料

豪門守灶女 / 玉井香著. --
初版. -- 臺北市 : 狗屋, 民102.07-
冊 ; 公分. --（文創風）
ISBN 978-986-328-101-6（第2冊：平裝）. --

857.7　　　　102011361

著作者　玉井香
編輯　黃淑珍
校對　黃薇霓　林若馨
發行所　狗屋出版社有限公司
地址　台北市104中山區龍江路71巷15號1樓
電話　02-2776-5889～0
發行字號　局版台業字845號
法律顧問　蕭雄淋律師
總經銷　知遠文化事業有限公司
電話　02-2664-8800
初版　102年7月
國際書碼　ISBN-13　978-986-328-101-6
原著書名　《豪门重生手记》，由北京晋江原創網絡科技有限公司授權出版

定價230元
狗屋劃撥帳號：19001626
網址：love.doghouse.com.tw　E-mail：love@doghouse.com.tw